Il était une fois à Québec

DU MÊME AUTEUR

Saga LA FORCE DE VIVRE

Tome I, *Les rêves d'Edmond et Émilie*, roman, Montréal, Hurtubise, 2009, format compact, 2012

Tome II, *Les combats de Nicolas et Bernadette*, roman, Montréal, Hurtubise, 2010, format compact, 2012

Tome III, *Le défi de Manuel*, roman, Montréal, Hurtubise, 2010, format compact, 2012

Tome IV, *Le courage d'Élisabeth*, roman, Montréal, Hurtubise, 2011, format compact, 2012

Saga CE PAYS DE RÊVE

Tome I, *Les surprises du destin*, roman, Montréal, Hurtubise, 2011

Tome II, *La déchirure*, roman, Montréal, Hurtubise, 2012

Tome III, *Le retour*, roman, Montréal, Hurtubise, 2012

Tome IV, *Le mouton noir*, roman, Montréal, Hurtubise, 2013

Saga LES GARDIENS DE LA LUMIÈRE

Tome I, *Maîtres chez soi*, roman, Montréal, Hurtubise, 2013

Tome II, *Entre des mains étrangères*, roman, Montréal, Hurtubise, 2014

Tome III, *Au fil des jours*, roman, Montréal, Hurtubise, 2014

Tome IV, *Le paradis sur terre*, roman, Montréal, Hurtubise, 2015

Saga IL ÉTAIT UNE FOIS À MONTRÉAL

Tome I, *Notre union*, roman, Montréal, Hurtubise, 2015

Tome II, *Nos combats*, roman, Montréal, Hurtubise, 2016

Saga IL ÉTAIT UNE FOIS À QUÉBEC

Tome I, *D'un siècle à l'autre*, roman, Montréal, Hurtubise, 2016

Un p'tit gars d'autrefois – L'apprentissage, roman, Montréal, Hurtubise, 2011

Un p'tit gars d'autrefois – Le pensionnat, roman, Montréal, Hurtubise, 2012

MICHEL LANGLOIS

Il était une fois à Québec

tome 2

Au gré du temps

Roman historique

Hurtubise

Catalogage avant publication de Bibliothèque et Archives nationales du Québec et Bibliothèque et Archives Canada

Langlois, Michel, 1938-

Il était une fois à Québec

Sommaire: t. 2. Au gré du temps.

ISBN 978-2-89723-883-4 (vol. 2)

I. Langlois, Michel, 1938-   . Au gré du temps. II. Titre.

PS8573.A581I4 2016   C843'.6   C2016-941073-0
PS9573.A581I4 2016

Les Éditions Hurtubise bénéficient du soutien financier du gouvernement du Québec par l'entremise du programme de crédit d'impôt pour l'édition de livres et de la Société de développement des entreprises culturelles du Québec (SODEC). L'éditeur remercie également le Conseil des arts du Canada de l'aide accordée à son programme de publication.

Financé par le gouvernement du Canada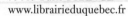

Graphisme de la couverture: René St-Amand
Illustration de la couverture: Alain Massicotte
Maquette intérieure et mise en pages: Andréa Joseph [pagexpress@videotron.ca]

Copyright © 2016 Éditions Hurtubise inc.

ISBN 978-2-89723-883-4 (version imprimée)
ISBN 978-2-89723-884-1 (version numérique PDF)
ISBN 978-2-89723-885-8 (version numérique ePub)

Dépôt légal: 4e trimestre 2016
Bibliothèque et Archives nationales du Québec
Bibliothèque et Archives Canada

Diffusion-distribution au Canada: Diffusion-distribution en Europe:
Distribution HMH   Librairie du Québec/DNM
1815, avenue De Lorimier   30, rue Gay-Lussac
Montréal (Québec) H2K 3W6   75005 Paris FRANCE
www.distributionhmh.com   www.librairieduquebec.fr

Imprimé au Canada
www.editionshurtubise.com

Personnages principaux

Bédard, Clémence: fille de Philibert Bédard et Laetitia Parent, médecin et célibataire.

Bédard, Firmin: fils de Philibert Bédard et Laetitia Parent, époux de Chantale Robert.

Bédard, Gertrude: fille de Philibert Bédard et Laetitia Parent et épouse de Maurice Mercier.

Bédard, Hubert: fils de Philibert Bédard et Laetitia Parent, bossu et célibataire.

Bédard, Léonard: fils de Philibert Bédard et Laetitia Parent, écrivain et poète.

Bédard, Maria: fille aînée de Philibert Bédard et Laetitia Parent, célibataire.

Bédard, Marjolaine: fille de Philibert Bédard et Laetitia Parent, épouse d'Ovila Joyal.

Bédard, Philibert: époux de Laetitia Parent.

Bédard, Rosario: fils aîné de Philibert Bédard et Laetitia Parent, prêtre.

De Bellefeuille, Françoise: amie d'Hubert Bédard.

Joyal, Ovila: journaliste, époux de Marjolaine Bédard.

Mercier, Joseph: fils de Maurice Mercier et de Gertrude Bédard.

Mercier, Maurice: boulanger, époux de Gertrude Bédard.

Parent, Laetitia: épouse de Philibert Bédard.

Robert, Chantale: épouse de Firmin Bédard.

Personnages historiques

Un certain nombre de personnages historiques sont mentionnés dans ce roman. Nous n'avons retenu ici que les noms des principaux. Pour chacun, en plus de leur année de naissance et de décès, nous précisons leur titre et soulignons parfois leurs principales réalisations.

Asselin, Olivar (1874-1937): journaliste particulièrement connu pour ses pamphlets et son nationalisme.

Bédard, Pierre-Stanislas (1762-1829): avocat, politicien, journaliste et juge.

Charbonneau, Jean (1875-1960): poète, critique littéraire et avocat, cofondateur de l'École littéraire de Montréal.

Coderre, Émile (1893-1970): pharmacien et poète qui écrivit sous le pseudonyme de Jean Narrache.

Conan, Laure (1845-1924): écrivaine née à La Malbaie. Elle publie son œuvre la plus célèbre, *Angéline de Montbrun*, en 1882.

Dantin, Louis (1865-1945): de son vrai nom Eugène Seers, prêtre, critique, poète et romancier.

Laliberté, Jean-Baptiste (1843-1926): Fondateur en 1867 du magasin qui porte son nom, rue Saint-Joseph. Un des grands magasins de fourrures et de vêtements de Québec.

Le May, Pamphile (1837-1918): poète, romancier, conteur et traducteur.

Livernois, Jules-Ernest (1851-1933): photographe, directeur du Studio Livernois de Québec.

Nelligan, Émile (1879-1941): célèbre poète montréalais.

Paquet, Zéphirin (1818-1905): manufacturier et créateur du magasin Paquet de Saint-Roch de Québec.

Seers, Eugène (voir Dantin, Louis).

Les choses ne vont jamais que d'une fesse.
Si elles allaient des deux, nous serions tous bien assis.

Michel Langlois

PREMIÈRE PARTIE

LES ALÉAS DE LA VIE

1918-1924

Chapitre 1

La disparue

Hubert

J'ai toujours aimé le printemps. En nous délivrant de l'hiver, il devient un des plus beaux moments que nous vivons. La rivière se libère de ses glaces, les oiseaux reviennent et nous comblent de leurs chants, les arbres se parent de leurs feuilles et les fleurs pointent dans les jardins. Il y a dans l'air comme un parfum de bonheur imprimé à chacune de nos journées. Nous nous sentons renaître en même temps que la nature.

Je profitais au maximum de ces moments exaltants. J'en oubliais mes infirmités. Quand j'avais quelques minutes de liberté, je me rendais au bord de la rivière Saint-Charles observer les oiseaux occupés à faire leur nid. Je restais de longues minutes à regarder l'eau filer vers le fleuve à marée basse. Il me semblait qu'il n'y avait pas plus belle image de la vie qui passe. Je réfléchissais à tout cela et je me disais que j'avais une existence bien monotone. En Europe, c'était la guerre et nous en ressentions les conséquences, car le coût de la vie avait augmenté de quarante pour cent depuis 1915. Un charpentier ne gagnait que cinquante sous de l'heure et une ouvrière de la Dominion Corset ne touchait que trois piastres et demie par semaine. Mais il y avait des changements dans l'air. Le gouvernement fédéral venait de créer un impôt de guerre. Les femmes allaient désormais pouvoir voter et il leur était même permis de travailler de nuit dans les manufactures. Tous les célibataires âgés de vingt à vingt-trois ans devaient entrer dans l'armée. Enfin, pour épargner l'électricité et bénéficier d'une heure de plus de clarté, on avait décidé de changer l'heure.

Tout cela ne me touchait guère. Mes journées se ressemblaient toutes, sauf quand, occasionnellement, Françoise, qui ne me faisait signe qu'une ou deux fois par année, me contactait pour que nous allions ensemble au concert. Je me demandais bien pourquoi elle tenait tant à ce que je l'accompagne ainsi, elle qui aurait pu s'y rendre au bras d'un beau jeune homme. En ce printemps, donc, elle me demanda de l'emmener au concert. Ce soir-là, l'orchestre sembla se surpasser en nous jouant des pièces de Brahms et de Schubert. Françoise en fut ravie.

Trois jours après ce concert, alors que je revenais de l'église à la maison, je fus intercepté en pleine rue par deux constables qui, sans autres explications, me conduisirent au poste de police de Saint-Roch. On m'y fit attendre pendant plus d'une heure que le chef revienne de son dîner. Il me fit passer à son bureau en compagnie des deux sbires qui m'avaient conduit au poste et me soumit à un interrogatoire en règle.

— Où étiez-vous le 22 au soir ?

— Le 22, c'était quand ? Mercredi ? Je suis allé au concert de l'orchestre de monsieur Vézina en compagnie de mademoiselle de Bellefeuille. Tous les gens qui s'y trouvaient pourront vous le dire. Je ne passe pas inaperçu avec ma bosse.

— Après ce concert, qu'avez-vous fait?

— J'ai reconduit mademoiselle de Bellefeuille chez elle.

— Qu'est-ce qu'elle est pour vous?

— Une bonne amie.

— La voyez-vous souvent?

— De temps à autre et uniquement pour aller au concert.

— Il semble que vous êtes allé chez elle.

— J'y étais mercredi pour l'emmener au concert, c'est tout. Ça faisait des mois que je n'avais pas eu de ses nouvelles. Pourquoi toutes ces questions?

— Vous le saurez bien assez vite, à moins que vous ne le sachiez déjà…

Il me fit entrer dans une cellule et m'y enferma en disant:

— Je vous laisse du temps pour réfléchir.

J'étais abasourdi. Je me demandais ce qui m'arrivait. J'avais pourtant la conscience tranquille. Pourquoi me retrouvais-je ainsi incarcéré? Le chef me laissa poireauter là pendant quelques heures, puis revint et me demanda:

— Avez-vous bien réfléchi?

Quoi répondre à pareille question? Je demandai:

— À quoi devais-je réfléchir?

Il me lança:

— Mademoiselle de Bellefeuille a disparu.

— Disparu?

Je fus dévasté de l'apprendre. Comment cela se pouvait-il, elle qui ne sortait pratiquement jamais de chez elle? Je ne savais quoi dire. Le policier ajouta:

— Jeudi après-midi, quand les demoiselles à qui elle enseigne le piano sont venues frapper à sa porte, elle n'était pas chez elle. On ne l'a pas revue depuis. Ai-je besoin de vous dire qu'on vous soupçonne d'être pour quelque chose dans sa disparition?

— Pourquoi donc ?

— À vous de nous le dire !

— Je n'ai rien à voir dans cette histoire.

J'avais beau me défendre, je me rendais bien compte qu'il ne me croyait pas. Je fus remis en cellule sans autre forme de procès. Que pouvait-il être arrivé à Françoise ? C'est ainsi que, sous de simples soupçons, je fus incarcéré en attendant que la police en apprenne plus sur cette mystérieuse disparition. Je ne vivais plus. J'avais le cœur serré, me demandant ce que j'allais devenir. Informé de ma situation par monsieur le curé, mon père vint s'enquérir de ce qui se passait. Je n'avais rien à lui apprendre. Il m'assura qu'il verrait à me faire relâcher.

Il y avait deux jours qu'on me gardait en prison, quand on vint enfin m'en sortir. On avait retrouvé le corps de Françoise, noyée dans la rivière Saint-Charles. Voilà ce que m'apprirent les policiers. Il semblait bien que j'étais le dernier à l'avoir vue vivante. J'éclatai en sanglots. J'aimais Françoise, ma seule amie, la seule qui, au-delà de ma bosse, avait su voir l'homme que je suis.

L'enquête des policiers ne mena à rien. Personne ne put dire dans quelles circonstances ce malheur lui était arrivé. On fit toutes sortes de suppositions. Comme elle se promenait fréquemment le long de la berge de la rivière tout en lisant des poèmes, je supposai qu'elle avait dû trébucher quelque part et tomber dans le cours d'eau. Je me gardai bien de le dire aux policiers, ça leur aurait probablement servi de prétexte pour m'accuser. Ils auraient dit que je l'avais poussée à l'eau. Faute de preuves, on finit par me relâcher. Depuis, tellement les gens sont remplis de préjugés, on change de trottoir et on s'écarte de mon chemin quand je quitte l'église pour me rendre à la maison. On me regarde comme un criminel et tout cela parce que j'ai été le dernier à parler à une personne avant qu'elle ne disparaisse. Comme si, entre le moment où je l'ai quittée et sa noyade, il ne pouvait rien s'être passé. C'est en pleurant que je sonnai le glas annonçant sa mort et que j'assistai à son service. J'avais pourtant l'habitude des cérémonies funéraires, mais celle-là me marqua profondément. Je n'avais pas d'amis. Françoise était la seule qui me traitait comme un être humain normal. Ma bosse semblait rebuter tout le monde sauf elle. Et voilà que je ne la reverrais plus. Je me sentais désormais vraiment seul au monde, même si tous les jours je croisais des dizaines de personnes. Ces gens ne se souciaient pas de moi.

Je fus fidèle à me rendre chaque semaine sur la tombe de mon amie pour parler avec elle comme autrefois, même si, lorsque je sortais du cimetière, je me sentais de plus en plus seul au monde.

Chapitre 2

Le grand malheur

Ovila

De retour de la guerre, des soldats ramenèrent avec eux un ennemi mortel qu'on appelait la grippe espagnole. Mais il semblait bien que nous allions être épargnés. Monseigneur l'évêque assurait que nos prières empêcheraient ce fléau de nous toucher. Les journaux rapportaient que dans le monde, des centaines de milliers de personnes en étaient mortes. Notre ville fut épargnée jusqu'à ce jour où neuf matelots d'un navire en moururent, puis, au début du mois d'octobre 1918, trente-quatre militaires attrapèrent la maladie. Ensuite, l'épidémie se répandit à une vitesse folle. Tous les édifices publics furent fermés, à l'exception des églises. Firmin fut contraint de mettre la clé dans la porte de son hôtel. Les écoles, les théâtres, les cinémas furent cadenassés et la ville entière parut soudainement morte.

À l'église, le curé et les vicaires durent célébrer plusieurs services par jour. Hubert fut requis pour sonner le glas. Il lui arrivait, comme il nous le racontait, de le faire quatre ou cinq fois par jour. Devant la virulence de l'épidémie, de plus en plus de magasins fermèrent leur porte. Les gens se réfugiaient dans leur maison et n'en bougeaient plus.

Il y eut bientôt tellement de morts et de services à assurer qu'Hubert décida de ne plus retourner à la maison et s'aménagea un endroit où coucher au fond de la sacristie. Bientôt, le seul fait d'entendre sonner le glas répandait la terreur parmi les gens. Aussi, on lui défendit de sonner les cloches, sinon pour les angélus du matin, de midi et du soir. Puis les autorités sanitaires exigèrent que soient limités les services religieux afin d'aider à enrayer l'épidémie. Tout cela, il nous l'apprit après coup. Il se faisait le reproche de ne pas avoir été suffisamment attentif à ce qui se cachait derrière cette mesure. Elle ne pouvait pourtant pas être plus explicite : il fallait éviter tout contact avec les victimes de la grippe. N'ayant pratiquement plus rien à faire à l'église, et étant sans nouvelles de ses parents depuis près d'une semaine, Hubert décida de se rendre chez lui voir comment son père, sa mère et Maria se portaient. Il fut heureux de les trouver en bonne santé.

En passant chez nous, il nous dit qu'il avait pu constater à quel point cette épidémie de grippe jetait la consternation dans la ville. Faute d'employés, les tramways ne fonctionnaient plus qu'à moitié, et on devait les désinfecter au terme de chacun de leurs trajets. Les gens étaient barricadés chez eux. À peine voyait-on un piéton ici ou là et plus un seul enfant n'animait les rues. Tout semblait mort. Les médecins parcouraient la ville en tous sens, appelés à plusieurs endroits à la fois. Hubert, à l'église, entendait parler d'un peu tout ce qui se passait dans la ville. Il nous apprit que depuis le début de l'épidémie, une dizaine de jours auparavant, il y avait eu pas moins de cent cinquante enterrements. Les quatre entrepreneurs de pompes funèbres de la ville, messieurs Moisan, Lépine, Cloutier et Bourget, disaient avoir du mal à suffire à la tâche et on commençait à utiliser les salles de récréation de certaines écoles comme salons mortuaires.

Dans les journaux se multipliaient les annonces de remèdes miracles pour contrer ce fléau : le tonique Wincarnis, les pilules Milburn et les capsules Cresobene avaient la réputation d'accomplir des prodiges.

On multipliait les conseils pour éviter d'attraper la grippe. En premier lieu, ne me demandez pas pourquoi, il fallait cesser d'en parler ! On devait également se tenir loin des foules, des réunions et des rassemblements, respirer par le nez et non par la bouche, chercher le soleil, ouvrir les fenêtres des chambres et des bureaux, se laver les mains avant de manger, bien mastiquer sa nourriture et surtout se faire des gargarismes salins, comme par exemple avec l'eau de Riga, matin et soir. Toutes ces précautions s'avéraient bien sûr inutiles, car l'épidémie multipliait les victimes.

Malgré la grippe, nous ne voulûmes pas déroger à notre habitude du dîner mensuel. Philibert, Laetitia et Maria se portaient bien. Même Rosario nous honora de sa présence. Il déclara que cette épidémie était voulue par Dieu pour rappeler les hommes à leurs devoirs de chrétiens. Il allait s'envoler dans un de ses sermons insipides quand Léonard lui coupa le sifflet en disant :

— Dieu n'a rien à voir là-dedans.

Rosario soutint le contraire :

— Dieu est à l'origine de tout.

— S'il est à l'origine de cette épidémie, autant dire que Dieu est à l'origine du mal.

— Tu mêles tout. Le diable est à l'origine du mal, mais Dieu tolère nos nombreuses faiblesses un certain temps. Quand il voit que nous ne comprenons pas, par la maladie ou un autre fléau quelconque, il nous envoie le signal que nous devons nous plier à ses volontés.

— Drôle de façon de nous montrer son amour ! Comment expliques-tu que malgré les appels à la prière et les invocations à saint Roch, renommé pour faire cesser les épidémies, la maladie continue ? Saint Roch n'a plus de pouvoir ?

— Les voies de Dieu sont impénétrables. Quand nous aurons assez prié, l'épidémie cessera.

Sans doute qu'on ne pria pas assez, car la grippe continua de faire des ravages. Hubert reçut l'ordre d'aérer l'église après chaque cérémonie, et les gens atteints de la maladie furent dispensés de la messe du dimanche. Pour signaler que le mal se trouvait dans une maison, une croix noire était fixée sur la porte. Quel ne fut pas l'étonnement d'Hubert d'en trouver une, un bon jour, en arrivant chez lui ! Il n'osa pas entrer. Il choisit de se rendre chez Firmin pour lui communiquer la mauvaise nouvelle et vint ensuite chez nous. Marjolaine fut atterrée. Hubert commenta :

— Ni p'pa, ni m'man, ni Maria ne sont sortis de chez nous, c'est donc un d'entre nous ou un visiteur qui leur aura apporté la maladie.

Je lui conseillai :

— Si tu ne veux pas en être victime à ton tour, tu ferais mieux de ne pas remettre les pieds chez toi.

Firmin, qui semblait n'avoir peur de rien, nous assura qu'il allait tâcher de savoir ce qui se passait vraiment. Il dit, optimiste :

— Ils s'en remettront sans doute. Je connais plusieurs personnes qui ont eu la maladie et l'ont vaincue.

J'espérais qu'il ait raison. Tout comme lui, je connaissais plusieurs personnes atteintes de la maladie qui étaient parvenues à en guérir. Toutefois, le lendemain, Firmin arriva chez nous pour nous apprendre que son père, sa mère et sa sœur Maria avaient succombé. Marjolaine mit beaucoup de temps à se remettre de ce malheur. Le plus triste, c'est que nous n'eûmes même pas la consolation de les faire inhumer lors d'une cérémonie à l'église. Il y avait trop de morts et les prêtres se bornaient à bénir les cercueils avant de célébrer un service commun en l'absence des corps qu'on transportait la nuit dans des tombereaux à un cimetière en banlieue de la ville. Les enterrements avaient lieu dans des fosses communes. Ainsi, on ne sut jamais où exactement ils reposaient. Nous nous bornâmes à nous rendre prier au cimetière improvisé où ils avaient été enterrés. Quel triste spectacle que ces fosses fraîchement creusées au milieu d'un champ...

Mon beau-père avait eu la précaution d'écrire un testament. Le notaire Duhamel en était dépositaire. Rosario nous apprit que nous serions bientôt convoqués pour sa lecture.

Quant à Hubert, il se faisait reproche de ne pas avoir écouté ce qu'on prétendait au sujet de cette maladie. Il répétait :

— Peut-être aurais-je pu sauver mes parents !

Il avait entendu parler d'un remède qui, disait-on, s'avérait vraiment efficace. Il s'agissait d'une plante médicinale connue des seuls Indiens de Lorette. Grâce à elle, semble-t-il, aucun d'eux n'avait été atteint de la grippe. Allez savoir ce qu'il y avait de vrai ou de faux derrière tout ça... Si ce remède s'avérait si efficace, pourquoi l'avaient-ils gardé uniquement pour eux ? J'allai leur poser la question. Je n'eus droit à aucune réponse sensée. Sans doute avaient-ils évité la contagion parce qu'ils constituaient un petit groupe serré, enfermé dans leur réserve. Quant au remède miracle, quelqu'un d'entre eux l'avait sans doute inventé.

De tout ces événements, nous gardâmes et nous gardons encore un souvenir amer.

Celui d'entre nous qui en fut le plus affecté fut Hubert. Il n'est pas rare de l'entendre encore se faire ce reproche : « C'est peut-être moi qui, sans le savoir, ai contaminé mes parents… » Chaque fois qu'il s'accuse de la sorte, nous en sommes profondément peinés. Marjolaine, surtout, ne veut plus l'entendre. Tout comme moi, elle ne manque jamais de lui dire : « Pauvre Hubert ! Qu'est-ce que tu en sais ? Ils peuvent avoir attrapé la maladie de mille façons. Tu te rappelles comment p'pa et m'man ouvraient leur porte au moindre mendiant ? Ils l'auront fait une fois de trop. La vie est ainsi faite qu'elle mène à la mort. Si tu demandes à Rosario, il te donnera comme explication que c'est la volonté de Dieu. C'est son point de vue. Chose certaine, tu n'as sans doute rien à voir là-dedans. Compte-toi chanceux de ne pas avoir subi le même sort ! »

Nous avons beau faire et beau dire, ce pauvre Hubert ne semble pas convaincu. Quant à moi, je pense tout simplement que dès notre naissance nous sommes en route vers notre fin. Il ne tient qu'à nous que ce parcours s'effectue dans les meilleures conditions possibles.

Chapitre 3

Le testament

Hubert

Le notaire Duhamel mit plus d'une semaine avant de nous convoquer à la lecture du testament. Même si aucun de nous ne souffrait de la maladie, il avait peur d'attraper la grippe espagnole et craignait que nous le contaminions. Il nous réunit enfin un après-midi dans son étude afin de nous faire part des dernières volontés de p'pa.

Les histoires d'héritage s'avèrent souvent des sources de conflits dans les familles. La nôtre ne fit pas exception. En tant qu'aîné, Rosario s'attendait à une large part de l'héritage. Ovila m'apprit que Marjolaine ne désirait rien recevoir. Il semblait bien que Léonard et Firmin ne tenaient pas à grand-chose non plus. Quant à Gertrude et Clémence, elles étaient assez à l'aise qu'elles ne misaient guère sur les pauvres biens de p'pa. Au fond, je l'appris après coup, à l'exception de Rosario, tous souhaitaient, en raison de mes infirmités, que la plus grande part de l'héritage me revienne.

Nous étions réunis chez le notaire à attendre l'arrivée de Rosario, le seul de la famille qui habitait en dehors de Québec. Le notaire commençait à donner des signes d'impatience quand enfin il se montra. Nous étions assis en demi-cercle autour du bureau du notaire. Nous avions laissé une place tout au bout pour Rosario. Il était à peine assis, après les salutations d'usage, que le notaire se leva et déclara:

— Je vous ai réunis pour vous informer des dernières volontés de votre père par ce testament qu'il a eu la sagesse de produire avant sa mort. J'en ferai intégralement la lecture. Si certains de vous désirent des éclaircissements, je vous prie de me le signaler une fois la lecture achevée. Retenez vos questions, car souvent vous en obtiendrez la réponse avant même que soit terminée la lecture du testament lui-même. Ça vous va?

Comme aucun de nous ne semblait avoir de questions dans l'immédiat, sans plus de préambule le notaire se mit à lire le testament de p'pa.

Par-devant le notaire public résidant en la cité de Québec, soussigné, et en présence des témoins ci-après nommés, soussignés, a comparu monsieur Philibert Bédard, peintre en bâtiments, époux de dame Laetitia Parent, domicilié en la cité de Québec, au numéro 45 de la rue du Pont du quartier Saint-Roch, étant en bonne santé de corps, sain d'esprit, mémoire, jugement et entendement ainsi qu'il a paru auxdits notaire et témoins par son maintien et ses discours et par la manifestation claire et précise de ses volontés.

Lequel, après avoir recommandé son âme à Dieu, a dans la vue de la mort, fait son présent testament ainsi qu'il en suit.

Premièrement, je veux et ordonne qu'avant tout mes dettes soient payées et mes torts, si aucuns se trouvent, soient réparés par mon exécuteur testamentaire ci-après nommé à la discrétion duquel je m'en rapporte pour le soin de mes funérailles, messes et prières.

Deuxièmement, avec l'assentiment de mon épouse, advenant que je meure avant elle, je donne et lègue à mon fils Hubert tous les biens meubles et immeubles généralement quelconques que je délaisserai et qui se trouveront m'appartenir au jour de mon décès, de quelque nature et valeur qu'ils soient et en quelque lieu qu'ils se trouvent et situés, pour par mon dit fils susnommé jouir, faire et disposer de tous mes biens en pleine et entière propriété et comme bon lui semblera à compter de mon décès et sans être tenu d'en faire inventaire ni tenu d'en rendre aucun compte à qui que ce soit, ce dont je le dispense par mon présent testament.

Troisièmement, je nomme mon fils Firmin Bédard mon exécuteur testamentaire.

Quatrièmement, je révoque tous autres testaments et codicilles que je pourrais avoir faits avant ce testament contenant ma vraie intention et dernière volonté.

Le notaire s'arrêta. Avant de poursuivre sa lecture, il jeta un coup d'œil par-dessus ses lunettes dans notre direction comme s'il s'attendait à des questions. Puis, comme il n'y en avait pas, sans plus attendre il lut les derniers renseignements concernant les témoins présents au testament, de même que sa date de rédaction, après quoi il s'assit et demanda :

— Certains d'entre vous ont-ils des questions ?

Rosario se leva :

— En tant qu'aîné de cette famille, et qui plus est représentant de Dieu sur terre, j'étais en droit de m'attendre de la part de mon père, comme c'est ordinairement la coutume, qu'il me lègue une certaine part de ses biens, ne serait-ce que pour faire dire des messes pour le repos de son âme. N'y a-t-il pas quelque part une clause de ce genre ?

— Vous avez entendu la lecture du testament en son entier. Votre père n'a pas jugé bon d'inclure un tel don dans son testament.

— Comme il a été inhumé dans les circonstances que l'on sait, sans que nous ayons eu à investir un seul sou pour l'enterrement et le service que j'aurais dû célébrer, n'y a-t-il pas lieu de me remettre l'argent qui aurait été employé à cette fin pour que je dise des messes pour le repos de son âme et celui de ma mère et de ma sœur Maria ?

— Si vos frères et sœurs et en particulier le principal héritier des biens le désirent, vous vous entendrez entre vous là-dessus.

Je croyais bien que Rosario avait obtenu des réponses claires à ses questions, mais il revint à la charge et déclara :

— Je vais m'opposer à ce testament que je trouve discriminatoire.

Firmin bondit :

— En tant qu'exécuteur testamentaire, je compte réfuter toute opposition. Si p'pa a jugé bon de céder tous ses biens à Hubert, nous en connaissons tous les raisons. Il voulait s'assurer qu'Hubert, qui n'a pas été choyé par la nature, puisse terminer ses jours sans crainte de se retrouver à la rue. Quant à nous, étant tous bien nantis, quel avantage aurions-nous à le dépouiller de ses biens ?

Le notaire, que ces discussions semblaient embêter au plus haut point, intervint :

— Pour ma part, j'ai accompli mon travail. À vous de régler entre vous ces questions de détail.

Il nous fit comprendre ainsi que nous étions de trop dans son étude. Marjolaine se leva.

— Nous mettrons ça au clair à notre prochain dîner de famille. Je propose de le tenir chez nous. Ovila est d'accord.

Là-dessus nous nous dispersâmes, non sans que Rosario ne trouve encore le moyen de rouspéter. Sans l'avoir cherché j'héritais de la maison paternelle. Rosario était furieux.

En tant qu'aîné, il croyait bien qu'elle lui reviendrait et il pensait la vendre au profit de ses œuvres paroissiales. Il regagna son presbytère en grognant, se promettant bien de revenir à la charge lors de notre prochain dîner du dimanche.

Quand je voulus, un peu contre la volonté paternelle, distribuer certains biens que j'estimais revenir à mes frères et sœurs, ils se désistèrent tous. Mes sœurs ne voulaient pas récupérer le linge ayant appartenu à m'man et à Maria. Elles craignaient, non sans raison, car l'épidémie sévissait toujours, d'attraper à leur tour la maladie. Firmin me conseilla de brûler tout le linge, tant celui de p'pa que de m'man et de Maria, ce que je fis en pleurant.

J'avais l'intention, une fois la maison désinfectée, de continuer à y vivre. Mais Firmin parvint à me convaincre qu'il valait mieux la mettre en vente. Il m'offrit généreusement de me loger en pension à son hôtel et d'utiliser l'argent gagné de la vente de la maison pour défrayer le coût de ma chambre et de mes repas, qui, m'assura-t-il, ne seraient pas très élevés.

Je mis donc la maison en vente avec tout son contenu. Personne ne se présenta pour la visiter. Il était évident que les gens n'avaient pas envie d'acheter une maison dont tous les occupants étaient morts de la grippe espagnole. Je compris que tant que l'épidémie ne serait pas complètement résorbée, il n'y avait rien à espérer. Certains me firent des offres ridicules. Sagement, Firmin me conseilla d'attendre. Et je suivis son conseil à la lettre.

Chapitre 4

La vie continue

Ovila

La mort passe dans une famille, mais la vie continue. Les survivants n'ont pas d'autre choix que de se remettre au travail afin, comme le dit si bien l'expression, de gagner leur croûte.

Je n'échappais pas à cette règle et j'étais toujours en quête d'une bonne histoire à raconter dans *Le Soleil* pour le plus grand plaisir des lecteurs. Je m'efforçais de trouver des sujets qui feraient réagir les gens. Ainsi avais-je cité l'opinion du député libéral de Lotbinière, monsieur Joseph-Napoléon Francœur, qui avait soulevé la question en assemblée parlementaire, à savoir : « Que la province de Québec serait disposée à accepter la rupture du pacte de 1867, si, dans l'opinion des autres provinces, ladite province est un obstacle à l'union, au progrès et au développement du Canada. » En somme, il laissait entendre que nous serions bien aptes à nous diriger nous-mêmes. Il faut dire que plusieurs n'étaient pas de son avis et sa proposition fut reléguée aux oubliettes.

Toujours à la recherche de sujets brûlants, c'est à peu près à cette époque que, par hasard, j'entendis une rumeur qui, si elle s'avérait fondée, ferait couler beaucoup d'encre.

Le tout me fut confirmé par un homme pour lequel j'avais beaucoup d'admiration. Olivar Asselin était de tous les combats. Il s'intéressait de près à la littérature. Je le croisai dans les bureaux du *Soleil* un jour qu'il était de passage à Québec. Il préparait, en compagnie de la veuve de Jules Fournier, l'édition posthume de l'*Anthologie des poètes canadiens*. Je lui demandai si on y trouvait les poèmes d'Émile Nelligan, celui que j'estimais être notre plus grand poète. Olivar me regarda d'un drôle d'air et ne put retenir la réflexion suivante :

— Il y aura de ses poèmes. Encore faudrait-il démonter que ceux qu'on lui attribue sont bien de lui.

— Vous en doutez ?

— Non seulement j'en doute, mais je suis persuadé qu'Eugène Seers en aurait long à dire là-dessus.

— Qui est Eugène Seers ?

— Vous le connaissez sans doute sous son pseudonyme de Louis Dantin.

En effet, sans le connaître personnellement, je considérais Dantin comme notre meilleur critique littéraire. Asselin me précisa qu'il habitait en banlieue de Boston et était toujours heureux de recevoir la visite de ses compatriotes. Je savais que Dantin était un prêtre défroqué mis au ban de la société par ses propres confrères.

— Il n'a pas eu d'autres choix, me précisa Olivar, que de s'exiler aux États-Unis où afin de nourrir sa famille il travaille à petit salaire comme typographe.

Je trouvai que cette question des poèmes de Nelligan pourrait intéresser une foule de gens. Je menai des démarches auprès de mon patron qui accepta que j'aborde ce sujet et qui m'avança les sous nécessaires pour que j'aille rencontrer Dantin chez lui. Je lui annonçai donc ma venue par une lettre. Comme cet homme érudit demeurait, et de loin, notre meilleur critique littéraire, je décidai de lui apporter quelques œuvres parues récemment, en espérant qu'il trouverait le temps d'en réaliser la critique.

Je n'aimais guère partir ainsi pendant une semaine en laissant Marjolaine à la maison. Compréhensive, elle me laissa aller en m'assurant que son bénévolat lui permettrait de bien remplir ses journées et qu'elle serait d'autant plus heureuse à mon retour.

Je partis donc, l'âme en paix, pour le Massachusetts. Tout au long du trajet en train, je me plongeai dans la lecture des poèmes de Nelligan. En les lisant, avec en tête l'idée qu'ils puissent ne pas être de lui, je découvris en effet que ces poèmes me semblaient beaucoup trop bien tournés pour être de la plume d'un jeune homme qui avait triplé sa classe d'éléments latins et n'avait pas terminé son année de syntaxe avant de sombrer dans la folie. Il suffisait de s'arrêter au titre de plusieurs de ces poèmes : *Confession nocturne*, *Petite chapelle*, *Chapelle dans les bois*, *Sainte Cécile*, *Billet céleste*, *Vêpres tragiques*, *La Bénédictine*, *Les Carmélites*, *Les moines*, *Le cloître noir*, *Moines en défilade*, *Sieste ecclésiastique*, *Communion pascale*, *Frère Alfus*, pour douter qu'un jeune homme de dix-huit ans se soit intéressé à ces sujets et, qui plus est, se soit montré apte à en tirer d'aussi magnifiques poèmes. Il s'agissait à l'évidence de l'œuvre d'un adulte, ex-prêtre, à l'esprit hanté par le ciel, la prière et la vie religieuse. Je me demandai aussi comment Nelligan pouvait avoir une si vaste culture, musicale et littéraire, et un si vaste vocabulaire. Un garçon qui n'avait pas terminé sa syntaxe ne pouvait être l'auteur de tels poèmes. J'en étais sûr.

Voilà donc ce qui me trottait dans la tête au fur et à mesure que je les lisais et que le train me rapprochait de ma destination. Je me proposais de faire avouer à Dantin qu'il était bel et bien l'auteur des poèmes attribués à Nelligan. N'était-ce pas d'ailleurs lui qui avait publié le premier recueil de ce poète? Lui qui était rejeté par toute une société, n'avait-il pas de la sorte trouvé le moyen de publier son œuvre?

Dantin me reçut fort aimablement. Je passai deux jours en sa compagnie. J'eus beau le questionner sur ses relations avec Nelligan, il trouva toujours le moyen de faire dévier la conversation. La seule phrase que je retins de tous nos échanges et qui vint me confirmer qu'il avait fort bien pu utiliser Nelligan à ses fins, il la laissa tomber un peu malgré lui : « À quoi bon scandaliser les braves gens quand on peut simplement les mystifier un peu ? »

De retour à Québec, avec la quasi-certitude que Dantin était l'auteur des poèmes de Nelligan, je voulus écrire un article dont je pensais qu'il provoquerait un véritable choc, mais mon patron, qui pourtant avait accepté que je me rende rencontrer Dantin, intervint :

— Que tu aies raison ou non, après mûre réflexion, j'en suis venu à l'idée qu'il valait mieux ne pas faire paraître une telle nouvelle dans notre journal. Les gens ne nous le pardonneraient jamais. Pour eux, Nelligan est un génie et doit le rester. Tant pis si Dantin a voulu se cacher derrière lui pour faire connaître ses œuvres.

Je lui fis remarquer :

— Il n'en avait pas le choix. Simplement parce qu'il avait défroqué, il avait été mis au ban de la société.

Mon patron n'en démordit pas :

— C'est comme ça. Les gens ont besoin d'idoles et Nelligan en est une. Inutile de tenter de le descendre de son socle.

Cette décision de mon patron me contraria beaucoup. J'avais déjà commencé à rédiger mon article et il me semblait que Dantin méritait que la vérité soit connue. On l'avait mis au ban de la société, mais il n'en demeurait pas moins notre plus grand poète.

À la première occasion, je voulus parler de tout ça à Léonard. Il me reçut fort aimablement, m'apprenant, dès que je fus chez lui, la dernière nouvelle du jour, la mort de Pamphile Le May, dans sa maison de Deschaillons. Cette nouvelle me toucha, car immédiatement me remontèrent en mémoire les premiers moments passés chez les Bédard alors que je cherchais à le contacter.

J'informai Léonard de la raison de ma visite. Sans doute lui était-il venu à lui aussi des doutes à propos de l'œuvre de Nelligan, car, à ma grande surprise, il ne réagit pas trop vivement à mes propos.

— Les poèmes de Nelligan seraient de Dantin? murmura-t-il. Laisse-moi revoir tout ça et m'en faire une meilleure idée et je te dirai franchement ce que j'en pense.

Chapitre 5

Pauvre Léonard

Hubert

Comme – après coup – me le reprocha Léonard, j'aurais dû, avant de me présenter chez lui à l'improviste, prendre le temps de glisser un billet sous sa porte lui annonçant ma venue. Mais je suis impulsif et un jour que j'avais affaire à la Haute-Ville et que je passais tout près de l'appartement où il vivait, je décidai de lui faire une surprise en m'arrêtant le saluer. J'arrivai chez lui sans m'annoncer et, bien malgré moi, je fus témoin d'une scène l'impliquant qui me mit à l'envers. Je me gardai bien d'en parler aux autres, mais tout cela me trotta longtemps dans la tête, et je m'accablai de bien des reproches. Mais le mal était fait.

J'étais donc arrivé devant chez lui et, comme j'allais ouvrir pour monter jusqu'au deuxième, là où était son appartement, je levai la tête et vis, par la fenêtre de sa chambre, la silhouette de deux hommes qui se tenaient dans les bras l'un de l'autre. Ils s'embrassaient tous les deux avec beaucoup d'ardeur. J'en eus le souffle coupé et je m'éclipsai aussi vite que je le pus. Ne sachant pas trop quoi penser de ce dont je venais d'être témoin, je posai la question à l'abbé Robitaille, celui des vicaires auquel je faisais le plus confiance.

— Est-ce normal qu'un homme embrasse un autre homme ?
Interdit, l'abbé me demanda :
— Pourquoi cette question ?
— Parce que j'ai vu deux hommes s'embrasser aussi bien que le font un homme et une femme.
L'abbé hésita un moment puis expliqua :
— Il y a dans la nature des anomalies. Celle-là en est une. Certaines maladies contre nature frappent parfois les humains qui devraient tout naturellement les surmonter, s'ils avaient un peu de volonté. Mais, hélas, certains se laissent entraîner dans le péché.
— Et comment s'appelle cette terrible maladie ?
— L'homosexualité.
Ainsi, Léonard était atteint d'une maladie contre nature. Ironie du sort, si j'avais voulu en connaître davantage là-dessus, c'est tout naturellement vers lui que je me serais tourné. Il aurait certainement pu me conseiller quelques lectures sur le sujet. Mais, pour en apprendre davantage sur cette maladie, je devais m'adresser à quelqu'un d'autre. Clémence en savait sans doute long là-dessus, mais je craignais, en lui en parlant, d'être obligé de lui révéler que Léonard en souffrait.
Tout cela me troubla à un point tel que je n'étais pas capable de m'effacer de l'esprit la scène dont j'avais été témoin bien malgré moi. Où et comment en apprendre plus sur l'homosexualité ? Je résolus d'abord de voir ce qu'en disaient les dictionnaires. Ils la définissaient tout simplement comme une maladie mentale.
Puis je cherchai ce qu'on en disait dans des livres de morale chrétienne. Je mis la main sur le tout récent caté-chisme du pape Pie X. J'y appris qu'on appelait sodomie les relations sexuelles entre hommes. Ce péché de sodomie était

classé parmi les quatre péchés les plus honnis par Dieu, parce que leur iniquité était si grave et si manisfeste qu'elle provoquait Dieu à les punir des plus sévères châtiments. J'étais désespéré pour Léonard.

Puis, par hasard, je mis la main sur un article de journal où il était question de deux hommes qui avaient été surpris en plein acte de grossière indécence. Je compris qu'il s'agissait sans doute d'homosexualité. On laissait entendre que les coupables étaient passibles de poursuites et d'une condamnation. Ils risquaient d'être emprisonnés pour une période de cinq ans. J'en tremblai pour Léonard.

Comme l'abbé Robitaille avait laissé entendre qu'il s'agissait là d'une maladie, j'en conclus que dans les livres de médecine il devait en être question. Je me rendis à l'Institut canadien où il était possible de consulter des centaines de volumes. Je dis au bibliothécaire qu'un de mes amis souffrait d'une maladie honteuse et lui demandai quel volume de médecine il me conseillait de lire pour en apprendre davantage là-dessus. Il me demanda:

— L'ami en question, ne serait-ce pas toi, par hasard?

Je réussis à le convaincre qu'il n'en était rien et il me prêta un volume qui traitait des affections sexuelles. Je pensais ne rien y trouver de particulier concernant l'homosexualité, mais, par chance, un paragraphe en traitait et faisait référence à un autre ouvrage que je n'osai pas demander. Je décidai par la suite d'aller consulter cet ouvrage à la faculté de médecine de l'Université Laval. Je fus sidéré de lire ce qui suit à propos de l'homosexualité:

Les maladies mentales les plus diverses se transmettent de façon héréditaire: si votre mère est alcoolique et votre père monomaniaque, vous avez de grandes chances de devenir homosexuels, criminels ou encore masturbateurs.

J'en déduisis que l'homosexualité était une maladie mentale acquise dès la naissance. De penser que Léonard en souffrait me stupéfiait. Je me demandai s'il y avait des remèdes qui pouvaient permettre à ceux qui en étaient atteints d'en guérir. Le seul conseil que donna l'abbé Robitaille contre cette maladie fut la lecture de la Bible.

Sachant que Léonard pouvait être mis en prison si jamais quelqu'un le dénonçait, j'avais peur de le voir être accusé, mais je ne savais trop comment le prévenir. Après mûre réflexion, je résolus de lui écrire un billet pour le mettre en garde. Je craignais qu'il reconnaisse mon écriture et je la déformai afin qu'il ne sache jamais que le billet qu'il trouverait sous sa porte venait de moi. J'écrivis ceci :

Monsieur, je sais pour vous avoir surpris avec un autre homme que vous souffrez de la maladie appelée homosexualité. Je pourrais vous dénoncer aux autorités, ce qui vous vaudrait des années de prison. Je ne le ferai pas, car ce n'est pas dans ma nature de le faire.

Quand par la suite je revis Léonard, je ne fus jamais plus à l'aise avec lui comme autrefois. Je savais ce que c'était de souffrir d'une infirmité et j'étais très peiné pour lui de le savoir atteint de cette maladie mentale. Mais pour quelqu'un qui souffrait d'une telle maladie, il continua à m'étonner par sa bonne humeur et son esprit vif, et je m'amusai toujours de ses réparties fort à propos et de son érudition. Je me demandai toutefois comment il pouvait vivre avec une pareille maladie. Je n'eus qu'à penser à ma bosse pour me dire que nous traînons tous avec nous des maux secrets que nous nous efforçons de cacher aux autres mais qui finissent par gâcher notre vie.

Chapitre 6

Les frasques de Rosario

Ovila

Comme je suis tenace, je m'étais juré d'apprendre les vrais motifs de la mutation de Rosario. J'insistai si bien auprès de Léonard que, de guerre lasse, il finit par céder et m'apprit:

— À ce qu'il paraît, la conduite de Rosario faisait jaser dans sa paroisse.

J'en conclus qu'il s'agissait d'une histoire de mœurs.

— Tu es certain de ce que tu avances là?

— Absolument. Je l'ai appris de source sûre. Firmin l'a également su.

— Dieu merci, vos parents ne sont plus là, ils n'en souffriront pas. Est-ce que les autres membres de la famille le savent?

— Je ne pense pas et nous ferons silence là-dessus en espérant que les mauvaises langues sauront se taire en leur présence.

J'avais bien compris que Rosario s'était conduit de telle façon que tous les gens de la paroisse en avaient été scandalisés. Mais qu'avait-il fait au juste?

Je résolus de retourner dans Portneuf pour connaître le fin mot de l'histoire. Mais pour expliquer à Marjolaine la raison de mon déplacement, je dus me creuser les méninges. Je lui laissai entendre que le journal m'y envoyait mener une enquête sur les fournisseurs de denrées au marché de Québec. Je devais, pendant ce séjour, faire le tour de toutes les fermes dont les propriétaires fréquentaient régulièrement le marché de Québec pour y apporter viande, fruits et légumes. Il me fallait tenter d'apprendre ce que tout cela leur rapportait et comment ils fixaient le prix de vente de ces produits.

Je me rendis donc un beau lundi matin dans Portneuf. Malheureusement, un lecteur du *Soleil* me reconnut au moment où j'arrêtais dîner au seul restaurant du coin. Il était sans doute très rare qu'un journaliste se présente dans ces parages. La nouvelle de ma présence en ces lieux se répandit vite dans tout le village, si bien qu'après avoir frappé à plusieurs portes, avant même que je puisse me présenter on me demandait : « Êtes-vous le journaliste ? » Étonnamment, alors que certains individus courent pratiquement après nous pour que nous les interrogions, ici, les gens se montraient si méfiants, qu'en apprenant qui j'étais et ce sur quoi j'allais les interroger, je les voyais changer de visage et ils me fermaient leur porte au nez.

J'allais m'en retourner chez moi avec mon petit bonheur, n'eût été d'une vieille demoiselle acariâtre à qui je m'adressai et qui s'ouvrit comme une fleur empoisonnée. Plus tard, j'appris qu'elle était la cousine de celle sur qui Rosario avait jeté son dévolu, car, comme je l'avais deviné, il s'agissait bien d'une histoire de mœurs. La vieille ne se gêna pas pour accabler Rosario de tous les péchés.

— C'est un méchant homme. Il a semé le scandale dans toute la paroisse. Est-ce Dieu possible qu'un curé ait une maîtresse ?

— Est-ce que ça faisait longtemps qu'il fréquentait la femme en question ?

— Au moins deux ou trois ans. Mais il a été bien puni…

— Comment donc ?

— Vous ne le savez pas ?

— Je suis justement là pour l'apprendre.

— Il lui a fait un enfant. Tant pis pour lui. Quand on pense que ces curés nous défilent la liste de tous les péchés qu'il ne faut pas commettre si nous voulons éviter l'enfer et qu'ils ne se gênent pas pour les commettre eux-mêmes… Qui faut-il croire ?

Elle déblatéra un bon moment là-dessus, me racontant que toute la paroisse était au courant de ses fréquentations et que tout le monde fermait les yeux. Les hommes en parlaient autour d'une bière et les femmes chuchotaient entre elles lors de leurs rencontres, mais personne ne broncha tant que la pécheresse ne fut pas enceinte. Quelqu'un enfin se décida à en prévenir l'évêque. La chipie termina son histoire en lançant : « Bon débarras ! »

Ainsi je ne m'étais pas trompé en soupçonnant qu'une raison majeure avait motivé le départ de Rosario. Curieuse comme elle est, Marjolaine voulut savoir ce que j'avais appris au cours de mon séjour dans Portneuf. Je lui laissai entendre que mon enquête ne m'avait pas servi à grand-chose, que les gens ne voulaient pas révéler ce que leur rapportaient leurs ventes au marché, et qu'en fin de compte, je n'écrirais rien sur l'affaire à l'origine de mon voyage.

Toutefois, maintenant que je connaissais le fin mot de l'histoire, je voulus apprendre – discrètement – si mes beaux-frères en savaient autant. J'en glissai un mot à Léonard. Il me fit jurer de garder le silence et me confia qu'une indiscrétion d'un vicaire à la sacristie, alors qu'Hubert y arrivait, lui avait révélé le pot aux roses. Hubert s'était empressé de rapporter le tout à Firmin et à lui. Le vicaire en question interrogeait précisément un confrère: «Tu connais le nouveau curé de Saint-Ferréol?» «Oui!» «Tu sais ce qui l'a mené là?» «Je viens de l'apprendre. Il y a un petit Bédard de plus dans sa paroisse du comté de Portneuf. La mère doit se sentir bien seule.»

Je fis celui qui l'apprenait et murmurai:

— Rosario, qui pourtant paraissait si loin de ça, s'est laissé tenter par le démon de la chair…

— Eh oui… Tout ce que je souhaite, c'est que les filles de la famille ne l'apprennent pas.

Je le priai de ne pas s'inquiéter en lui disant que, le cas échéant, je tenterais de tout démentir. J'étais loin de savoir ce qui allait se passer par la suite. Fort heureusement, cette nouvelle n'avait pu atteindre les oreilles de mes beaux-parents avant leur disparition. La mort s'était chargée de les épargner.

Chapitre 7

Dîner chez Ovila
et Marjolaine

Hubert

Après la mort de nos parents, nous avions pris l'habitude de nous réunir chez Ovila et Marjolaine pour nos dîners familiaux du premier dimanche du mois.

Ce dimanche-là, il faisait un temps comme on en souhaite tous les jours. L'automne nous gâtait d'une de ces journées où la vie est douce et où tout nous semble parfait, la lumière éclatante, l'air pur, les couleurs vives comme seul peut nous en offrir octobre. Comme toujours, Rosario se fit attendre. Il se montra, alors que nous étions tous réunis dans la pièce étroite qui servait de salon. Léonard, comme Firmin, était en verve. Nous avions bien ri aux propos de Léonard nous racontant une aventure rocambolesque comme lui seul semblait en vivre. Il avait rencontré un vagabond qui lui avait demandé la charité. Léonard l'avait tout bonnement conduit chez Maurice afin de lui offrir un pain. Le bonhomme se montra si déçu que Léonard le mena ensuite à l'hôtel de Firmin où il le fit asseoir. Il commanda une bière. L'autre pensait qu'il allait la lui offrir. Au grand dam de ce dernier, Léonard la but sous son nez. Avant que Léonard ait fini son verre, le bonhomme était sorti de l'hôtel en sacrant. Aux dires de Léonard, il avait l'air d'un chien battu, la queue entre les pattes.

Rosario choisit juste ce moment pour arriver. Il n'avait pas aussitôt mis le nez dans le salon qu'il exigea un fauteuil. Pour ne pas faire d'histoire, je me levai pour lui céder le mien. Depuis le décès de nos parents, lors de nos repas précédents, quand il y était, il s'était montré plutôt discret, ce qui faisait le bonheur de tous. Je ne sais pas trop ce qui lui prit ce dimanche-là. Il nous toisa et déclara :

— C'est en tant qu'aîné de la famille et représentant de Dieu sur terre que je me présente à ce repas. Si vous tenez désormais à ma présence, je présiderai nos dîners de famille.

— Tu ne viendras pas nous imposer, mon bien cher frère, tes très saintes volontés.

Rosario répliqua :

— Ce ne sont pas mes volontés mais celles de Dieu auxquels tous doivent se plier.

Léonard reprit d'un ton sarcastique :

— Était-ce la volonté de Dieu que tu changes de paroisse ?

Rosario, sentant la soupe chaude, répondit d'un ton sec :

— Oui, impie !

Ne se laissant pas impressionner, Léonard rétorqua :

— Ne serait-ce pas plutôt celle des hommes ?

— Si tu le crois !

— Non seulement je le crois, je le sais.

— Idiot ! Que veux-tu donc insinuer ?

— À notre prochain dîner, tu pourrais venir avec ta femme et ton enfant.

Rosario passa du blanc au rouge. Puis, hors de lui, il lança :

— Maudit sois-tu, fils de Satan !

Il se fit un silence de mort. Puis Rosario se leva sans mot dire et il passa la porte. Ce fut son dernier dîner en famille. Marjolaine, Gertrude et Clémence restèrent saisies et furent bouleversées d'apprendre cette nouvelle. Marjolaine, ordinairement si réservée, leva le ton pour reprocher à Léonard :

— Je suppose, pour lui avoir jeté la première pierre, que toi tu n'as jamais péché ?

— Grande sœur, en plus d'être un incrédule et un idiot, je suis un fils de Satan et un grand pécheur comme nous tous, mais il y a longtemps que je ne pouvais plus souffrir ses sermons et ses leçons de morale. Je n'intervenais pas comme je l'aurais voulu par respect pour vous et pour la mémoire de p'pa et de m'man. Maintenant qu'ils ne sont plus là depuis deux ans, je ne me ferai pas dicter ma façon de vivre par ce tartuffe. Qu'il garde ses leçons de morale pour ses paroissiens et qu'il ne vienne plus faire le casse-pied lors de nos dîners.

Marjolaine n'insista pas. Firmin tenta d'alléger l'atmosphère par une histoire de son cru, mais nous n'avions plus le cœur à rire, d'autant moins que le sujet du jour dans tous les journaux était le meurtre de Blanche Garneau, cette jeune femme dont on avait trouvé le cadavre au bord de la rivière Saint-Charles. Chacun émit son opinion là-dessus. Léonard était d'avis que les enquêteurs auraient bien du mal à retracer le ou les coupables. Firmin n'était pas de cet avis. Québec, fit-il remarquer, est une petite ville. Tout se sait. Quelqu'un finira bien par parler.

— Tout comme Léonard l'a fait pour Rosario, reprocha Gertrude.

Sa remarque tomba comme un coup de tonnerre. Le repas se termina abruptement, chacun cherchant à se trouver une raison pour partir. Firmin offrit, puisqu'il n'y avait plus l'obstacle appelé Rosario, de tenir désormais nos dîners à son hôtel. Ovila se dépêcha de dire que c'était un plaisir pour Marjolaine et lui de nous recevoir à dîner.

— Ne le prenez pas mal, dis-je, nous avons beaucoup apprécié que vous nous receviez chez vous, mais pourquoi vous donner cette peine ? À l'hôtel de Firmin tout sera plus facile. Il n'aura pas à se préoccuper du repas, son cuisinier s'en chargera.

Léonard tout comme Clémence abondèrent dans le même sens. Toujours conciliante, Marjolaine se plia à cette suggestion.

Chapitre 8

Encore Dantin et Nelligan

Ovila

Léonard m'avait dit qu'il me ferait part de son idée au sujet de Dantin et Nelligan. J'avais confiance en son jugement, lui qui avait écrit un volume sur nos poètes anciens et s'apprêtait à en faire paraître un autre sur nos contemporains. Il connaissait la poésie et ne manquait pas, lui-même, de publier de temps à autre des poèmes dans les pages du *Soleil*. Il utilisait le curieux pseudonyme d'Andromède.

Les semaines passaient sans qu'il me contacte pour m'assurer qu'il avait eu le temps de s'intéresser à Dantin et Nelligan. Je voulus en avoir le cœur net, et j'essayai, mais sans succès, de le joindre par téléphone à la bibliothèque de la législature. À la fin, je choisis de lui faire parvenir, par un messager, un billet lui annonçant ma visite pour discuter de la question qui me préoccupait. Il m'informa que je serais le bienvenu chez lui le jeudi suivant vers les quatre heures. Très affable, il me reçut en m'offrant un verre, et selon son habitude, sans plus tarder, il s'attaqua au sujet de mes préoccupations.

— Qui t'a laissé entendre que Dantin serait en réalité l'auteur des poèmes de Nelligan ?

— Nul autre qu'Olivar Asselin.

— Dans ce cas, c'est du sérieux, parce qu'Asselin connaît à fond la poésie et nos différents auteurs. Il sait peut-être quelque chose que nous ignorons à ce propos. Il ne doit sûrement pas parler à travers son chapeau.

— Tu sais que j'ai voulu vérifier le fin fond de l'histoire et que je me suis rendu à Cambridge près de Boston rencontrer Dantin lui-même.

— As-tu pu lui soutirer quelque chose ?

— Il ne s'est pas compromis. Nous avons parlé de ses poèmes, des difficultés qu'il connaît dans sa vie actuelle, lui qui, lorsqu'il était prêtre, n'a jamais eu à se soucier du pain quotidien. Parce qu'il a défroqué, il se plaint, avec raison, d'être traité comme un paria et rejeté de tous. Il faut admettre que notre société se montre très sévère pour ceux qui la déçoivent.

Léonard me fit remarquer que même lorsqu'il était prêtre, il n'avait pas trouvé d'éditeur pour ses poèmes. Il avait d'ailleurs délaissé son vrai nom d'Eugène Seers pour vivre sous le pseudonyme de Louis Dantin : on ne publie pas les œuvres d'un défroqué. Ainsi, entre 1900 et 1902, pour écrire plusieurs de ses poèmes dans *Les Débats*, en alternance avec d'autres de Nelligan, il s'était servi de son pseudonyme. Puis il avait fait paraître un recueil, *Franges d'autel*, au sujet duquel il laissa entendre que plusieurs poètes avaient participé.

Léonard dit :

— Si on est attentif, on se rend compte qu'à peu près tous les poèmes sont de lui. Il s'est servi en particulier de Serge Usène, une anagramme de son nom, pour signer neuf des poèmes du recueil. Il produit beaucoup, car il se sert d'un tas d'autres pseudonymes pour répandre sa poésie.

Léonard étira le bras et prit une feuille sur son bureau.

— En voici quelques-uns : Sylvio, Kovar, Donat Sylvain, Saint-Linoud. De plus, ajouta-t-il, je me suis attardé à comparer les poèmes de Nelligan à ceux de Seers.

— À quelle conclusion en arrives-tu ?

— Si je te récite un poème, sauras-tu me dire s'il est de Seers ou de Nelligan ?

— Je ne connais pas assez leurs œuvres pour te donner une réponse valable.

— C'est dommage, mais écoute quand même très attentivement. Tu me diras ensuite ce que tu en penses. Il s'agit d'un poème tout simple intitulé *L'hiver sur la rue*. Je ne t'en récite que le début :

C'est janvier : la lueur falote
Qui tombe du premier matin
Blanchit la ville qui grelotte
Sous la dent d'un froid tibétain.

Aux toits s'effrange une verdure
De cristaux, de sucres candis,
Et la neige luisante et dure
Laque les trottoirs engourdis.

La borne est une stalactite
Et la fontaine est un glaçon ;
Le poète en plâtre médite,
Chamarré de point d'Alençon.

— Qu'en dis-tu ? Il est de Nelligan ou de Dantin ? Je risquai :
— Nelligan.

— C'est du Dantin.

— Qu'y vois-tu de différent?

— Justement rien, sinon que pour parler d'un froid tibétain ou encore d'un point d'Alençon, il faut avoir d'excellentes connaissances. Je me suis rendu compte que pour écrire les poèmes qu'on lui attribue, Nelligan devait connaître à fond de nombreux volumes, les classiques grecs et la géographie, ce qui n'était certainement pas le cas. Tu sais comme moi qu'il n'a même pas terminé son année de syntaxe.

— Tu as raison. Il y a vraiment lieu de s'interroger sur le bagage de connaissances de Nelligan. Il affiche peut-être une belle tête de poète, par contre je me demande d'où lui est venu tout le savoir que supposent ses poèmes. En plus, quel étonnant vocabulaire!

— En effet. Tu en veux des exemples? Où a-t-il bien pu prendre ces mots, quand il écrit:

Milady, canaris et les jokos bélîtres [...]
Dans son vichoura blanc, une ombre de fourrure [...]
Où le vent de scherzos quasi mélancoliques

Après un moment de silence, Léonard me regarda en faisant la moue et, levant les sourcils, me demanda:

— Je ne sais pas si tu es comme moi, mais j'ignore totalement ce qu'est un vichoura blanc...

Sa mimique me fit sourire. Il poursuivit en affirmant:

— À mon avis, il y a trop de moines, d'hosties, de Christ, d'anges, d'archanges, de chapelles, de Vierges, de communions, de prières, d'oraisons, de Rogations, de Toussaints, d'ostensoirs, d'angélus et de reliques dans ses poèmes. La soutane de cet ex-curé dépasse. Dans *Les Débats*, des poèmes de Nelligan en alternance avec ceux de Dantin s'intitulent:

Clair de lune intellectuel, Jardin sentimental, Sainte Cécile, La réponse du Crucifix, L'homme aux cercueils, Chapelle de la Morte, Amour immaculé, Potiche. Lis-les et tu te rendras compte qu'ils ne peuvent être de Nelligan. Si tu les étudies de plus près, tu t'aperçois qu'ils tournent beaucoup trop autour de la religion et supposent une trop grande érudition pour être l'œuvre d'un jeune homme de dix-huit ans que mon ami Jean Charbonneau, qui sait de quoi il parle, décrivait comme un garçon qui n'avait pas de formation.

Je m'empressai d'apprendre à Léonard que j'en étais venu aux mêmes conclusions. Je lui parlai du refus catégorique de mon patron quand j'avais voulu écrire un article là-dessus dans *Le Soleil*.

— Les gens ont peur de la vérité. Nous avons tellement besoin de héros que lorsqu'il nous en naît un, qu'il soit vrai ou fabriqué de toutes pièces, nous le portons aux nues et personne n'ose ensuite le faire redescendre de son piédestal

— Comment comptes-tu le présenter dans ton anthologie ?

— Oh, je lui donnerai toute la place. Si Eugène Seers désirait vraiment se faire connaître comme poète, il n'avait qu'à procéder comme tout le monde, présenter ses poèmes sous son vrai nom.

J'intervins vivement :

— Tu sais tout comme moi, si beaux soient ses poèmes, qu'il n'aurait jamais pu se faire publier sous son vrai nom. Un défroqué n'a pas sa place parmi nous. Son exil aux États-Unis le démontre.

Léonard poursuivit :

— Le mal est fait. Pour faire connaître son œuvre, il s'est camouflé derrière Nelligan. Qu'il ne compte pas sur moi pour le réhabiliter.

Je fus étonné que même mon beau-frère Léonard, qui n'a pas la langue dans sa poche et semble n'avoir peur de rien, refuse de donner sa vraie place à Eugène Seers parmi nos poètes.

Chapitre 9

Gertrude fait des siennes

Hubert

Gertrude n'était pas à prendre avec des pincettes. Elle avait vraiment mauvais caractère, mais je fus très ému, le jour où elle vint nous trouver, Firmin et moi, à l'hôtel en disant qu'elle avait quelque chose à nous apprendre. Firmin lui demanda :

— Ça ne va pas ?

— Rien ne va. J'ai quitté Maurice.

— Hein ! Depuis quand ?

— Quelques jours.

— Où vis-tu ? demanda Firmin.

Profitant de cette question, elle lui demanda :

— Justement, j'aimerais savoir si je pourrais rester ici quelque temps.

Firmin n'hésita pas, il répondit spontanément :

— Le temps que tu voudras. Tu pourras donner un coup de main, ça payera tes repas et ton séjour. Comptes-tu retourner avec Maurice ?

— Pour me faire battre ? Jamais de la vie.

— Et tes enfants ?

— Ils sont assez vieux pour se débrouiller.

— Qu'est-ce qu'ils pensent de tout ça?

— À part Archange, ils ne savent pas que je suis partie.

Elle s'installa dans une chambre de l'hôtel et ne se fit pas prier pour rendre service, mais en se tenant constamment sur ses gardes de peur de voir surgir Maurice. Le soir même de son arrivée, sans doute avait-elle besoin de parler, elle nous raconta sa mésaventure:

— Il était toujours en boisson. Je ne pouvais plus l'endurer. J'ai pris le train et j'ai sacré mon camp.

— Pour aller où?

— Chez mon oncle Paul, à Trois-Rivières. Je m'étais apporté un livre. J'ai mis le nez dedans aussitôt que le wagon a commencé à rouler. Je voulais éviter que quelqu'un du compartiment m'interroge. Le convoi a quitté la gare sans que Maurice ne se pointe. Je respirais déjà mieux. Je sais que toi, Firmin, tu as déjà pris le train, mais j'ignore si tu l'as fait, Hubert. Moi, en tout cas, c'était la première fois. J'étais assise près d'une fenêtre et j'ai suivi tout ce qui se passait. J'avais hâte qu'on s'éloigne de Québec. On a dépassé les dernières maisons de la ville, et tout s'est mis à défiler plus vite. C'était curieux de voir se suivre les champs entrecoupés de rangées d'arbres et parfois de bosquets. Ça m'a apaisée. J'avais pleuré et je m'imaginais que ça se voyait, que tout le monde me regardait en s'apitoyant sur mon sort. Je me demandais bien où tout cela me mènerait. Après tout, j'avais pris ma décision sur un coup de tête. Je pensais que j'allais le regretter… Mais cette fois, Maurice avait dépassé les bornes.

Firmin demanda:

— Qu'est-ce qu'il t'avait fait?

— Il m'avait battue plus rudement que les autres fois.

— Il te battait souvent?

— Quand il était en boisson, il n'était vraiment pas du monde. Vous ne le croirez pas. J'avais tellement peur de lui que chaque fois que le train ralentissait pour s'arrêter à une gare, je tremblais de le voir y monter. À la première gare où on a fait un arrêt, comme je n'avais pas porté attention, j'ai voulu savoir où nous étions rendus. J'ai levé les yeux afin de lire le panneau indiquant le nom de la place. La vieille femme assise à côté de moi en profita pour me demander: "Je vous vois lire. Vous lisez quoi, au juste?" "*Maria Chapdelaine.*" "Le roman de Louis Hémon? C'est un bon roman. Il décrit bien ce qu'ont vécu les gens de par chez nous." "Vous venez du Lac-Saint-Jean?" "Non, pas vraiment, mais ce sont des hommes de Charlevoix qui ont fondé le Lac-Saint-Jean. Péribonka, où se déroule l'histoire de Maria, n'est pas bien différent de nos villages de Charlevoix. Je suis née à La Malbaie. Vous savez, j'ai connu Louis Hémon." "Vraiment?" "C'était, au fond, un homme solitaire. Personne n'aurait jamais entendu parler de lui s'il n'avait pas écrit ce roman. L'histoire de Maria est intéressante. La pauvre, elle a vécu un peu comme nous toutes, misérables femmes, un grand amour décevant." Quand elle a dit ça, les larmes me montèrent aux yeux.

— Je comprends, fit Firmin.

— Cette femme venait sans le savoir de raviver ma peine. Comme elle ne s'était pas rendu compte de mon émotion, elle poursuivit: "Est-ce indiscret de vous demander où vous allez?" "À Trois-Rivières, chez mon oncle." "Vous avez des enfants?" "Quatre, deux garçons, deux filles." "Vous êtes bien chanceuse. Les enfants sont notre plus grande richesse." "Vous en avez vous-même?" "Non, malheureusement. Ça n'aurait pas été facile de les élever sans père." "Il est mort?" "Non, nous avons rompu avant même de nous marier.

Ça m'a sauvé la vie. Il aurait fini par me tuer à force de me battre."

« Ce qu'elle racontait ressemblait tellement à ce que je vivais que je ne pus retenir mes larmes. Elle s'en rendit compte et fit cette réflexion : "À ce que je vois, pauvre madame, je viens de toucher une corde sensible." Je m'essuyai les yeux avec mon mouchoir. Je ne me sentais pas le courage de parler. Elle m'encouragea : "Consolez-vous, vous n'êtes pas la seule dans votre situation. À peu près toutes les femmes vivent des moments semblables. Nous croyons à l'amour jusqu'au moment où nous nous rendons compte que s'il existe vraiment, il ne dure pas. Ensuite seulement, nous pouvons ajuster notre vie aux circonstances."

« Le train ralentit de nouveau. J'espérais qu'elle finirait par se taire, mais elle semblait au contraire vouloir prolonger la conversation. "Ne m'en voulez pas, madame, de vous faire revivre des moments pénibles. Au fond, pleurer est la meilleure manière de s'en débarrasser. Ça ne donne rien de garder ça enfoui en nous, ça finit par nous empoisonner la vie." Pour ne pas me montrer impolie, je demandai : "Vous êtes seule pour gagner votre vie ?" "J'ai eu la chance de naître dans une famille à l'aise. J'ai fait de bonnes études et quand mon amoureux m'a quittée, j'ai tout fait pour gagner ma vie. Je fus maîtresse de poste, j'ai convoité un poste de bibliothécaire, mais, en fin de compte, je me suis mise à l'écriture et comme ça j'ai pu recueillir les sous qui m'ont évité la famine et fait vivre décemment." "Avez-vous écrit des romans ?" "Hé oui ! Je m'appelle Félicité Angers, mais j'ai fait paraître mes romans sous le nom de Laure Conan. Vous avez peut-être lu *Angéline de Montbrun*. Si vous ne l'avez pas fait, lisez-le, ça vous fera du bien. Et aussi, si vous pouvez mettre la main sur *Un amour vrai*, le premier texte que j'ai publié, il devrait vous plaire."

— Laure Conan! s'exclama Firmin. Tu as rencontré Laure Conan?

— Ben oui! J'étais impressionnée d'avoir pour voisine de banquette, dans ce train bondé, nulle autre qu'un écrivain. Je me promis de lire ses œuvres et lui confiai: "J'ai un frère qui écrit beaucoup, surtout de la poésie. Il serait fier de vous connaître. Il sera jaloux quand il apprendra que j'ai causé avec vous." Elle m'a demandé: "Quel est son nom?" "Léonard Bédard." "Vous savez que les Bédard nous ont donné d'importants personnages?" "Mon frère Hubert, le sonneur de cloches de Saint-Roch de Québec, ne nous a pas fait seulement résonner les oreilles avec ses cloches, il nous a aussi souvent parlé des Bédard célèbres." Elle sourit de ce que je venais de dire puis elle ajouta: "Ne me répondez pas si vous ne le voulez pas, mais je crois deviner que cette visite que vous faites à votre oncle a été causée par un incident familial."

«Je me sentis mal de me voir ainsi percée à jour. Je jugeai bon de me taire. Voyant que je ne répondais pas, la vieille dame murmura: "Qui ne dit mot consent. Pardonnez son indiscrétion à la vieille curieuse que je suis. Je vous recommande toutefois un de mes textes qui devrait réellement vous aider. Je l'ai publié à Montréal, il y a une dizaine d'années, dans *Le Journal de Françoise*. Il s'intitule *Un exemple aux femmes malheureuses en ménage.*"

«De nouveau, le train ralentissait. Je m'étirai le cou en espérant pouvoir lire le nom de la gare où nous nous arrêtions. "Nous voilà à Batiscan, assura la vieille dame. Vous savez, j'ai fait ce trajet tellement de fois que je le connais par cœur." Je lui demandai: "Où vous rendez-vous?"

"À Montréal et plus précisément à l'Institut des Petite Filles de Saint-Joseph, rue Notre-Dame-de-Lourdes. J'y séjourne régulièrement pour voir à mes affaires dans la métropole." Je lui dis : "Je vous envie de pouvoir gagner votre vie de la sorte. Pour ma part, je me demande comment je vais me débrouiller à l'avenir." "Vos enfants sont-ils mariés ?" "Heureusement, les filles le sont. À ce que je sache, elles ont de bons maris. J'ai un fils qui aide son père à tenir notre boulangerie et un autre fils dans l'armée. Je ne cesse pas de craindre de recevoir un jour la mauvaise nouvelle que toute mère redoute. Si jamais il y a une nouvelle guerre, j'espère que mon fils qui est ici réussira à éviter d'être enrôlé." "Je vous le souhaite ! Pourquoi les hommes ont-ils besoin de se battre ainsi ?"

« Elle se tut. Appuyant sa tête au dossier du banc, elle ferma les yeux, vaincue par une soudaine attaque de sommeil. Je me replongeai dans ma lecture. J'avais à peine quelques pages de lues quand le train entra en gare de Trois-Rivières. La vieille ouvrit les yeux, esquissa un sourire timide au moment où, valise en main, je m'apprêtais à me diriger vers la sortie. "Bonne chance !", murmura-t-elle. Je la remerciai en lui souhaitant la même chose. Elle me gratifia d'un large sourire. "Tout ira bien", assura-t-elle en fermant les yeux. »

Firmin fut appelé à la réception. Gertrude soupira et me prévint :

— Si ça ne t'offusque pas, je vais m'arrêter là. Je tiens à ce que Firmin soit là pour entendre la suite.

— Dans ce cas, il faudra bien patienter jusqu'à demain. Ce pauvre Firmin n'est pas facile à faire asseoir.

— J'attendrai la prochaine occasion où je pourrai vous avoir tous les deux.

Je demandai :

— Pourquoi tiens-tu tellement à ce que nous soyons deux à t'entendre ?

— Si jamais, un jour, expliqua-t-elle, j'ai besoin de témoins…

Chapitre 10

De choses et d'autres

Ovila

Quand les choses vont bien pour quelqu'un, rarement en entendons-nous parler. C'était le cas pour mon beau-frère Firmin. Il vivait fort bien. Son hôtel était presque toujours plein et son théâtre bondé à chaque représentation. Il avait un don pour l'organisation et c'était un plaisir de le voir diriger son établissement, l'un des mieux cotés de la ville. Tout lui souriait. On ne pouvait trouver plus hospitalier que lui. N'avait-il pas accueilli Hubert dans ses appartements et ne venait-il pas d'offrir une chambre à sa sœur Gertrude ? Il avait le cœur sur la main et un très grand sens de la famille.

Il s'était débattu comme un diable dans l'eau bénite quand les prohibitionnistes avaient remporté le référendum défendant les boissons alcoolisées à Québec. Ne pouvant plus en servir dans son hôtel, il perdait beaucoup d'argent. On l'entendait rarement se plaindre, mais je me souviens fort bien que cette décision l'avait enragé.

«Si monseigneur Bégin, se plaisait-il à dire, croyait qu'en défendant qu'on serve des boissons alcoolisées chez nous elles allaient disparaître, il se fourvoyait royalement.

Il a peut-être gagné son point, mais ce qui se faisait au vu et au su de tout le monde se fait désormais en cachette. Ce que nous pouvions contrôler en le voyant, nous ne pouvons plus maintenant y mettre un frein.»

Il avait raison, car on eut de plus en plus à se plaindre de voir des gens ivres dans les rues. Ce qu'ils buvaient s'avérait souvent très nocif et plusieurs se demandaient s'il ne serait pas mieux de permettre la vente de boisson comme auparavant.

Pour compenser le manque à gagner en raison de cette interdiction, Firmin s'efforçait de monter toutes sortes de spectacles et d'attractions dans son théâtre. Je me souviens entre autres qu'il avait obtenu un grand succès avec un phénomène hors de l'ordinaire en la personne du professeur Stanley, un jeune homme de vingt-quatre ans originaire de Brooklyn venu faire une démonstration de ses capacités à se grandir. Il contrôlait de façon extraordinaire son anatomie. Il parvenait à se grandir de neuf pouces, à allonger ses bras de douze à quinze pouces et à élargir le tour de son cou de cinq pouces.

Chaque fois que j'en avais l'occasion je m'arrêtais à l'hôtel Eldorado pour boire quelque chose tout en observant les gens qui fréquentaient les lieux. Il n'y avait pas meilleur endroit à mon avis pour observer le déroulement de la vie. J'y mesurais à quel point, au fond, on y est seul. Au bar, les hommes causaient entre eux de tout et de rien, puis partaient chacun de leur côté faire face à leur quotidien.

À sa manière, Firmin s'était récompensé pour ses réussites. Il venait de s'acheter une automobile. Après avoir longuement hésité entre une Oldsmobile et une Studebaker, pour une raison que lui seul connaissait il avait opté pour une Packard. Une très belle et puissante voiture qu'il ne conduisait pas lui-même, préférant se faire piloter en ville par son chauffeur. Cette automobile lui servait pour son hôtel. Son chauffeur allait parfois mener certains de ses clients à la gare ou à la Haute-Ville. Un beau dimanche que nous n'étions que peu à assister au dîner, nous eûmes l'occasion d'y monter pour nous rendre piqueniquer en famille à la chute Montmorency. Cet endroit était très prisé : on pouvait flâner tout en haut de la chute, et quel spectacle impressionnant elle nous offrait ! J'aimais m'approcher du bord et regarder l'eau se précipiter deux cent quatre-vingt-deux pieds plus bas dans un fracas d'enfer. À ses pieds s'élevait une poussière d'eau formant un rideau dans lequel le soleil faisait naître des arcs-en-ciel. C'était un spectacle inoubliable, comme seule la nature est en mesure de nous en donner, et une des rares distractions que nous pouvions nous offrir, puisqu'elle était parfaitement gratuite.

Firmin était un homme attentif aux autres. Quand il en avait la chance, il se faisait un plaisir de nous conduire hors de la ville admirer les si beaux paysages des Laurentides et les jolis villages qu'on y trouve. Il ne mesurait ni son temps ni son argent. Il avait même la générosité de garder Hubert à l'hôtel, lui dont le salaire ne couvrait pas les frais qu'il lui occasionnait. La maison familiale n'avait pas trouvé preneur, mais Hubert ne désespérait pas de la vendre un jour.

Notre vie se déroulait ainsi paisiblement. Puis voilà qu'un beau jour Marjolaine me prévint de la visite de Clémence. Elle s'annonçait pour le souper. Nous n'avions plus guère l'occasion de la voir qu'à notre dîner du mois. Elle avait certainement quelque chose d'important à nous dire.

Elle arriva du pas vif qui la caractérisait, un sourire accroché aux lèvres, mais le regard soucieux. Elle mijotait quelque chose. C'était dans sa nature de songer à améliorer la situation de tout le monde. Elle ne nous fit part de ce qui la tracassait qu'une fois le repas commencé.

— Il m'est venu une idée nouvelle concernant mon travail de médecin. Depuis maintenant quelques années, je m'occupe de soigner les pauvres de la paroisse et Dieu sait qu'il y en a plusieurs. Un jeune médecin a offert de m'aider dans ce travail, ce qui me libère pour autre chose.

— Te connaissant comme je te connais, dit Marjolaine, je présume que tu as trouvé tout de suite un autre domaine où faire valoir tes connaissances?

— Tu as raison et c'est de ça dont je veux vous parler.

— Eh bien, dis-je, ne te gêne pas pour nous l'apprendre. Si nous pouvons faire quelque chose pour te venir en aide, nous le ferons. N'est-ce pas, Marjolaine?

D'une voix douce mais ferme, elle assura:

— Je ne demande pas mieux que d'aider.

Clémence la remercia, puis nous fit part de son projet.

— J'ai relevé au cimetière Saint-Charles les dernières statistiques concernant la mortalité infantile. Ce cimetière accueille les dépouilles des gens de Saint-Roch, Jacques-Cartier, Saint-Malo, Saint-Sauveur et Limoilou. Uniquement dans Saint-Roch, pas moins de cent trente-neuf enfants sont morts l'an dernier. Vous rendez-vous compte qu'un enfant meurt à tous les deux jours et demi dans la paroisse? Si on inclut ceux des autres paroisses, les statistiques montent à cinq cent quatre-vingt-six: plus d'un enfant à chaque jour et demi!

— Jamais je n'aurais pensé ça, fit Marjolaine. C'est incroyable!

Clémence reprit:

— Voilà pourquoi j'ai pensé ouvrir un dispensaire pour les enfants malades.

Je commentai:

— Ça risque de coûter cher...

— Pas tant que ça ! Tout va dépendre de vous et des autres membres de la famille.

— Vraiment ?

— La maison familiale n'est pas occupée. Je pourrais y aménager le dispensaire, en payant un loyer raisonnable chaque mois. Comme ça nous pourrions soutenir Firmin qui accueille presque totalement à ses frais Hubert et Gertrude. Comme la maison appartient à Hubert, je lui en ai glissé un mot. Il est d'accord. Gertrude n'a rien contre, Léonard non plus. Il reste vous deux.

Marjolaine souligna :

— Tu auras besoin d'aide à ton dispensaire. Je suis prête à y travailler.

— À quel salaire ?

— Si Ovila est d'accord, bénévolement.

Voilà donc comment Clémence délivra ce pauvre Hubert d'un grand souci. Je me souviens très bien de cela parce que cette décision de Clémence, je pus toujours la relier à un autre événement très marquant qui fut comme une balise dans nos vies. Quand je voulais me souvenir d'un fait quelconque, je me demandais : est-ce arrivé avant ou après le feu de la basilique ? Car un mois à peine après cette rencontre avec Clémence, un incendie majeur frappa Québec, et la basilique fut la proie des flammes. Il fallait voir la désolation que cette catastrophe causa chez les gens. On ne pouvait pas s'expliquer pourquoi Dieu permettait de tels cataclysmes. Après tout, cette basilique avait été construite en son honneur et celui de la mère de Jésus la Vierge Marie, puisqu'elle portait le nom de Notre-Dame.

L'indignation devint encore plus grande quand on nous apprit plus tard qu'il s'agissait d'un incendie criminel.

L'auteur du méfait, un nommé Masden, connu ici sous le nom d'Henry Dean, avoua son crime alors qu'il était détenu dans une prison de l'Ohio.

Je me disais qu'il faudrait des années pour reconstruire la basilique dont seuls les murs étaient restés debout. Mais tel ne fut pas le cas. Les gens ont pour Dieu une dévotion si profonde que malgré le fait qu'un grand nombre soient pauvres, sinon indigents, ils trouvent encore le moyen de donner jusqu'à leur dernier sou pour que Dieu ait son temple. Pour ma part, je trouve exagéré qu'il y ait tant d'églises et de presbytères si beaux et si vastes, alors que tellement de nos gens tirent le diable par la queue. Leur reconnaissance envers Dieu me semble disproportionnée. Pendant qu'Il a droit à une belle et bonne maison, un nombre considérable de nos concitoyens vivent dans des taudis et ne jouissent même pas d'une habitation convenablement chauffée. Clémence et maintenant Marjolaine pourraient nous en dire long sur ce sujet…

N'est-ce pas le monde à l'envers ? On se préoccupe du bien-être de Dieu, qu'on ne voit pas et qui, en tant que pur esprit, n'a certainement pas besoin de chauffage, et on ne se soucie pas de celui d'une foule de gens qui nous entourent. Je déplore que nos prêtres ne semblent même pas s'inquiéter à ce sujet. Dire que si j'osais parler de cela dans le journal, on me prendrait en grippe et je risquerais même de perdre ma place. Il y a des situations déplorables et honteuses qu'il faut malheureusement taire et je me demande bien pourquoi.

Chapitre 11

De nouveau Gertrude

Hubert

Gertrude n'avait pas pu continuer le récit de son séjour chez l'oncle Paul. À la première occasion, je lui demandai de raconter la suite. Elle rappela :

— Je tiens à ce que Firmin aussi l'entende !

— D'accord !

J'allai le prévenir. Gertrude avait visiblement hâte de se vider le cœur. Dès qu'elle le vit apparaître, elle demanda :

— Où en étais-je ?

— Tu arrivais à Trois-Rivières.

— Ah oui ! Je descendis du wagon en traînant péniblement ma valise. Un homme finit par me l'enlever des mains pour la déposer sur un charriot qu'un cheminot faisait rouler jusqu'à la gare. Je le remerciai chaleureusement. Je pénétrai dans l'édifice un peu comme un oiseau perdu cherchant à s'orienter. Heureusement, l'oncle Paul m'y attendait. J'avais pris la précaution de le prévenir par télégramme de mon arrivée. Il m'embrassa en m'examinant des pieds à la tête. Vous connaissez mon oncle. Il me complimenta : "Tu es encore plus belle que dans mes souvenirs !" Tout chez lui me semblait gris. Des touffes de cheveux grisonnants débordaient de son chapeau de feutre gris qui cachait ses yeux de même couleur et sa moustache épaisse. Il saisit ma valise et me pria de le suivre. "Viens! Ma voiture est à deux pas. Béatrice sera heureuse de te voir." J'obéis sans mot dire. Ce voyage m'avait fatiguée et je me sentais coupable de m'être enfuie de la maison. Je me disais que j'aurais bien pu endurer encore. Le trajet jusqu'à la résidence de mon oncle se fit en dix minutes. Ma tante me reçut à bras ouverts. "Quand Paul m'a dit que tu venais, je n'en croyais pas mes oreilles! Il ne savait pas combien de temps tu resterais, mais tu es ici chez toi." Mon oncle intervint: "Béatrice, laisse-lui au moins le temps d'arriver, batêche, et aussi de s'installer! Tu lui parleras de ça plus tard."

«La chambre qu'on me destinait me plut. Une large fenêtre laissait pénétrer une vive lumière. Mon oncle déposa ma valise sur le lit. Je m'apprêtais à l'ouvrir, il s'interposa: "Tu feras ça plus tard. Viens plutôt au salon te détendre un peu et jaser. Ça fait si longtemps qu'on n'a pas eu de nouvelles de vous autres. Veux-tu quelque chose à boire? Veux-tu une liqueur?" Me voyant hésiter, il me demanda: "As-tu déjà goûté à la nouvelle boisson appelée Seven Up?" Je n'avais jamais entendu parler de cette liqueur.»

Firmin confirma:

— Oh oui, c'est bon! Mes clients adorent ça.

— Justement, mon oncle m'assura: "Je suis certain que tu vas l'aimer. Elle est rafraîchissante." Pendant qu'il allait m'en chercher une bouteille dans sa glacière, ma tante me demanda: "Tes frères te tes sœurs vont bien?" Je m'efforçai de donner des nouvelles de chacun et de chacune.

Firmin s'exclama:

— J'espère que tu n'as pas parlé de Rosario!

— Non, pas tout de suite. Je l'ai d'abord informée que toi, Hubert, tu avais loué la maison et que tu vivais chez Firmin. Ma tante a demandé : "Ce pauvre Hubert a toujours sa bosse ?"

— J'aimerais bien ne plus l'avoir.

— Je sais, fit Gertrude. Je lui ai dit que tu pensais avoir une chance de t'en débarrasser parce qu'il y avait de nouveaux traitements pour les bossus. Je lui ai appris qu'une femme médecin, amie de Clémence, est venue t'examiner pour une deuxième fois. Elle a malheureusement confirmé que ta bosse n'était pas opérable.

« Mon oncle est revenu avec sa boisson et j'y ai goûté. C'est vrai qu'elle est très bonne. Ma tante n'avait pas fini son interrogatoire. Elle m'a questionnée : "Il paraît que Rosario a changé de paroisse ?" Je me suis demandé si mon oncle et ma tante connaissaient les vraies raisons de ce changement. J'ai répondu simplement : "Il est maintenant dans Charlevoix et on ne le voit presque plus." Je me suis empressée d'enchaîner : "Firmin a maintenu nos dîners du premier dimanche du mois. Ça se fait à l'hôtel. Rosario ne vient plus jamais." "Ça se comprend, fit mon oncle, dans un hôtel !"

— Ils en ont contre les hôtels, grogna Firmin, mais ce n'est pas pire qu'ailleurs.

Gertrude poursuivit :

— Je leur ai dit que Marjolaine et Léonard venaient ou pas, selon leurs occupations, et que toi, Firmin, tu étais toujours aussi entreprenant, que l'hôtel marchait très bien et que les spectacles qu'on y donnait étaient très appréciés. Après ça, ma tante s'est informée de Léonard et de mes enfants, mais je vais pas tout vous raconter ça… Finalement, elle m'a demandé : "Et toi, dans tout ça ?" "Moi ? Ça ne va pas du tout." "Comment ça ?" "Depuis que Joseph est parti dans l'armée, je ne vis plus. Je suis très inquiète. En plus, Maurice s'est remis à boire. Heureusement qu'Archange voit à son affaire, sinon nous perdrions la boulangerie. J'avais besoin de me changer les idées, c'est pour ça que j'ai pensé venir faire un tour chez vous." "Tu as bien fait, approuva mon oncle. Nous en profiterons pour t'emmener avec nous visiter ton cousin et tes cousines. Ça va te faire des vacances. Tu vas voir que nos enfants sont tous bien installés." Mon oncle dit cela fièrement en faisant claquer les bretelles bleu, blanc, rouge de son pantalon.

« J'avais fini mon verre de Seven Up. Mon oncle m'en offrit un autre. Je le remerciai. Je tombais de fatigue. Ma tante proposa de m'aider à placer mes effets dans ma chambre. Je soupirai, parce que le pire n'était pas dit. Quand ma tante vit tout ce que j'avais apporté, elle commenta : "On ne dirait pas que tu es partie pour quelques jours. T'as du linge pour des semaines !" Je pensai le moment venu d'avouer que je m'étais enfuie de la maison. Quand ma tante entendit ça, elle se raidit comme quelqu'un qui se demande s'il a bien entendu. D'une voix inquiète, elle chuchota : "Tu as quitté Maurice ?" Je penchai la tête et parvins à murmurer un oui à peine audible. Ma tante s'indigna : "Ma fille, c'est grave ce que tu as fait là." Je pleurais. Ma tante me fit asseoir sur le lit et tenta de son mieux de me consoler.

« "Il n'y a rien qu'on ne peut pas arranger. Tu verras, dans quelques jours tu sauras me le dire. Pour le moment, il ne faut pas que ton oncle le sache. Je le lui apprendrai moi-même. Repose-toi." Ma tante se retira en fermant doucement la porte. Je m'étendis sur le lit, la figure dans l'oreiller pour étouffer mes sanglots. Quand je réapparus au souper, j'avais meilleure mine, parce que j'avais pris le temps de me refaire une beauté, à tel point que mon oncle me complimenta de nouveau. Il me demanda : "Quel âge as-tu à présent ?" "Bientôt cinquante ans." "Vraiment ? Tu ne les fais pas ! Ta tante et moi nous passons les soixante-dix ans. Dire qu'il y a vingt ans nous avions ton âge. Maudit que le temps passe vite !" »

Gertrude s'arrêta pour prendre une gorgée de thé que Firmin venait de nous faire servir. Puis il nous quitta en s'excusant : il avait des ordres à donner. Gertrude en fut quelque peu contrariée. Elle en avait encore beaucoup à raconter. Je l'assurai que dès que je le pourrais j'insisterais auprès de Firmin pour qu'il vienne entendre la suite de ses malheurs.

Chapitre 12

La croisade de Clémence

Ovila

Le temps passe si vite que nous perdons sa trace jus-qu'au moment où nous tentons de nous souvenir d'un événement. Ce fut le cas ce dimanche-là, alors que nous étions fidèles à notre dîner mensuel. Je ne me rappelle plus qui posa la question. Il s'agissait de savoir depuis combien de temps nous nous réunissions chez Firmin. Certains disaient deux ans, d'autres soutenaient que ça faisait plus, si bien que Firmin intervint :

— Après la mort de p'pa et de m'man, on s'est réunis chez Marjolaine et Ovila pendant deux ans. Ça fera bientôt quatre ans que nous le faisons ici et c'est toujours un plaisir de vous accueillir.

— J'en reviens pas ! s'écria Marjolaine. Le temps passe donc bien vite !

— Eh oui ! renchérit Firmin. Nous vieillissons tous. Nos enfants se chargent de nous le rappeler. Antonio achève déjà ses études. Chantale est rarement avec nous. Elle a choisi de poursuivre sa carrière d'actrice. Nous la voyons de moins en moins. Il y a bien des choses qui ont changé dans nos vies depuis quatre ans.

— Si ça change dans les vôtres, intervint tristement Hubert, ça ne change guère dans la mienne.

Il avait bien raison, car il menait sa petite vie tranquille de sonneur de cloches sans déranger personne. De son côté, toujours discrète, Clémence intervenait rarement dans nos échanges. Elle dînait avec nous, se montrait circonspecte à propos de son travail, se contentant de nous rappeler de temps à autre que nous étions privilégiés d'être en bonne santé. Ce dimanche-là, elle nous confia :

— Si rien n'a changé dernièrement dans ma vie, quelque chose va bientôt se passer…

Tous se montrèrent intéressés à ce qu'elle s'apprêtait à nous apprendre.

— Je vais monter aux barricades. Les femmes tiennent le moins beau rôle. Il faut que ça change. Combien nous arrivent après une nuit sans sommeil avec l'un ou l'autre de leurs enfants malade, sans moyen de payer les soins appropriés. Quand je le peux je me rends directement chez eux. Cette solution est idéale pour celles que je visite, mais combien cependant font la queue à m'attendre au dispensaire…

— Tout cela est bien déplorable, renchérit Marjolaine. Vous n'avez pas idée du nombre de pauvres qui nous entourent. Ils manquent de tout. Il y a bien la Saint-Vincent-de-Paul qui leur vient en aide, sauf que ça ne suffit pas.

Clémence s'adressa à nous, les mâles de la famille.

— Vous, les hommes, vous ne mesurez pas votre chance. Dans notre société, les femmes sont des moins que rien.

Léonard s'insurgea :

— Que dis-tu là ? Si vous êtes des moins que rien, ça veut dire que les hommes sont des plus que tout !

— C'est en plein ça ! Vous avez tous les privilèges et nous aucun. Nous ne sommes même pas considérées comme des personnes.

Comme il en avait l'habitude, Léonard réagit vivement. Il s'écria :

— Qu'est-ce que tu racontes là, p'tite sœur ? Vous ne seriez pas des personnes ?

— Absolument !

Il avoua :

— Quelque chose m'échappe, éclaire donc ma lanterne.

— Écoute bien ce que je vais dire. Imaginez-vous que depuis quelque temps plusieurs femmes de l'Ontario sont intervenues à Ottawa auprès du gouvernement fédéral afin qu'elles puissent être nommées au Sénat.

— Que comptent-elles y faire ?

— Elles travailleraient pour améliorer le sort des femmes. Comme il n'y a que des hommes au Sénat, ils ne s'intéressent qu'à ce qui les préoccupent et oublient complètement que les femmes ont des soucis bien différents des leurs.

Léonard voulut sans doute détendre quelque peu l'atmosphère et lança d'un air découragé :

— Il faudrait maintenant que nos sénateurs se préoccupent de problèmes aussi graves que des couches à laver, des biberons à donner, des enfants à torcher.

Clémence ne montait jamais le ton. Cette fois, pourtant, elle le fit d'une voix indignée :

— Ces problèmes sont aussi importants que le nombre de bateaux de guerre et de fusils à acheter. Les bateaux et les fusils peuvent attendre, mais pas le bien-être des mères et des enfants !

L'intervention de Clémence jeta un froid. Elle reprit aussitôt :

— Le jour où on nous considérera comme des personnes, eh bien ce jour-là le monde s'en portera mieux.

J'intervins :

— Si tu reviens là-dessus, j'en déduis qu'il se passe quelque chose qui nous échappe.

— Il se passe que pour refuser d'accepter des femmes au Sénat on s'est basé sur ce qu'on exige des personnes qui peuvent en faire partie. En effet, il est écrit que "le gouverneur général pourra appeler des personnes qualifiées pour servir au Sénat ; et chaque personne ainsi appelée deviendra membre du Sénat avec le titre de sénateur". Nous avons voulu savoir si le terme "personne qualifiée" s'appliquait aux femmes. La réponse qu'on a eue est non, puisque nous ne sommes pas des personnes.

— Qu'est-ce que tu racontes-là ? s'écria Firmin. Les femmes ne seraient pas des personnes ? Comme ça, nous sommes mariés à personne !

Son intervention eut le mérite de faire diminuer la tension ambiante.

— Nous sommes nés de qui, alors, si les femmes ne sont pas des personnes ? demanda-t-il encore.

Sa question resta sans réponse. Marjolaine voulut changer le cours de la conversation. Elle, qui a le cœur sur la main, se préoccupait toujours du bien-être des autres. Voilà pourquoi elle avait choisi de se dévouer auprès des pauvres.

— Puisque les préoccupations des femmes sont différentes de celles des hommes, je voudrais justement te demander quelque chose, Firmin.

— Quoi donc ?

— Que faites-vous de la nourriture périssable qui vous reste après les repas ?

— Je la donne au bonhomme Hémon pour ses cochons.

— As-tu jamais pensé à la garder pour les pauvres?

— J'avoue que non. D'ailleurs, qui se chargerait de la leur apporter?

— Je viendrais la chercher tous les midis.

— Tu aurais quelqu'un pour t'aider à la transporter?

— Bien sûr!

— Dans ce cas, je n'ai aucune objection à ce que les pauvres en profitent.

Clémence s'empressa d'approuver l'initiative de Marjolaine.

— Firmin, tu vas faire là des heureuses! Nous vivons tout près d'elles et nous ignorons le nombre considérable de femmes qui se demandent si elles auront un seul croûton de pain à donner à leurs enfants au cours de la journée.

Contrairement à nos autres dîners, la conversation avait pris une tournure sérieuse. Léonard intervint:

— Nous n'avons rien fait pour, mais nous sommes privilégiés de pouvoir manger à notre faim tous les jours. Que diriez-vous si nous dînions? Je vois au menu une soupe au riz et une soupe aux carottes, un pâté de morue et une tourtière accompagnés d'une salade verte, de petits pois et de betteraves, et je salive rien qu'à penser à la tarte au citron qui n'attend qu'à être dégustée. L'avenir, je vous le dis, appartient à ceux qui peuvent faire ripaille.

Son intervention eut le mérite de nous attirer tous à table. Clémence et Marjolaine ne manquèrent pas de rappeler que nous avions besoin de tout manger.

Chapitre 13

Les confidences de Gertrude

Hubert

Gertrude vivait des moments difficiles. Tout en étant à l'hôtel, elle déplorait le fait de ne pas pouvoir partager nos repas. Elle était toujours sur ses gardes au cas où Maurice apparaîtrait. Elle avait pu trouver refuge chez Firmin, mais elle ne voulait pas être à sa charge et se cherchait déjà du travail quelque part en dehors de Québec, afin d'être loin de Maurice devenu de plus en plus violent au fur et à mesure qu'il sombrait plus profondément dans l'alcoolisme. Elle avait hâte de nous révéler ce qui l'avait contrainte à revenir à Québec après son séjour à Trois-Rivières. L'occasion se présenta enfin d'entendre la suite de son histoire quand Firmin put se libérer, ce qui n'arrivait que très rarement. Dès qu'il fut là, elle se lança dans son récit.

— Le lendemain de mon arrivée, mon oncle était debout à six heures. Habituée à me lever tôt – à cette heure-là, il me fallait être à la boulangerie –, je me rendis au salon sans faire de bruit. Ma tante n'était pas encore réveillée. J'allai à la fenêtre jeter un coup d'œil dans la rue. Soudain, je sentis une présence derrière moi et deux mains se posèrent sur mes seins. Je faillis crier. Mon oncle m'avait saisie par derrière et me serrait fortement contre lui. Je sentais son sexe dur contre moi. Je me débattis et le prévins : "Lâchez-moi, où je hurle !" Il se retira. Je retournai à ma chambre et fis ma valise. Je n'en sortis que quand j'entendis ma tante appeler : "Le déjeuner est prêt." Mon oncle fit comme si rien ne s'était passé. Je ne voulais pas que ma tante s'aperçoive de quelque chose. Je cherchai une raison pour expliquer mon départ si hâtif. Ma tante protesta : "Tu viens d'arriver et tu parles déjà de partir." "J'aurais pas dû quitter mon mari…" Ma tante approuva : "Des fois, nous faisons des choses sur un coup de tête."

«J'ignorais à quelle heure il y aurait un train pour Québec. Je ne voulais pas être toute seule avec mon oncle pour me rendre à la gare. Heureusement, ma tante décida de nous y accompagner. L'oncle prétendit savoir qu'il y avait un train à onze heures. À dix heures trente nous étions à la station. J'achetai mon billet. Le prochain train pour Québec ne partait qu'à midi et demi. Mon oncle hésita un moment puis décida qu'il avait une commission à faire et reviendrait avant mon départ. Voulant profiter de ce qu'il s'absentait, ma tante me quitta et je restai seule avec mon malheur sur un banc de la gare.»

La suite de l'histoire, je la connaissais. Gertrude était venue se réfugier chez Firmin dès son retour à Québec. La conduite de l'oncle Paul s'avérait d'autant plus malheureuse que l'idée de Gertrude de se rendre chez lui à Trois-Rivières n'était pas mauvaise. Maurice n'aurait pas su où la trouver et elle aurait pu se refaire une vie, tandis que là, il risquait bien de surgir à un moment ou l'autre à l'hôtel. C'est d'ailleurs ce qui se produisit à peine trois jours après l'arrivée de Gertrude. Maurice joua la vierge offensée.

— Comment une femme peut-elle se permettre d'abandonner son mari qui se dévoue tous les jours pour elle ?

Firmin ne se laissa pas impressionner.

— Qu'est-ce que tu m'apprends ? Gertrude t'a quitté ?

— Oui, la maudite. Je la connais, elle va colporter toutes sortes d'histoires inventées.

— Quel genre d'histoires ?

— Qu'elle est malheureuse, que je la traite pas assez bien à son goût.

Firmin ne manqua pas l'occasion de reprendre :

— Autrement dit, que tu la maltraites ?

— Comment ça, je la maltraite ? Elle est folle !

— Si elle était bien chez toi, elle ne serait pas partie.

— Elle serait pas ici, par hasard ?

— Si jamais elle y vient, ne compte pas sur moi pour te le dire.

— Qu'est-ce qui te prend, le beau-frère, de me parler d'même ?

Firmin n'avait pas froid aux yeux. Il répondit du tac au tac :

— Qu'est-ce qui te prend, Maurice Mercier, de venir me mêler à tes chicanes avec ta femme ? Si tu veux obtenir de l'aide de ma part, reviens quand tu seras à jeun. Ça fait longtemps que je sais qu'il n'y a rien à attendre d'un homme en boisson.

Maurice lui tourna le dos et prit la porte en jurant. Il fallait maintenant prévenir Gertrude que son mari la cherchait. Il pouvait survenir n'importe quand et la voir à l'hôtel. Elle serait obligée de se cloîtrer, ce qui n'était guère agréable. Elle était continuellement sur ses gardes et ne vivait plus. Elle ne se montra pas pendant une semaine. Puis, n'en pouvant plus, elle prévint Firmin :

— Je pense que je vais aller vivre chez ma fille Aurélie.

— L'as-tu prévenue ?

— Pas encore.

— Tu ne crains pas qu'elle ne puisse pas te garder ?

— Je ne resterai pas là à rien faire. Je vais l'aider.

— Peut-être qu'Aurélie sera d'accord, mais que son mari ne chantera pas la même chanson. Les hommes n'aiment pas trop que les belles-mères mettent leur nez dans leur couple. En plus, tu seras toujours à Québec. Tu risques fort de voir surgir Maurice un jour. Si tu veux patienter encore un peu, j'ai entrepris des démarches pour te trouver un travail que tu devrais aimer, en dehors de Québec.

Firmin comptait plusieurs amis dans le domaine de la restauration. Il communiqua avec Majorique Bruneau, qui était en charge du Manoir Richelieu, et lui dit que s'il cherchait une femme de chambre très fiable et très travaillante il en avait une à lui proposer. La réponse vint très vite. Firmin fit les choses en grand, puisqu'il reconduisit Gertrude lui-même jusqu'au bateau qui effectuait la navette entre Québec et La Malbaie. Gertrude se fondit en quelque sorte parmi les femmes de chambre du manoir. Malheureusement pour elle, tout cela arriva alors qu'elle venait d'apprendre la mort accidentelle de son fils Joseph dans l'armée. Cette dure épreuve la marqua profondément.

Chapitre 14

Gertrude, suite et fin

Ovila

Comme des milliers de femmes et de mères, ma belle-sœur Gertrude avait vécu la dernière année de la guerre constamment dans la crainte de voir arriver chez elle un militaire venant lui annoncer la nouvelle qu'elle redoutait le plus. Je me demande bien pourquoi de tout temps les hommes se sentent obligés de se faire la guerre. Quand Joseph avait été expédié en Europe, fort heureusement le conflit tirait à sa fin. Nous savions que Gertrude se mourait d'inquiétude pour son fils. Afin de l'encourager, nous lui répétions qu'il n'irait pas au front. Le temps de se rendre là-bas et l'armistice serait signé.

C'est ce qui se produisit. Mais Joseph décida de rester soldat. Il revint en congé à la maison à la fin de la guerre. De tempérament nerveux, il ne tenait pas en place. Ce fut presque un soulagement de le voir retourner dans l'armée. Gertrude était très fière de lui. Pour leurs enfants, les mères possèdent néanmoins une sorte de sixième sens. Même si Joseph courait moins de danger puisque la guerre était finie, Gertrude ne cessait pas de se tourmenter au sujet de son fils. Avait-elle un pressentiment? Toujours est-il que nous ne revîmes jamais Joseph vivant. Un jour, il se trouvait à bord d'un vaisseau qui fit naufrage lors d'une tempête. Son corps ne fut pas repêché. Cette bien triste nouvelle nous parvint alors que Gertrude venait à peine de nous quitter pour La Malbaie. Firmin fit le voyage jusqu'au Manoir Richelieu pour lui faire part de la nouvelle. Pour ajouter à ce malheur, Maurice se mit de la partie en jurant qu'il finirait par la retracer. Il fit paraître dans le journal *L'Action catholique* un avis dont tous les mots avaient été bien pesés.

Monsieur Maurice Mercier, le boulanger bien connu de notre ville, nous signale la disparition de son épouse. Il semble que madame Mercier ait quitté la maison depuis quelques jours pour rendre visite à une amie. Monsieur Mercier ne l'a pas revue depuis. Il faut savoir que monsieur et madame Mercier ont vécu dernièrement une dure épreuve en perdant Joseph, leur fils aîné. Monsieur Mercier promet une forte récompense à qui lui fera savoir où se trouve son épouse. Faire parvenir tout renseignement utile à ce sujet au soin du journal L'Action catholique.

Gertrude se morfondait seule à La Malbaie, loin de ses enfants. Elle s'ennuyait d'eux et Firmin la plaignait. Après mûre réflexion, ne voulant pas que son neveu et ses nièces se fassent du mauvais sang au sujet de leur mère, il apprit d'abord à Archange où elle se trouvait. Ce dernier travaillait comme un forcené à la boulangerie et ne pouvait pas se libérer pour lui rendre visite dans Charlevoix. Il remercia son oncle de l'avoir mis dans le secret. Firmin entreprit la même démarche auprès d'Aurélie et de Clémentine. Aurélie était mariée à Hormidas Brochu, un menuisier de la rue

Bagot, et Clémentine à Josaphat Dion, jeune commis du magasin Paquet. Ils n'avaient pas les moyens de voyager. Pour leur permettre de rendre visite à leur mère, Firmin paya à chacune de ses nièces leur déplacement aller et retour jusqu'au Manoir. Elles avaient été témoins à maintes reprises des mauvais traitements que leur père infligeait à sa pauvre épouse. Firmin comptait là-dessus pour qu'elles ne révèlent pas où se trouvait Gertrude.

Aurélie et Clémentine eurent beau jeu de faire le voyage au Manoir. N'appréciant pas d'être laissés-pour-compte, leurs maris, au lieu de se réjouir pour leurs épouses, les envièrent au point de se demander ce qui pouvait être à l'origine de tant de libéralité de la part de leur oncle. Si Hormidas s'accommoda de la chose, Josaphat tourmenta tellement Clémentine à ce sujet, après son retour, qu'elle finit par lâcher le morceau. Dès lors, le jeune commis se souvint de l'annonce qu'avait fait paraître son beau-père dans le journal. Une récompense était promise. Il alla le trouver pour lui faire part de ce qu'il venait d'apprendre.

Heureusement, Clémentine, regrettant d'avoir révélé le secret, prévint Firmin qui téléphona à Gertrude et à sa patronne. Quand, bien déterminé à ramener sa femme, Maurice se présenta au Manoir, il fut éconduit. Il n'y avait pas de Gertrude Bédard parmi les employées de l'hôtel. Elle avait quitté son emploi depuis quelques jours et était partie sans laisser d'adresse.

Dès son retour à Québec, furieux, Maurice voulut s'en prendre à Firmin. Il se rendit à l'hôtel Eldorado, bien décidé à se battre. Mais Firmin en avait vu d'autres. Quand Maurice voulut s'en prendre à lui, Firmin fit appel à son videur pour s'occuper de son beau-frère.

— Ne remets plus jamais les pieds ici, le mit-il en garde. Aujourd'hui, je lui ai dit de te ménager. La prochaine fois ce sera moins beau, je te préviens.

Que se passa-t-il dans la tête de Maurice ? Il fut surpris un soir à tenter de mettre le feu à l'hôtel. Depuis, il croupit en prison. Heureusement, il n'avait pas tout perdu. Son fils Archange parvint à garder la boulangerie en fonction. Quand à Gertrude, elle se mit à se plaire là-bas. À défaut d'aller lui rendre visite, ses enfants lui écrivaient. Marjolaine alla la voir. Gertrude l'assura qu'elle préférait vivre seule qu'en couple mal assorti.

Au retour de sa visite, Marjolaine, qui comme bien des femmes possède un sixième sens pour ces choses, affirma :

— Je suis certaine que Gertrude a un autre homme dans sa vie.

Chapitre 15

Qu'arrive-t-il à Firmin ?

Hubert

Firmin et Chantale avaient eu deux enfants, Antonio et Martine. Au début, Chantale s'était occupée d'eux comme une bonne mère. Cependant, malgré son mariage, elle n'avait jamais voulu délaisser le théâtre. Issue d'une famille à l'aise, elle avait toujours eu la vie facile. Très près de sa mère, elle effectuait des voyages avec elle, laissant Firmin se débrouiller avec les enfants. Il était parvenu à régler le problème en engageant une préceptrice. Jolie et sûre d'elle, Hélène ne manquait pas d'imagination et savait mieux que personne s'occuper d'Antonio et Martine, à tel point qu'ils étaient autant sinon plus attachés à elle qu'à leur mère.

Au début, Chantale se contentait de figurer un soir ou l'autre dans un spectacle pour des rôles secondaires où elle n'avait rien à dire. C'était l'époque où Firmin faisait venir à son théâtre des troupes américaines. Il les engageait ordinairement pour une semaine, parfois deux. On fréquentait beaucoup son théâtre parce que ces comédiens avaient le don de faire rire, et Dieu sait que nous avions bien besoin de nous détendre, tellement il ne se passait rien de bien joyeux dans notre vie. J'allais régulièrement assister au spectacle. Comme ces troupes jouaient en anglais, j'étais loin, comme la plupart des spectateurs d'ailleurs, de tout comprendre ce qui se disait sur scène. Cependant, ces acteurs étaient tellement bons et leurs mimiques et leurs jeux de scène s'avéraient si réussis que nous comprenions facilement de quoi il s'agissait. Nous avions un plaisir fou à les voir jouer. Il y avait avec ça du chant, de la danse et différents sketchs. Ça faisait des soirées très divertissantes.

Il arriva un bon soir qu'une des actrices tomba malade. Chantale ne manquait pas une représentation et parlait aussi bien anglais que français. Elle s'offrit spontanément à la remplacer. Elle le fit et obtint beaucoup de succès. Quelques mois passèrent, puis la même troupe se présenta au théâtre Eldorado. Le gérant discuta longuement avec Firmin. Le ton monta. Il fallut ni plus ni moins que j'intervienne, parce qu'ils en seraient venus aux coups.

À notre dîner du dimanche suivant, il fut question de cette conversation. Ovila, à qui j'avais raconté cette prise de bec, questionna Firmin :

— Hubert m'a dit que tu avais eu une longue discussion avec le gérant d'une des troupes et que ça avait failli mal tourner ?

— En effet.

— On peut savoir ce qui t'a mis en si beau fusil ?

— Il voulait engager Chantale pour une tournée de quelques mois aux États-Unis. Je lui ai dit qu'il n'en était pas question.

Chantale intervint :

— Le beau Firmin s'est permis de décider à ma place ! Monsieur a jugé bon que je demeure ici à cause des enfants qui ne sont pourtant plus des bébés.

Ovila prit le parti de Firmin.

— Ça va de soi! Une mère se doit d'abord et avant tout à ses enfants.

— C'est ça, le beau-frère. Tu peux bien parler, toi qui n'as pas d'enfant.

Voyant que le ton montait, Marjolaine intervint:

— Il n'y aurait pas moyen de trouver un juste milieu?

Firmin lança, d'un ton agressif:

— Que veux-tu dire par là?

— Par exemple, que Chantale accompagne la troupe pour une semaine ou deux.

— Justement, il n'était pas question de semaines mais de mois.

Chantale reprit:

— Quand bien même je partirais des mois, les enfants n'en mourront pas. Ils ont la belle Hélène, leur deuxième mère, pour s'occuper d'eux…

Elle avait lancé ça avec tellement de dépit que j'en déduisis qu'il devait s'être passé quelque chose entre Firmin et elle à propos de la préceptrice. Sans doute n'étions-nous pas au fait de ce qui se tramait entre eux. Voyant que les choses risquaient de tourner au vinaigre, Léonard fit dévier la conversation.

— Changement de propos, lança-t-il. Vous connaissez la dernière nouvelle?

Marjolaine demanda:

— Quelle dernière nouvelle?

— Laure Conan est à l'Hôtel-Dieu. Il paraît qu'elle est gravement malade.

— Oh, non! Il faut prévenir Gertrude. Tu te souviens, Firmin? Elle l'a rencontrée dans le train quand elle est allée à Trois-Rivières.

— Je vais lui téléphoner, assura Firmin. En même temps, nous aurons de ses nouvelles.

— Justement, intervint Léonard. Aux dernières nouvelles, comment allait-elle ?

— Elle se plaît là-bas.

Voyant que la conversation ne tournait plus autour d'elle, Chantale se leva et quitta la table, la tête haute. Firmin n'intervint pas. Son départ pétrifia tout le monde. Mais comme il était l'heure de se mettre à table, nous le fîmes spontanément. Nos dîners du dimanche si animés et si gais d'autrefois semblaient de l'histoire ancienne. Heureusement, Clémence vint se joindre à nous. Elle avait une bonne nouvelle à nous annoncer :

— J'ai passé une entente avec Irma Levasseur. Je vais pouvoir envoyer en priorité à l'Enfant-Jésus les enfants qui arrivent gravement malade à mon dispensaire.

— Il en vient souvent ?

— Deux ou trois par semaine.

— Il n'y aura jamais assez de place à l'hôpital.

— Justement, il est question de déménager l'hôpital dans de plus grands locaux.

— Où ça ?

— À l'édifice Julien dans Saint-Sauveur.

———

Nous pensions que tout allait rentrer dans l'ordre entre Firmin et Chantale. Nous nous trompions royalement. Sans prévenir Firmin, elle partit avec la troupe de théâtre qui voulait l'engager. Firmin sut tout de suite où elle devait être. Il tenta de la joindre, mais ses appels téléphoniques et ses télégrammes restèrent sans réponse jusqu'au jour où elle lui fit parvenir cette lettre.

Mon mari,

Tu sais que j'ai toujours eu une seule passion dans la vie, le théâtre. Voilà qu'on me donne la chance de jouer des rôles tous les soirs. C'est pourquoi j'ai signé un contrat avec la troupe de Jack Adams. Ainsi, je serai en tournée durant quelques semaines avant de revenir à la maison. Je ne t'en ai pas parlé avant, parce que je suis certaine que tu m'aurais retenue de force. Il ne faut pas m'en vouloir. Maintenant que les enfants sont assez grands pour s'organiser tout seuls, et que tu as trouvé la femme qu'il faut pour s'en occuper, je peux bien me permettre de m'éloigner pour faire ce qui me plaît le plus au monde, le théâtre. Est-ce que je t'ai déjà empêché de faire ce qui te plaît le plus?

Chantale

Chapitre 16

Tchong

Ovila

Comme journaliste, j'avais l'occasion de rencontrer beaucoup de monde. Je faisais de courts reportages sur une multitude de sujets. En me promenant rue Saint-Joseph, je remarquai qu'une nouvelle boutique venait d'ouvrir ses portes. Un Chinois s'y était installé. Il repassait les vêtements. Ses prix étaient affichés dans la vitrine. J'entrai. Je fus étonné de l'entendre me dire en français et presque sans accent :

— Bonjour monsieur ! Que puis-je pour vous ?

— J'arrête simplement pour vous saluer. Je suis journaliste. Je furette partout. J'aime connaître les gens qui m'entourent. Ils deviennent parfois une excellente source de renseignements.

Il me souhaita la bienvenue et comme il n'y avait pas d'autre client dans sa boutique, il entama la conversation par une question :

— Vous devez bien vous demander comment Tchong, le pauvre Chinois que je suis, a pu se retrouver ici ?

J'avouai que cette question me trottait dans la tête. Il m'offrit du thé. Avec un sourire, il déclara :

— Cette boisson éclaircit les idées. Mes parents disaient : "Un peu de thé tous les jours éloigne le médecin pour toujours." Mais il aurait fallut une mer de thé pour éloigner nos ennemis. Un jour, j'avais huit ans, ils sont entrés dans la maison et ont égorgé mon père et ma mère. Ils m'auraient passé moi aussi au fil de l'épée si je n'avais pas eu l'idée, dès leur arrivée, de me cacher sous un lit. Avant de partir, ils mirent le feu à la maison. Je suis sorti par l'arrière sans qu'ils me voient. Je me suis réfugié chez un oncle, qui m'a fait travailler comme un esclave, avec les femmes, dans ses rizières et sa maison. J'étais tombé amoureux de sa fille Chan qui avait mon âge. Lorsque nous avons eu seize ans, nous avons fait un enfant. Quand elle a su qu'en elle poussait le fruit de notre amour, nous nous sommes enfuis avec, comme seul trésor, ce que nous avions sur le dos.

— Votre oncle a dû vous faire rechercher ?

— S'il l'a fait, ce fut sans succès. Nous avons marché jusqu'à la ville de Nanjing. Là je me suis engagé comme coolie. Nous vivions, ma femme et moi, dans une hutte prêtée par le coolie malade dont j'avais pris la place. Quand le temps est arrivé pour ma femme de mettre au monde, la sage-femme est venue. La pauvre Chan est morte en accouchant d'un enfant mort-né. J'ai continué à m'arracher le cœur à tirer le rickshaw du coolie malade. Quelques mois plus tard, il est passé à son tour dans la patrie de nos aïeux. Quand j'ai vu la vie si mauvaise pour moi, je me suis dit qu'elle devait avoir autre chose à m'offrir que la mort. Je n'ai plus eu qu'une idée en tête, amasser suffisamment d'argent pour partir de Chine.

— J'imagine que votre travail vous permettait à peine de vivre ?

— Je n'aurais jamais pu quitter la Chine sans la générosité d'une femme que je menais tous les jours de chez elle à son restaurant en ville. Elle ne me parlait jamais et me donnait toujours un petit supplément à chaque voyage. Un beau jour, elle m'a demandé de faire une commission pour elle. J'ai accepté sans poser de questions. Je lui ai apporté l'enveloppe qu'elle m'avait envoyé chercher. Elle m'a fait entrer chez elle. Elle m'a donné l'ordre : "Attends ici !" J'ai obéi. Ensuite, elle s'est approchée de moi en souriant et m'a demandé : "Aimerais-tu aller vivre loin de la Chine ?" "Je n'attends que ça !" Ma réponse vint si vite qu'elle me valut un nouveau sourire. Elle approuva : "Tant mieux ! De toute façon tu dois disparaître." Elle me donna de l'argent et un billet aller seulement sur un navire. "Si tu tiens à vivre, demain à deux heures, tu devras être à bord !" Le lendemain, je quittai définitivement la Chine sur ce vaisseau qui gagnait l'Europe.

— Pourquoi vous avait-elle donné cet argent et ce billet ?

— L'enveloppe que j'avais été chercher pour elle devait contenir quelque chose de compromettant. Elle voulait m'éviter d'être éventuellement questionné à ce sujet. En réalité, elle se débarrassait de moi en cas de complications. La chance me souriait : à bord du navire, j'ai aidé une jeune femme qui avait perdu connaissance. Pour me remercier, son mari m'a offert de me prendre à leur service. C'est ainsi que je me suis retrouvé en France.

— Combien de temps êtes-vous demeuré là-bas ?

— Dix ans. J'étais jeune et ambitieux, j'ai appris le français. La guerre est venue là comme chez nous. L'homme chez qui je travaillais a dû aller combattre. Il a été tué. Sa femme avait des parents dans le sud de la France. Nous nous sommes réfugiés là. Ma maîtresse est tombée amoureuse d'un soldat américain. Nous avons traversé l'océan jusqu'aux

États-Unis. Je suis demeuré à leur service pendant plusieurs années jusqu'à ce que leur couple se dissolve. Je suis parti. J'ai pris le train jusqu'à San Francisco. Là, j'ai cherché du travail. J'ai remonté la côte jusqu'au Canada, à Vancouver, où j'ai rencontré un vieux Chinois buandier qui m'a engagé. Quand il est mort, j'ai hérité de sa buanderie. Un inspecteur est venu. Parce que je n'avais pas de papiers, il a voulu me chasser du Canada. J'ai vendu ma buanderie et je me suis sauvé. J'ai pris le train en direction de l'est pour aboutir enfin à Québec où j'ai loué cette boutique.

— Vous n'avez pas de papiers ?

— Malheureusement.

— Comment vous nommez-vous ?

— Tchong.

— Je vais m'informer des démarches à entreprendre pour obtenir des papiers en règle. D'ici quelque temps, vous devriez pouvoir devenir citoyen canadien.

Chapitre 17

Tout feu, tout flamme

Hubert

Dans toute paroisse qui se respecte, on compte un grand nombre de sociétés caritatives. Chacune tente de faire le bien à sa façon. Plusieurs organisent des dîners ou encore des parties de cartes, quand ce n'est pas des tombolas, pour ramasser de l'argent pour la paroisse. Il y a de temps à autre des bingos ou encore des soirées de bienfaisance pour venir en aide aux plus démunis de la paroisse.

Les dames de Sainte-Anne faisaient partie de ces associations. Elles disaient se vouer à la sanctification de leurs membres par la pratique des vertus si bien mises en œuvre par leur sainte et chère patronne. Je me souviens d'avoir répété cela à Léonard. Il pouffa.

— Qu'on vienne me montrer une seule ligne écrite sur la bonne sainte Anne ! Comment peut-on prétendre qu'on connaît les vertus qu'elle a pratiquées ? Encore une belle invention des curés !

Il n'avait pas complètement tort. Des œuvres du genre, il y en avait plein la paroisse. Nous avions les Enfants de Marie, les dames de la Sainte-Famille, celles du Tiers-Ordre, la Confrérie du Saint-Scapulaire, les ligueurs du

Sacré-Cœur, la Saint-Vincent-de-Paul, les Chevaliers de Colomb, sans compter les enfants de chœur et autres Croisés. Ils avaient tous pour mission d'aider les œuvres de la paroisse d'une manière ou d'une autre. Ils tenaient régulièrement des réunions au sous-sol de l'église, ce qui contraignait le sacristain à être constamment occupé. Il ne se passait pas une fête sans que l'une ou l'autre organise une réunion ou une célébration quelconque. Le sacristain avait beau rouspéter, se plaindre qu'on laissait trop de choses à la traîne, rien n'y faisait.

Une année, à Pâques, les dames de Sainte-Anne mirent le paquet. Leur intention s'avérait excellente : elles désiraient venir en aide aux pauvres de la paroisse en organisant un souper dont les bénéfices leur seraient versés par l'intermédiaire de monsieur le curé. Avec sa bénédiction, elles obtinrent facilement l'autorisation d'organiser le souper dans la salle paroissiale.

Elles commencèrent d'abord par décorer les lieux au moyen de guirlandes de papier coloré suspendues au plafond. Sur toutes les tables, elles virent à ce qu'il y ait un bouquet de fleurs. Chaque convive aurait le bonheur de se voir remettre une médaille de la bonne sainte Anne préalablement bénite par monsieur le curé. Si elles en avaient eu le temps, je crois bien aussi qu'elles auraient obtenu une bénédiction spéciale de Sa Sainteté le pape Pie XI…

Ces dames se présentèrent à ce souper dans leurs plus beaux atours. Un peu plus et nous aurions assisté à un défilé de mode. Madame Lachance portait une capeline en renard que toutes lui enviaient visiblement. Madame Boucher avait une étole en hermine sur laquelle elles louchaient, et que dire du manteau de vison tout neuf de la mère Brisson ? Vraiment, il y avait là la crème de Saint-Roch. Ces dames pouvaient se payer des fourrures de chez Laliberté. Ce n'était pas rien…

Monsieur le curé se frottait les mains. Ce repas allait certainement s'avérer très profitable pour ses bonnes œuvres. Il y en aurait pour les pauvres, bien sûr, mais pourquoi pas aussi pour l'église? Les quêtes du dimanche ne suffisaient pas à payer, ne serait-ce que le chauffage de ce vaste temple. Après tout, Dieu devait passer en premier. On ne lui avait pas construit cette demeure splendide pour la laisser à l'abandon. Quand les gens venaient à l'église, ils devaient se retrouver dans un foyer plein de chaleur, à l'image de celui qui l'habite et les y reçoit.

Parmi toutes ces femmes venues à ce repas, une seule, madame Sarrazin, malgré toutes les sollicitations de ces dames, avait gardé ses fourrures. Les autres les avaient déposées au vestiaire. La Sarrazin, comme certains se plaisaient à l'appeler, n'avait pas la langue dans sa poche. Elle cancanait à qui mieux mieux, trouvant toujours le moyen de casser un peu de sucre sur le dos de l'une ou de l'autre. Même s'ils étaient invités, aucun mari de ces dames ne s'était donné la peine de venir. La salle était tout de même bondée. On avait pris le temps de bien aligner les tables sur lesquelles des nappes de papier avaient été disposées. Sur chacune on trouvait un bouquet de fleurs artificielles, œuvre de madame Taillefer qui avait vraiment un talent fou pour créer ces assemblages de fleurs.

Le souper débuta par une soupe aux pois, choisie précisément pour rappeler que souvent les pauvres n'avaient que cela à manger. Les Anglais ne traitaient pas les Canadiens français de «pea soups» pour rien… Elle fut suivie par un simple plat de fèves au lard accompagné d'un peu de pain, rappel on ne peut plus clair des modestes repas des travailleurs.

Pour justifier le prix du repas et faire passer la frugalité de la soupe et du plat principal, on avait tout misé sur le dessert, rien de moins que des crêpes Suzette avec le chef Maheu pour les préparer d'une table à l'autre. Pendant qu'il s'exécutait quelque part, aux tables voisines non encore servies, les dames avaient tout le loisir de jacasser, qui sur les prouesses de leurs enfants, qui sur les extravagances de leur mari. Bref, on ne pouvait souhaiter mieux pour un repas du genre.

Alors qu'il transportait son réchaud d'une table à une autre, ne me demandez pas comment, le chef Maheu le renversa par mégarde. Une immense colonne de feu s'éleva jusqu'au plafond. Gardant tout son sang froid, Maheu prit le réchaud à mains nues et courut le jeter dehors. Ce faisant, il laissa derrière lui une longue traînée de flammes qui, fort heureusement, s'éteignirent rapidement faute de carburant. Tout cela n'aurait été qu'un fâcheux incident lui laissant des brûlures superficielles aux mains et une longue histoire à raconter, si, par malheur, le chef n'avait pas en passant éclaboussé le manteau de fourrure de madame Sarrazin dont le poil s'enflamma par endroits, laissant dans la salle une odeur de roussi, sans compter les cris de bête effrayée de la pauvre victime…

Comment se fait-il que Ti-Jos Laflamme, le détraqué de la paroisse, se trouvait là? Ne me le demandez pas, mais il s'écria: «Aïe! Aïe! Aïe! Les flammes de l'enfer! Aïe! Aïe! Aïe! Le diable est dans' place!» La bonne femme Méthot lança: «Maheu voulait faire une crêpe de Sarrazin!» La Sarrazin lui sauta dessus. Dans le temps de le dire, ce fut la confusion la plus totale. Appelé en renfort, monsieur le curé intervint pour séparer les deux femmes. Ça hurlait dans le sous-sol de l'église comme en enfer. Pâques devait être la fête de la lumière, ce fut la fête de la flamme.

Chapitre 18

Le corps du Christ

Ovila

Les mauvaises nouvelles arrivent rarement seules. Firmin en avait bien assez avec son hôtel, son théâtre et ses problèmes avec son épouse, sans que vienne s'ajouter une nouvelle tuile avec ses enfants. C'est pourtant ce qui se produisit. Son fils Antonio tomba malade. Firmin le fit examiner par Clémence. Elle mit quelque temps à découvrir de quoi il souffrait, puis elle en vint à la conclusion que, malgré son jeune âge, il était atteint du diabète. Elle s'empressa aussitôt de rassurer Firmin.

— Cette maladie ne se guérit pas. Toutefois, il y a possibilité de la contrôler grâce à la récente découverte de deux chercheurs canadiens : Banting et Best. Vois-tu, le diabète apparaît quand notre corps manque d'insuline. On en a besoin pour que le sucre nous donne de l'énergie. Quand l'insuline ne peut pas bien faire son travail, le sucre s'accumule dans le sang et nous voilà pris avec un problème de diabète. Jusqu'à il y a à peine quelques années on ne contrôlait pas cette maladie. Mais Banting et Best sont parvenus à purifier l'insuline à partir d'extraits de pancréas. Il s'agit de prendre les doses appropriées d'insuline pour rééquilibrer le tout et remplacer ainsi le travail que le pancréas ne parvient plus à faire.

— Comme ça, Antonio a des chances de survivre ?

— Mais bien sûr qu'il va vivre ! Et bien, à part ça !

Firmin poussa un long soupir de soulagement. Il se pensait au bout de ses peines, pourtant le diabète d'Antonio lui causa un autre problème dont il se serait bien passé : son fils devrait constamment surveiller le taux de sucre dans son sang. Désormais, dès son lever, il lui fallait manger. Il n'y avait pas de quoi fouetter un chat, cependant le pauvre Antonio ne pouvait plus communier, car il fallait être à jeun depuis minuit pour se prévaloir du privilège de l'eucharistie.

Malgré toutes les tracasseries que lui causait le clergé en raison de son hôtel, Firmin continuait, comme nous tous d'ailleurs, de fréquenter l'église. Il soutenait : «Nous avons été baptisés catholiques, je ne vois pas pourquoi nous changerions notre fusil d'épaule. Le Dieu des autres n'est pas meilleur que le nôtre.» Il tenait mordicus à ce que ses enfants pratiquent leur religion. Il les emmenait à l'église tous les dimanches et se montrait généreux à la quête. Voilà maintenant que son fils ne pouvait plus communier. Il se dit : «Il doit exister une dispense pour les personnes qui, comme lui, souffrent du diabète.» Il alla rencontrer monsieur le curé et lui fit part de son problème.

— Mon fils Antonio ne peut plus communier.

— Pourquoi ? Est-il en état de péché ?

— Il souffre du diabète.

— Il n'a qu'à faire comme tout le monde. Qu'il demeure à jeun depuis minuit !

— Justement, il ne le peut pas. Il lui faut manger dès qu'il est levé. N'y a-t-il pas d'exception ou de dispense pour les diabétiques ?

— Nous voilà devant un beau problème. Le code du droit canonique prescrit à tout catholique de se priver de nourriture solide et de boissons, l'eau y compris, depuis minuit jusqu'à ce qu'il communie.

— Pourquoi? Pouvez-vous me le dire?

— Si le code le prescrit, il y a des raisons sérieuses de le faire.

— Quelles raisons?

— Verriez-vous un alcoolique communier juste après avoir pris une gorgée de boisson? Il faut se préparer digne-ment à recevoir le corps du Christ.

— Je veux bien. Mais Antonio n'est pas un alcoolique. Il souffre d'une maladie incurable. En mangeant à des moments précis de la journée il parvient à la contrôler. Il doit bien exister des dispenses pour les gens malades comme lui?

Le curé se gratta la tête, se frotta le menton et laissa tomber:

— Je vais m'informer à notre archevêque. Il saura bien me dire quoi faire.

Plusieurs semaines passèrent. La réponse de l'archevêque se faisait attendre. Firmin revint à la charge. Le curé lui expliqua que le prélat avait tellement d'ouvrage qu'il n'avait pas trouvé le temps de lui répondre. Firmin se fâcha et menaça d'aller chercher lui-même la réponse à l'archevêché. Le curé lui revint deux jours plus tard en lui précisant que ce retard était dû au fait que cette question dépendait du Saint-Père lui-même. Lui seul pouvait autoriser cette dis-pense. Il avait expédié une lettre à Rome. Il fallait être patient, Rome n'étant pas à côté. Firmin répliqua:

— Peut-être bien. Toutefois, pendant ce temps, mon fils ne peut pas communier depuis des mois. Est-ce si difficile de donner une exemption?

Alors il se dit que s'il proposait de l'argent, peut-être bien que tout irait plus vite. Il offrit un montant au curé qui s'indigna :

— Nous n'avons pas besoin de pot-de-vin pour décider ce qui convient ou ne convient pas en matière de foi !

— Justement, rouspéta Firmin, il ne s'agit pas là d'une question de foi mais bien d'une question de gros bon sens. Quelle différence ça fera que mon fils ait mangé ou bu un peu avant de communier ?

— Ça fera toute la différence. Son estomac comme celui de tous les catholiques est un tabernacle qui doit être vide pour être digne de recevoir le corps du Christ.

La réponse du curé ne fit qu'empirer les choses. Firmin se contrôla parce qu'il n'avait qu'un mot en bouche : absurde. Deux mois, puis trois mois passèrent. Firmin bouillait. Il se rendit au presbytère, puis à l'archevêché, pour se faire dire chaque fois :

— Le pape a des préoccupations bien supérieures aux vôtres et il n'a pas que cela à faire…

— Vous ne me ferez pas croire que c'est la première fois qu'une telle exemption lui est demandée. Il a des dizaines de personnes à son service. Jamais je ne me ferai à l'idée que personne ne peut trouver quelle décision a été prise pour des demandes similaires.

Firmin eut beau se démener, revenir à la charge, Rome ne répondit jamais. On craignait là-bas qu'en accordant un tel passe-droit, un nombre considérable de catholiques allaient s'en prévaloir sans autorisation. Au grand dam de son père, jusqu'à nouvel ordre, Antonio n'eut plus accès à la communion.

Chapitre 19

Sans nouvelles
de Léonard

Hubert

Il y avait plus de deux mois que nous étions sans nouvelles de Léonard. Il est vrai que c'était un homme très occupé. Il travaillait tout le jour à la bibliothèque de la législature, puis il continuait chez lui le soir à s'intéresser à tout ce qui touchait la littérature en général et la poésie en particulier. Il avait presque terminé le deuxième tome de son anthologie des poètes canadiens-français. Depuis que j'avais découvert sa maladie, je m'inquiétais tous les jours de ce qui pouvait lui arriver s'il était surpris avec un autre homme.

J'avais obtenu d'autres renseignements concernant ce mal. Les hommes qui en étaient porteurs risquaient fort un jour ou l'autre de se retrouver en prison ou à l'asile d'aliénés. Je m'inquiétais donc pour lui. Après m'être informé tant à Firmin qu'à Ovila et Marjolaine s'ils avaient des nouvelles de lui, et devant leur réponse négative, je décidai de lui rendre visite à son appartement. Auparavant, par un billet glissé sous sa porte, je lui signalai ma venue. J'attendis en vain une confirmation de sa part. À l'heure dite, je me rendis chez lui pour me buter à une porte close. Je m'informai chez les voisins. Ils me confirmèrent ne pas l'avoir vu depuis quelque temps. Je me rendis à son travail à la bibliothèque pour me laisser dire qu'il ne s'y était pas présenté depuis plusieurs jours. On ne s'en était pas préoccupé parce qu'il avait du travail qu'il pouvait tout aussi bien faire chez lui qu'à la bibliothèque. Il avait par contre touché sa dernière paye deux semaines plus tôt. Il n'y avait donc pas lieu de s'inquiéter.

N'arrivait-il pas parfois qu'on trouve quelqu'un mort dans sa maison depuis plusieurs jours sans que personne ne s'en soit rendu compte? Pour en avoir le cœur net, je me rendis chez le propriétaire de l'appartement qu'il louait. Il accepta de m'accompagner au logement de Léonard. Nous en fîmes le tour sans trouver aucune trace de lui et sans avoir à nous alarmer puisque son appartement était fort bien tenu. Où pouvait-il être passé?

Rien pour me rassurer, en lisant le journal, je tombai sur un article fort bien documenté concernant la maladie appelée homosexualité. Un journaliste rapportait un meurtre commis aux États-Unis sur la personne d'un inverti, c'est-à-dire un homme ayant des mœurs sexuelles contre nature. Parlant de ce meurtre, voici ce qu'écrivait le journaliste:

Nous ne pouvons pas rapporter de façon précise les circonstances de ce crime. Des hommes qui se fréquentent pour la chose sont des invertis dont la maladie semble incurable. On nous demande comment on peut reconnaître un homosexuel. Il s'agit ordinairement d'un homme efféminé qui ne s'intéresse jamais aux femmes. On nous reprochera sans doute de révéler cela, mais le public a droit d'être bien renseigné et nous ne serions pas considérés comme des professionnels si nous n'accomplissions pas bien notre travail en cachant la vérité à nos lecteurs.

Qu'on sache donc qu'il y a des hommes qui sexuellement sont attirés par d'autres hommes. Fort heureusement, ils ne sont pas nombreux dans notre milieu. Comme on le sait, ils souffrent de cette maladie honteuse qui fait d'eux des invertis ou pédérastes. Ils cherchent dans l'ombre à créer des amitiés dangereuses. Voilà pourquoi ces hommes ne peuvent être considérés comme des citoyens normaux. Ce sont en réalité des filles manquées. Ils démontrent toutes les faiblesses du sexe faible. Ils pleurent facilement, s'attendrissent sur ce qui fait qu'ordinairement une femme s'émeut. Malheureusement, ils cèdent plus facilement que la majorité des gens à leurs bas instincts. Si vous les observez bien, vous verrez qu'ils sont habituellement très beaux et possèdent des traits caractéristiques à la gent féminine. Il faut toutefois s'en méfier, car ils sont pervertis et ne trouvent leur bonheur que dans les amitiés troubles et dangereuses.

Il ne faut pas croire qu'il n'y a qu'une catégorie d'hommes qui sont atteints de ce mal. Nous en trouvons un peu dans tous les milieux et particulièrement parmi les artistes, les patrons de restaurants et de dancing, même chez les bourgeois et les ouvriers. Cette maladie honteuse, nous le répétons, est quand même peu répandue dans nos milieux. Il ne faut pas pour autant se fermer les yeux et s'imaginer que notre peuple en est exempté. Il faut savoir que ce mal atteint plusieurs de nos concitoyens dont la sexualité par le fait même est mauvaise, anormale, contre nature et maudite. Si nous connaissons quelqu'un dans cette situation, il est de notre devoir de le dénoncer à la police, afin qu'il ne puisse pas continuer à contaminer notre société.

Leurs allées et venues peuvent paraître tout à fait normales. Toutefois, si leurs proches ouvrent bien les yeux, ils pourront se rendre compte qu'en réalité leur vie est habituellement déréglée *et leurs fréquentations mauvaises. Au lieu de chercher chez les femmes un réconfort et une tendresse normale, ils s'efforcent de les trouver de façon malsaine chez les hommes. On ne peut rien attendre d'un inverti. Il est incapable d'agir de façon honnête parce qu'il cherche toujours à tromper en cachant et dissimulant sa maladie et en taisant ses vraies tendances et intentions.*

Cette maladie honteuse dont je n'ose répéter le nom, nous devons tout de même savoir qu'elle fait des ravages parmi nous. Nous devons par tous les moyens la faire disparaître. Nous avons chez nous des médecins et des psychiatres aptes à en guérir ceux qui en sont atteints. Peut-on les blâmer d'utiliser des moyens rigoureux comme la lobotomie, les électrochocs et les vomitifs pour guérir ne serait-ce qu'un homme de ce vice? N'oublions jamais que s'ils le font c'est d'abord et avant tout pour le bien de leur patient. On ne souhaite à personne d'être atteint de cette maladie. Cependant, quand il est démontré que quelqu'un en souffre, personne ne pourra blâmer ceux qui tentent de venir à bout de cette triste maladie à l'origine d'une multitude d'autres. N'oublions jamais que ces hommes souffrent de perversion sexuelle, car leurs actions en ce domaine ne sont pas directement reliées à la procréation, la seule qui justifie la pratique sexuelle.

La lecture de ce texte me bouleversa. Se pouvait-il que Léonard puisse être vraiment atteint de cette terrible maladie? Qu'allait-il devenir et qu'en penseraient les autres membres de la famille s'ils venaient à l'apprendre? J'étais vraiment inquiet pour lui. Malgré cela, étant le seul de la famille à m'être rendu compte de ce qui se passait dans la vie de Léonard, je fus contraint de me taire. Mais j'étais profondément inquiet pour lui, et persuadé qu'il s'était fait arrêter. Qu'allait-il devenir?

Chapitre 20

Un visiteur particulier

Ovila

Il arrivait rarement que quelqu'un vienne partager nos dîners de famille. Pourtant, un dimanche, je décidai d'y emmener Tchong, mon ami chinois. Ce fut une heureuse initiative qui fit changement de nos dîners habituels. J'étais certain que ses propos intéresseraient tout le monde. Je ne m'étais pas trompé. Bien vite, il nous parla des coutumes chinoises relatives au mariage. Voici ce que j'ai retenu de cette conversation.

Il faut savoir que dans toute la Chine il y a moins de trois cents noms de famille pour quelque chose comme cinq cent millions de personnes. C'est incroyable! Ça marche par clans. Il paraît, par exemple, qu'un Tchou ne peut pas épouser une Tchou, ou un Lieou une Lieou, peu importe le lien de sang. Leur nom de famille leur défend de se marier. D'ailleurs, les mariages sont arrangés par les familles et pas une seule famille ne permettrait une union du même nom. Par contre, il peut y avoir des cousins et des cousines ne portant pas le même nom qui se marient. C'est aussi fou que ça. Tous se demandaient bien comment on pouvait le justifier. Firmin questionna Tchong à ce sujet. Il répondit:

— Chez nous, l'amour n'a rien à voir avec le mariage. Les familles organisent les unions comme elles l'entendent. On croit que le sang n'est transmis que par le père de famille. La femme ne sert qu'à porter l'enfant. Heureusement, de nos jours, ces vieilles croyances féodales commencent à changer. Les enfants peuvent prendre le nom de leur père ou celui de leur mère. De même, on peut voir mariés un homme et une femme qui porteraient le même nom de famille s'ils n'avaient pas changé leur nom. Il y a aussi des familles qui marient systématiquement leurs enfants avec ceux d'une autre famille, comme les Teng avec les Hung ou les Hou avec les Tchou.

Marjolaine lui demanda pourquoi il était parti de Chine.

— Parce que je ne voulais pas être tireur de pousse-pousse toute ma vie. À quarante ans on est déjà vieux. Je ne voulais pas non plus devenir le coolie d'un maître et passer mes jours à son service en le portant sur mon dos.

— Vous deviez porter votre maître sur votre dos ? s'étonna Marjolaine. Les charges qu'on vous faisait porter étaient-elles toutes aussi lourdes ?

— Pas toujours. Par exemple, le coolie d'un maître pouvait parfois ne se charger que de son sabre ou encore de son parasol. Par contre, si on avait un soldat pour maître, on souffrait parce qu'il nous chargeait comme un âne. Il pouvait nous faire porter pendant des milles des tas de bois dont il se servait pour le bivouac, ou encore des barils d'huile. Plusieurs coolies mouraient après avoir transporté des charges trop lourdes. Il fallait que les autres traînent leurs corps jusqu'à ce que leur maître décide d'un endroit où les enterrer. Ils devaient encore creuser la fosse. Bien souvent, ceux qui creusaient la fosse finissaient dedans avec une balle dans la tête.

« C'était un métier très dur et très dangereux. Si on avait le malheur de vivre dans une ville à flanc de montagne avec des rues en pente et des escaliers, on risquait avec nos charges de se casser le cou. Ce n'était pas mieux pour les tireurs de pousse-pousse. Il y en a qui, en descendant une côte, ont été écrasés par la charge qu'ils tiraient. En plus, on était mal nourris... quand on l'était. Voilà pourquoi je suis parti dès que j'ai pu. »

Hubert lui demanda :

— Aujourd'hui, ici à Québec, trouves-tu que les choses vont mieux ?

— Vous ne savez pas la chance que vous avez. Les pauvres d'ici seraient riches chez nous. Comme coolie, je n'avais pas d'avenir. Un os cassé et j'étais fini, plus de travail, plus de riz, la mort à petit feu. Tandis qu'ici, avec mon fer à repasser, je peux gagner de quoi manger tous les jours. Comme ça, je peux espérer vivre encore longtemps, tandis que là-bas je serais mort à l'heure qu'il est.

— Tu en es sûr ?

— Pour ça, oui ! Peu à peu j'aurais eu mal partout et, pour chasser le mal, j'aurais fait comme tous les autres. J'aurais fumé de l'opium et j'aurais fini ma vie quelque part, seul, édenté et nu comme une pierre lavée.

— Il y a beaucoup de fumeurs d'opium ?

— Des milliers.

— On cultive l'opium en Chine ?

— La Chine n'a pas eu le choix. Il y a eu des guerres causées par l'opium. L'Angleterre et d'autres pays occidentaux ont forcé les Chinois, contre leur volonté, à cultiver l'opium. C'est aujourd'hui un des marchés qui y fait entrer le plus d'argent.

En levant un coin de rideau de sa vie, Tchong nous avait fait prendre conscience, ce dimanche-là, du bonheur que nous avions d'être nés dans un pays où la guerre ne sévissait pas et où, pour la plupart des gens, il y avait moyen de manger tous les jours. Marjolaine, cependant, me ramena à la réalité quand elle rappela que nous comptions plusieurs familles dont le souci quotidien était d'avoir un quignon de pain sur la table. Je passai cette réflexion :

— Je me demande bien pourquoi dans un pays riche comme le nôtre il y a encore des gens qui tirent le diable par la queue.

À ma question, comme toujours, Clémence trouva la réponse appropriée :

— Parce que la richesse est mal distribuée, tout comme l'argent que nous donnons à nos gouvernements. La priorité n'est pas le bien des citoyens. Il n'y a que deux choses qui motivent nos gouvernants, le pouvoir et la richesse.

Le passage de Tchong chez nous eut le mérite de nous changer les idées, mais rien n'empêche que nous étions tous inquiets de l'absence de Léonard.

DEUXIÈME PARTIE

LE TEMPS DE VIVRE

1925-1929

Chapitre 21

Un saut dans les souvenirs

Hubert

Il suffisait d'un anniversaire pour que l'un ou l'autre d'entre nous s'exclame : « Comme le temps passe vite ! » Les jours défilent et se ressemblent tous. Nous faisons les choses machinalement et nous vaquons à nos occupations sans nous poser de questions. Il nous faut parfois tomber malade pour nous forcer à nous arrêter à réfléchir sur ce que nous devenons.

Le début d'une nouvelle année est également l'occasion de faire le bilan de nos vies ; 1925 ne fit pas exception à cette règle. Quand je regardais ce que nous devenions tous, j'avais peine à nous reconnaître tellement les années nous avaient changés. Je nous revoyais, enfants, à la Trousse pierre. Nous étions insouciants et, tous les jours, la vie pour nous se montrait belle. Pourquoi en est-il autrement quand nous devenons adultes ?

Me revenaient toutes sortes de souvenirs heureux : le bonheur qui nous gagnait pendant le trajet jusqu'à notre maison de campagne, le vieux pêcheur d'anguilles, la maison hantée, la cueillette des framboises, notre cabane dans les arbres et l'ami Jeff. Qu'était-il devenu, celui-là ? Je déplorais le fait de ne pas être resté en contact avec lui. Nos amis d'enfance ne sont-ils pas les seuls vrais que nous ayons ? Je ne cessais pas de me demander : qu'est-ce au fond que vivre ? Que nous réservait le nouvel an ?

Je me demandais combien de fois depuis toutes ces années où j'étais devenu le sonneur de Saint-Roch j'avais pu mettre les cloches en branle. Je comptais certes des milliers d'angélus à mon crédit.

Quand je fis part de ce bilan lors d'un dîner du dimanche, tous se mirent à calculer combien de fois ils avaient fait telle ou telle chose depuis dix ou vingt ans.

— Imaginez-vous, fit remarquer Firmin, s'il fallait relever tout ce qui se passe dans notre vie. Nous aurions d'étonnantes surprises. Combien de fois nous éternuons ou nous nous mouchons, combien de fois nous avons mangé depuis notre naissance ?

— Combien de fois nous pétons ? proposa Ovila, polisson.

Sa remarque nous fit bien rire. Rien n'empêche que le beau Firmin, qui comptait vite, affirma :

— Pour ma part, si je calcule que j'ai mangé trois fois par jour depuis ma naissance, ça fait quelque chose comme cinquante-deux mille cinq cents repas !

— Tu peux bien être gros ! lui lança Marjolaine.

— Ça en fait des patates, des légumes et de la viande de perdus, le taquina Ovila, décidément en verve.

Marjolaine avança, d'un ton beaucoup plus sérieux :

— Vous rendez-vous compte que ça fera bientôt près de six cents repas du premier dimanche du mois auxquels je participe ?

— Six cents repas ! reprit Firmin, songeur.

Sa question eut l'heur de nous faire prendre conscience qu'il en manquait plusieurs autour de la table.

Il n'y avait pas si longtemps encore, nous étions une quinzaine à partager nos repas. La mort était passée depuis et avait clairsemé nos rangs, et les circonstances de la vie s'étaient chargées de multiplier les places vides. Ovila attira notre attention sur ce qui nous préoccupait et nous inquiétait tous :

— Si nous sommes fixés depuis longtemps à propos de Rosario et nous savons ce que devient Gertrude et ce qui occupe Clémence, il serait temps d'en apprendre davantage sur Léonard. Je me suis informé à la police et je n'ai obtenu aucune précision. Apparemment, il n'y a pas de corps non réclamé à la morgue. Léonard est sans doute encore bien vivant. Le policier à qui j'ai parlé a laissé entendre qu'il arrive plus souvent qu'on pense que des gens partent en voyage pour d'assez longues périodes sans le signaler à leur famille. Je lui ai dit que j'étais certain que si Léonard avait eu l'intention de partir en voyage, il nous aurait prévenus. Le policier m'a dit que s'il apprenait quelque chose, il nous le ferait savoir.

Moi qui connaissais la maladie dont souffrait Léonard, ces propos me bouleversèrent. Je fus sur le point de révéler aux autres ce que je savais, mais, au tout dernier instant, pour ne pas les troubler davantage, je résolus de me taire. Rien n'empêche que dans ma tête, je me faisais toutes sortes de scénarios de moins en moins optimistes. La disparition de Léonard devait avoir trait à sa maladie. Sans doute se cachait-il pour ne pas être incarcéré. J'en étais là dans mes pensées, quand Ovila proposa :

— Si vous le voulez bien, dans les prochains jours, je vais mener une sérieuse enquête là-dessus. Ce n'est pas normal qu'il ne donne pas signe de vie. Dès que j'apprends du nouveau, je vous le fais savoir.

Notre repas se termina là-dessus. Ovila était un bon journaliste. Nous savions que son enquête ferait sans doute la lumière sur cette histoire mystérieuse. Ça nous permit de nous quitter un peu moins soucieux.

Chapitre 22

Où est passé Léonard ?

Ovila

Le quotidien ne nous laissait pas le temps de respirer. Nous étions tous pris par nos activités. Nous réussissions à nous voir à notre dîner du mois, mais rarement y étions-nous tous présents. Dieu seul savait ce que faisait Rosario. Marjolaine, devenue le bras droit de Clémence dont le dispensaire était constamment bondé, s'absentait parfois pour une urgence quelconque. Gertrude travaillait toujours à la Malbaie. Firmin en avait plein les bras à mener de front l'administration de son hôtel et de son théâtre. Quant à Hubert, il était régulier comme une horloge à sonner les angélus et les messes. De temps à autre, il signalait la mort d'une femme de la paroisse par sept coups de glas et celle d'un homme par neuf coups. Pendant tout ce temps, nous ignorions où se cachait Léonard.

Je menai une enquête dont je révélai les résultats au dîner suivant. On m'avait certifié que Léonard n'avait pas été revu depuis plusieurs semaines à la bibliothèque de la législature. Il avait tout simplement disparu sans laisser de traces. Le propriétaire de son logement ne l'avait pas revu et il devait deux mois de loyer. J'avais réglé sa dette, car le propriétaire menaçait de vider l'appartement en mettant les affaires de Léonard sur le trottoir. J'allai à la police mais je ne pus rien obtenir de précis. Une chose était certaine : selon les policiers, Léonard n'avait pas été arrêté. Il n'en restait pas moins qu'il avait bel et bien disparu. Pour en avoir le cœur net, je fis passer une petite annonce dans *Le Soleil*. Elle disait ceci :

Nous sommes à la recherche de monsieur Léonard Bédard, bien connu dans le milieu littéraire. Si quelqu'un peut nous donner de ses nouvelles, nous serons généreux à son endroit. Prière de communiquer les informations à monsieur Ovila Joyal, journaliste au Soleil.

Malgré cette annonce, personne ne se manifesta. Je désespérais d'en apprendre plus, quand un jour un jeune homme se présenta au journal en me réclamant. Il me prévint qu'il avait des choses à me confier à propos de Léonard, mais comme, disait-il, les murs ont des oreilles, il me demanda de le suivre dehors. Une fois sur le trottoir, il alla droit au but :

— Léonard est à l'asile.

Un coup de poing en pleine figure n'aurait pas eu plus d'effet sur moi. Je finis par demander :

— Que dis-tu là ?

— Vous avez bien entendu. Votre beau-frère subit des traitements à l'asile.

— Depuis quand ?

— Plusieurs semaines.

— Comment se fait-il qu'on ne nous en ait pas prévenu ?

— Il paraît qu'on veut par là épargner la honte à la famille. Il vaut mieux que ça ne s'ébruite pas.

— À ce que je sache, Léonard n'a rien d'un malade mental. Il est très vif d'esprit et très brillant en plus. Pour quelle maladie est-il traité?

Le jeune homme hésita un moment avant de se lancer dans des explications compliquées.

— Léonard a une personnalité différente de celle des autres.

— Nous avons tous des personnalités différentes.

— Saviez-vous qu'il est suivi par un psychiatre?

— Je l'ignorais.

— Il est atteint d'une maladie grave.

— Qui se soigne uniquement à l'asile?

— C'est cela.

Sur ce, le jeune homme s'éclipsa sans en dire plus et sans vouloir de récompense. Je ne perdis pas de temps et me rendis à l'asile Saint-Michel-Archange. Là, j'insistai pour voir Léonard. Au début, on refusa. Quand je menaçai de raconter dans *Le Soleil* de quelle façon on m'avait reçu, on me permit de le voir. Léonard était dans une grande salle avec tout un groupe de malades. Il semblait si accablé qu'il ne me reconnut pas ou fit semblant de ne pas me reconnaître. Le voyant dans cet état, je m'informai auprès d'une infirmière de ce qui lui arrivait.

— Les électrochocs.

— Il reçoit des électrochocs?

— Vous l'ignoriez?

— Quelqu'un peut-il me dire pourquoi il subit de tels traitements?

— Son médecin traitant.

— Qui est?

Elle consulta un document et m'informa:

— Le docteur Bouffard.

J'exigeai de rencontrer immédiatement ce médecin. Après plusieurs minutes d'attente je fus introduit dans son bureau. Je me présentai :

— Je suis le beau-frère de Léonard Bédard. Je veux savoir d'abord pourquoi il se retrouve à l'asile, pourquoi la famille n'en a pas été informée et pourquoi on lui fait subir des électrochocs.

Le médecin me regarda d'un air hautain.

— Puisque vous le demandez, monsieur, je répondrai à vos questions dans l'ordre. Ne venez pas vous plaindre ensuite d'en avoir trop appris. Il est ici parce que c'est un inverti. On n'en a pas informé la famille parce qu'il s'agit d'un adulte célibataire et sa maladie ne doit pas être connue, sinon les siens se verront bien vite éclaboussés par le scandale que provoquera sa situation. Les invertis doivent être exclus de la société et soignés afin de ne plus retomber dans leur vice. Il vivait avec un autre homme, ce qui est une anomalie. Ça s'est su. Il a été arrêté, jugé et condamné.

Cette révélation me laissa un moment sans voix. Pour ne pas laisser trop paraître à quel point ça me choquait, je dis :

— Le connaissant comme je le connais, il a dû résister à son internement.

— Oh, il a résisté… Mais il a eu à choisir entre la prison et l'asile. En prison, il n'aurait eu aucun soin. Ici nous lui prodiguons les soins nécessaires à son retour en société. Les électrochocs contribuent à remettre nos patients invertis sur la bonne voix.

— Vous en êtes sûr ?

— Sûr et certain.

— Quand pouvons-nous espérer le revoir parmi nous ?

— Dans quelques années, ou peut-être même dans quelques mois s'il continue à bien répondre aux traitements.

— Et si les traitements ne donnent pas les résultats escomptés?

— Il faudra penser à quelque chose de plus puissant.

— Comme quoi?

— Une lobotomie.

En entendant cela je me redressai sur ma chaise, puis, me levant d'un coup, je m'approchai du médecin et le menaçai:

— Faites ça et toute la ville le saura!

Il ne se laissa pas impressionner:

— Du même coup les gens apprendront qui est votre beau-frère et la honte rejaillira sur votre famille.

— Pas de lobotomie, sinon…

J'étais si bouleversé que je quittai les lieux sans rien ajouter.

———

Ces révélations, que je fis dans le cadre de notre dîner familial, bouleversèrent bien sûr tout le monde, autant qu'elles m'avaient bouleversé, moi. Hubert fut le premier à prendre la parole. Il avoua:

— Pour l'avoir surpris avec un autre homme, je connaissais la maladie de Léonard. Je n'ai pas voulu en parler pour ne pas vous troubler avec ça. J'ignorais toutefois qu'on pouvait arrêter un individu qui en souffrait et l'enfermer à l'asile sans que les siens en soient prévenus.

J'expliquai:

— Il semble que les autorités s'arrogent ce droit de bonne foi afin d'éviter le scandale qu'une telle révélation susciterait. Mon Dieu, dans quel monde vivons-nous? Comme si la maladie mentale pouvait jeter l'opprobre sur une famille…

Nous restâmes un bon moment à discuter de ce sujet autour de la table. Fort heureusement, Clémence était présente. Elle nous avisa qu'elle irait régulièrement rendre visite à Léonard et qu'elle nous tiendrait informés de tout ce qui le concernait.

Firmin garantit de voir à ce que Léonard ne perde pas son appartement. Hubert s'engagea à faire dire des messes pour sa guérison. Quant à moi, je promis de m'informer de ce que nous pouvions faire pour le sortir de là.

Chapitre 23

Un nouvel ami

Hubert

Il n'y avait rien de moins imprévisible que ma vie. À n'importe quel moment de la journée, si on avait demandé à Firmin où j'étais, il aurait été en mesure de le dire. Je ne parvenais pas à me faire un seul ami. J'enviais Ovila qui nous avait présenté Tchong, son ami chinois, dont les propos au cours de notre dîner familial nous avaient captivés. Ovila pouvait causer de temps à autre avec cet homme aux yeux bridés dont la vie était une véritable aventure. Avoir des amis originaires de l'étranger s'avère une excellente chose. Ils nous font sortir de notre petit coin fermé pour nous faire voir le vaste monde. Découvrir ce qui se passe ailleurs nous permet de nous rendre compte que ce n'est pas toujours rose partout. Ça nous réconcilie avec notre milieu de vie. Ne dit-on pas : « Quand on se regarde on se désole, quand on se compare on se console » ?

Un beau dimanche au sortir de la messe, je mis par mégarde le pied sur celui d'un homme qui lâcha un « Ouch ! » sonore. Il n'était pas querelleur. Sans rouspéter, il accepta mes excuses en s'exclamant :

— Un brin de plus et mon pied était écharpillé !

Son accent me frappa. Il n'était certainement pas d'ici. Alors que je m'excusais à nouveau, par curiosité je lui demandai :

— Vous êtes étranger, ça s'entend. D'où venez-vous ?

Il se mit à rire comme un gai luron.

— J'sus d'Acadie. Chassé comme les aïeux du coin. Me v'là comme eux autres sans ni plus ni moins que rien.

Je commentai :

— Vous avez, vous aussi, été déporté ?

— C't'en plein ça ! La crise m'a chassé d'mon village.

— Lequel ?

— Bonaventure, dans' Baie-des-Chaleurs, à ras Cascapédia et Paspébiac.

— Comment y gagniez-vous votre vie ?

— Cuisinier. Le restaurant a farmé. J'pensions pouvoir travailler à Gaspé, pis à Rimouski ou à Rivière-du-Loup. J'ai fait patate.

Je l'écoutais et je me disais : il tombe pile, celui-là ; Firmin a besoin d'un cuisinier. Je lui dis :

— Y a rien qui arrive pour rien. Mon frère se cherche justement un cuisinier.

— Où ça ?

— À l'hôtel Eldorado.

Il me regarda comme s'il ne pouvait pas croire ce qu'il venait d'entendre. Je lui demandai son nom :

— Ambroise Comeau.

J'aimais son accent. Il m'était sympathique. Je l'invitai à me suivre chez Firmin. Je lui avouai qu'il était le premier Acadien dont je faisais la connaissance. Il me répondit :

— Pourtant, à ce que je savions, nous sommes en masse à Québec.

Il plut à Firmin qui accepta de le mettre à l'essai. Mon frère fit là un des meilleurs coups de son existence. Ambroise était un cuisinier hors pair. Ses plats de poisson firent la renommée de l'hôtel. J'eus souvent l'occasion de jaser avec lui. Quand je lui dis que je m'intéressais à mes ancêtres, il me raconta ce qu'il savait des siens. Son aïeul Stanislas Comeau avait évité de justesse la déportation avec sa famille.

— Je croyais que tous les Acadiens avaient été déportés.

— Sauf deux cents familles.

Je le priai de me raconter comment ils étaient parvenus à éviter la déportation.

— Tu sais, raconta-t-il, qu'les Anglas, en 1755, ont décidé de s'défaire des Acadiens. Y voulaient pas prêter sarment d'allégeance à' couronne d'Angleterre. Mon aïeu vivait à Chipoudy dans l'bout de Beaubassin. Quand les soldats anglas sont v'nus pour brûler l'église de Chipoudy, y ont été r'çus par le lieutenant Boishébert et ses soldats. Y en ont tué une cinquantaine et blessé une soixantaine. Comme ça, les familles acadiennes de Chipoudy, Petit-Candiac et Miramichi ont pas été déportées. Mon aïeu se cacha dans les bois avec sa famille pour tarminer l'hiver. Au printemps, par les bois, y a mené sa famille à l'île Saint-Jean. Mais v'là-t'y pas que les Anglas rappliquèrent. Le sieur Boishébert transporta dans son bateau quèques-uns des Acadiens à Québec. Mon aïeu avec sa famille s'arrêta à' Baie-des-Chaleurs. Là, le sieur Bourdon tenait l'fort de Nouvelle-Rochelle. Y protégeait l'entrée d'la Baie. Mon aïeu a filé s'établir à Bonaventure. Y ont vécu là de peine et d'misère jusqu'en 1760. Là, y a des vaisseaux français remplis de nourriture qui s'en alliont à Québec. Quand y ont su qu'la ville était prise par les Anglas, y s'sont réfugiés à Pointe-à-la-Garde et à Ristigouche. Le sieur Bourdon a fait décharger les victuailles et les munitions qu'y ont cachées dans les bois, et là, les Acadiens ont eu de quoi s'défendre et s'nourrir pour au moins deux ans. De même, y ont pu s'établir.

Il se tut. Son regard fixait l'horizon comme s'il revivait ce qu'avait vécu son aïeul.

— Les Anglas, me confia-t-il, j'les porte pas dans mon cœur. C't'un vrai coup de cochon qu'y ont fait aux Acadiens. Du jour au lendemain, t'es appelé pour une réunion. Là, t'es fait prisonnier et t'es transporté pour être débarqué partout l'long de la côte de Nouvelle-Angleterre. Des milliers que tu déportes comme ça sans avertissement en laissant les femmes et les enfants che z'eux tout seu sans rien en toute.

Comme tout le monde, j'avais entendu parler de la déportation des Acadiens. Ça me faisait tout drôle de me la faire raconter par quelqu'un dont un des aïeux avait été victime des Anglais et avait été obligé de s'exiler loin de chez lui. Rien n'empêche qu'Ambroise est devenu mon meilleur ami. Lui, ma bosse ne le dérangeait pas du tout. Comme je passais pas mal de temps à l'hôtel et qu'il en était devenu le cuisinier, je pouvais jaser avec lui, la plupart du temps le soir, et ainsi je pus dire enfin que j'avais un véritable ami.

Chapitre 24

Les luttes de Clémence

Ovila

Je trouvais Clémence charmante. Quand il m'arrivait de penser à elle, la même image prégnante s'imposait à moi : je la comparais à un bison se précipitant à travers la plaine. Elle savait où elle allait. Elle avait tellement eu à lutter pour se faire admettre dans le monde médical qu'elle semblait toujours prête à foncer. Le sort des femmes et celui des enfants lui tenaient tellement à cœur ! Elle s'y consacrait patiemment sans monter le ton, avec une détermination farouche.

Elle s'était réjouie en particulier de voir Irma Levasseur ouvrir un hôpital pour enfants à la maison Shehyn sur la Grande Allée. On y avait manqué de place en peu de temps, si bien que cet hôpital appelé l'Enfant Jésus avait déménagé rue Saint-Vallier.

Clémence s'empressa de nous communiquer la bonne nouvelle et se réjouit d'un autre succès obtenu par les femmes, puisque le collège Jésus-Marie devenait le premier collège classique pour filles à Québec. « Ça leur donnera accès à l'université », affirmait-elle. Firmin demanda :

— Pourront-elles suivre des cours de médecine ?

— Voilà le problème. Mais il peut être résolu. Imaginez-vous que j'ai rencontré nulle autre que Marthe Pelland, la première femme acceptée à la faculté de médecine de l'Université de Montréal. Elle m'a raconté que le vice-recteur de l'université a adressé une lettre à son père lui laissant entendre que la présence de sa fille dans cette faculté risquait de troubler le climat social. Il s'est même permis les commentaires suivants : "L'admission d'une étudiante en médecine va à l'encontre de la volonté du fondateur de l'École, monseigneur Bruchési. Il ne visait pas à ce que des femmes deviennent médecins. Il ne cherchait qu'à donner au pays des femmes d'élite, intéressées à pousser plus avant leur culture et à connaître de sérieuses méthodes de travail. En somme, il n'était pas question qu'elles étudient pour devenir médecin. Aussi, qu'une étudiante ait été admise doit être considéré comme quelque chose de déplorable."

— Pourquoi a-t-on si peur des femmes ? questionna Marjolaine.

— On évoque toutes sortes de raisons et d'abord qu'une femme est trop faible pour exercer une telle profession et qu'elle risque, en raison de sa sensibilité, de perdre connaissance à la vue du sang ou encore de ne pouvoir supporter une autopsie. Ce sont là des balivernes. À dix ans, je disséquais des grenouilles. Quelle différence y a-t-il à disséquer le cadavre d'un homme ou d'une femme ? Il s'agit de matière morte, après tout. Nous, les femmes, nous n'avons pas notre place dans la société. On nous considère comme des meubles dont on se sert en cas de besoin. Tant que je vivrai, je vais me battre pour l'égalité entre les hommes et les femmes. Quand on pense que nous ne pouvons pas voter aux élections chez nous tandis qu'on le peut à Ottawa ! Si les femmes des autres provinces votent pendant que nous ne le pouvons pas, nous serons conduites par les autres. Je pense être assez vieille pour savoir me conduire moi-même.

Firmin la taquina :

— Tu devrais te présenter comme candidate aux élections.

— Tu peux bien rire ! On en reparlera quand il y aura des femmes députées. Il n'y en a pas encore, mais ça viendra. Je viens de m'inscrire au Cercle des femmes canadiennes de Québec. Vous connaissez sans doute Thaïs Lacoste-Frémont ? Elle en est la présidente. Je vais me battre à ses côtés.

Ce que racontait Clémence intriguait Marjolaine. Elle demanda :

— Quel genre d'activités avez-vous dans ce Cercle ?

— On se bat pour le mieux-être des femmes dans notre société. On reçoit également des conférencières. Nous allons nous réunir bientôt au Château Frontenac et nous aurons, comme conférencière, madame Charlotte Whitton. Elle va nous parler de la pasteurisation du lait, un sujet qui m'intéresse au plus haut point.

— La pasteurisation du lait ?

— Oui, un français nommé Louis Pasteur a découvert qu'en chauffant certains aliments, on élimine plusieurs bactéries nuisibles tout en conservant la qualité de l'aliment. Je veux savoir comment on procède pour le lait.

— J'aimerais assister à cette conférence.

— Mais bien sûr ! Tu seras mon invitée.

Avec Clémence on ne perdait pas de temps. Elle ne faisait pas de détours pour dire ce qu'elle pensait. Elle se rendit à cette conférence avec Marjolaine. Elles en revinrent enchantées. Clémence ne cessait de déplorer que cette découverte de Pasteur ne soit pas arrivée plus tôt. Que d'enfants sont morts qui auraient pu survivre en évitant de s'empoisonner avec du lait contaminé !

Clémence était faite pour lutter. Elle s'était battue pour devenir médecin, puis pour se faire accepter par le corps médical. Elle travaillait du matin au soir auprès de ses protégés, les enfants de milieux défavorisés, et jamais elle ne manquait de s'engager dans toute cause où il y avait une chance de créer une percée pour les femmes. Elle fut tout heureuse de pouvoir voter aux élections fédérales de 1926 où le libéral Mackenzie King fut élu. Elle se plaisait à répéter : « Quand le clergé aura compris que nous sommes des êtres humains aussi doués que les hommes, ce jour-là nous pourrons voter au Québec. »

Firmin lui demanda :

— Peut-on espérer te voir mariée un jour ?

— Peut-être ! J'ai maintenant cinquante ans. Il paraît qu'il ne faut jamais désespérer. Je me marierai le jour où je rencontrerai un homme qui saura me convaincre qu'il ne croit pas que je lui suis inférieure. Hélas, je ne sais vraiment pas si cet homme est né…

— Tu en demandes beaucoup, la taquina Firmin.

— L'avenir saura me le dire et soyez certain que ce jour-là, si jamais il arrive, je serai fière de venir vous présenter mon homme. Mais j'ai bien peur que ça n'arrivera pas avant que les poules aient des dents.

Chapitre 25

Maurice nous quitte

Hubert

Maintenant que Gertrude se trouvait à La Malbaie, nous n'avions plus de nouvelles de Maurice depuis son séjour en prison. Sa boulangerie fonctionnait grâce au travail de son fils Archange et de ses filles Aurélie et Clémentine qui, avec leur mari, avaient tout pris en main. Trop accaparés par leur travail, notre neveu et nos nièces n'avaient pas pris l'habitude de se joindre à nous pour notre dîner du mois. Nous savions par contre que tout allait pour le mieux à la boulangerie. Sa réputation n'était plus à faire dans Québec. De boutique de quartier, l'entreprise de Maurice était devenue une industrie produisant du pain pour une bonne partie de la ville. Tous les matins, les voitures de la boulangerie partaient dans toutes les directions pour la distribution du pain. En plus de couvrir entièrement la paroisse Saint-Roch, elles parcouraient Saint-Sauveur et Limoilou jusqu'à Stadacona, sans compter le secteur du port et plusieurs rues de la Haute-Ville.

Quand les gens nous parlaient de la boulangerie Mercier, c'était surtout pour nous vanter en premier lieu le pain, mais aussi les brioches aux raisins, qu'ils appelaient des buns. La boulangerie produisait également les petits pains de sainte Gertrude. Il y avait toute une légende autour de cette sainte. Le premier dimanche du carême, alors que tout chrétien se devait de jeûner, sainte Gertrude désirait manger. Jésus lui apparut et mit devant elle sous la forme de trois mets, les trois victoires dont parlait l'Évangile de ce dimanche. Elle devait s'en servir contre les vices des hommes, le plaisir et la cupidité. Comme elle avait fait le vœu de pauvreté, elle ne pouvait pas mettre en pratique les paroles de l'Évangile : «Venez, vous les bénis de mon père, car j'ai eu faim et vous m'avez donné à manger et j'ai eu soif et vous m'avez donné à boire.» Comment, disait-elle, pourrais-je donner à manger à ceux qui ont faim et boire à ceux qui ont soif puisque je n'ai rien? Jésus lui dit de prier tout simplement pour le salut des pécheurs. Elle se jeta à ses pieds pour lui demander de pardonner aux chrétiens leurs fautes par pensées, désirs et mauvaises volontés. Elle fut exaucée en recevant des mains mêmes du Seigneur un pain qu'il la pria de distribuer dans l'église.

Depuis, chaque année au temps du carême, se faisait dans toutes les églises la distribution des petits pains de sainte Gertrude. Combien de fois Léonard n'avait-il pas taquiné sa sœur Gertrude en la priant de lui donner un petit pain? «Tu es née, disait-il, pour un petit pain.» Chaque fois, Gertrude s'offusquait, ce qui attirait les rires de toute la famille. Ces petits pains étant distribués dans toutes les églises de la ville, il fallait les faire cuire la veille. Ils étaient si petits qu'on devait les découper un à un dans la pâte et utiliser un moule spécial pour les confectionner.

Marjolaine était invitée chaque année à donner un coup de main pour la distribution de ces petits pains aux différentes églises de la ville. Traînant sur son dos une poche remplie de pains, elle se chargeait d'en apporter à l'église Saint-Roch et à celles de Saint-Charles de Limoilou, de Saint-Fidèle et de Saint-François-d'Assise. Puis elle terminait sa tournée en livrant ses pains à l'église Saint-Sauveur. Pendant ce temps, ses nièces s'occupaient des églises de la Haute-Ville, la basilique Notre-Dame, Saint-Jean-Baptiste, la nouvelle église Saint-Dominique, sans oublier Notre-Dame-du-Chemin, et j'en passe.

〰

Pour ne pas nous inquiéter, Archange et ses sœurs n'avaient pas voulu nous prévenir que leur père était très malade. Le départ de Gertrude n'avait pas arrangé les choses. Le penchant de Maurice pour la boisson n'avait fait que s'accentuer. Voilà que ces excès se faisaient sentir, son foie ne pouvant plus rien absorber. Sa santé se détériorait à vue d'œil. Revenant de sa tournée de petits pains, Marjolaine nous apprit que Maurice était hospitalisé. Les médecins ne lui accordaient que très peu de temps à vivre. J'aurais voulu lui dire que nous pensions à lui afin qu'il parte avec un bon souvenir de nous. Je me rendis à son chevet à l'Hôtel-Dieu. Il n'était plus conscient. Le lendemain, on nous apprit sa mort.

Firmin s'empressa de communiquer avec Gertrude pour lui annoncer la mauvaise nouvelle et l'inciter à être présente aux obsèques. Il y a des blessures qui durent toute une vie et ne se referment jamais. Gertrude ne vint pas au service. Nous pensions qu'elle ferait l'effort de s'y présenter, ne serait-ce que pour être près de ses enfants dans ces jours d'épreuve. Firmin eut beau tenter de la convaincre, elle ne bougea pas de La Malbaie. Cet homme l'avait battue et rendue malheureuse, elle n'allait pas assister à ses funérailles.

En plus d'avoir mauvais caractère, Gertrude était rancunière et entêtée. C'était bien inutile d'insister.

Marjolaine, avec toute la sollicitude qui l'habite, la remplaça auprès de notre neveu et de nos nièces. Maurice avait beau avoir mal terminé ses jours, les gens se souvenaient des bons pains qu'ils avaient dégustés grâce à lui. Ils se présentèrent nombreux au service. Fort heureusement, l'église Saint-Roch est la plus grande de la ville et elle put accueillir les centaines de personnes venues lui rendre hommage. Le lendemain, les journaux firent même un compte rendu de la cérémonie et la colonne révélant les noms des personnes qui avaient assisté au service était extrêmement longue.

Chapitre 26

Visite à Gertrude

Ovila

Nous avions très peu de nouvelles de Gertrude. Elle s'était fait une nouvelle vie à La Malbaie. Marjolaine et moi rêvions de prendre quelques jours de vacances et je cherchais toutes sortes de sujets pour mes articles dans *Le Soleil*. Je pensai qu'il serait intéressant d'en écrire un sur le Manoir Richelieu. J'étais certain que ça intéresserait nos lecteurs. Ce serait en même temps l'occasion d'y séjourner avec Marjolaine et de rendre visite à Gertrude. Elle y travaillait voilà maintenant deux ans et n'avait pas remis les pieds à Québec depuis. Ses filles allaient la voir de temps à autre. Trop occupé par son travail, Archange ne pouvait se rendre là-bas. Il lui téléphonait à l'occasion. Par lui, nous avions de ses nouvelles. Marjolaine avait bien hâte de la revoir. Elle s'inquiétait pour sa sœur.

Il n'y avait pas cent façons de se rendre à Pointe-au-Pic et au Manoir Richelieu. Il y en avait trois. On pouvait prendre la route des Caps de Charlevoix par Saint-Ferréol et se faire conduire à Baie-Saint-Paul en charrette tirée par un bon cheval par des côtes à n'en plus finir. De là, on continuait jusqu'à La Malbaie. On pouvait aussi y aller par train. Depuis 1919, ce qu'on croyait impossible était devenu une réalité. Une voie ferrée avait été construite le long du fleuve. Elle menait de Québec à La Malbaie. Toutefois, la façon la plus agréable de s'y rendre consistait à monter à bord d'un vapeur de la Canada Steamship Lines qui, de Québec, menait les voyageurs au quai de Pointe-au-Pic, tout en bas du Manoir.

Je proposai à Marjolaine :

— Tant qu'à nous rendre au Manoir, autant y aller en bateau.

Elle en fut ravie.

Monter à bord d'un des paquebots de la Canada Steamship Lines constituait une aventure en soi. Les « bateaux blancs », comme on les appelait, possédaient tout ce qu'on pouvait souhaiter d'un navire d'agrément. Nous étions certains de nous y retrouver en compagnie de gens issus de familles à l'aise – ou, en d'autres termes, de la crème de notre société. Nous fîmes ce voyage à bord du *S.S. Québec*, un paquebot tout frais sorti des chantiers de la Davie à Lévis. Nous eûmes la chance de bavarder avec madame Thaïs Lacoste-Frémont, une des conférencières les plus en vue de Québec. Avec ses enfants, elle se rendait pour un court séjour chez les Forget à Saint-Irénée de Charlevoix avant de passer l'été à Notre-Dame-du-Portage. Elle n'avait que rarement l'occasion de revoir son amie Thérèse Forget-Casgrain et elle profitait de ces jours de vacances pour lui rendre visite.

Comme elle nous le raconta, elle prenait ses vacances à Saint-Irénée quand elle était jeune. C'est là qu'elle avait connu son mari Charles Frémont. Elle nous expliqua qu'ils étaient toute une bande d'amis à passer l'été dans Charlevoix. Je lui demandai :

— Quelles étaient vos occupations ?

— Pendant que nos parents jouaient au whist ou au bridge et prenaient le thé, nous organisions des piqueniques, des tours de charrette, des excursions en bateau et des baignades. Si le temps se faisait maussade, nous avions des concerts improvisés et nous préparions des soirées de poésie et des séances auxquelles tout le monde était convié.

Elle nous parla ensuite de ses activités au Cercle des femmes canadiennes de Québec. Marjolaine lui mentionna que Clémence en faisait partie.

— Le docteur Clémence Bédard, je suppose?

— C'est ma sœur.

— Vous pouvez en être fière. Elle est très engagée dans la lutte que nous menons pour obtenir l'égalité avec les hommes. Elle a surtout à cœur de voir un jour les femmes obtenir le droit de vote au Québec.

Je lui demandai:

— Espérez-vous voir cela se réaliser bientôt?

— Tant que le clergé y sera opposé, les espoirs restent minces. Ma sœur Marie, qui a fondé le Comité provincial pour le suffrage féminin, n'est pas trop optimiste. Vous savez que monseigneur Roy a écrit une longue lettre épiscopale dans laquelle il se demande ce que les femmes gagneront en ayant le droit de vote. Comme toujours, il laisse entendre que la place des femmes est au foyer. Quant à monseigneur Bégin, il est encore plus cinglant. Il prétend que si les femmes obtiennent un jour le droit de vote, ce sera un malheur pour notre province. Ma sœur a vainement fait appel au pape pour obtenir son appui. La cause n'est pas désespérée mais je ne me fais pas d'illusions, il faudra sans doute encore bien du temps avant que les femmes puissent voter chez nous.

Nous avons fait le trajet jusqu'à Pointe-au-Pic en compagnie de cette femme cultivée. Elle nous a quittés là avec ses enfants. Une voiture les attendait pour les conduire à Saint-Irénée. Quant à nous, après nous être installés au Manoir, je fis mon travail. Je recueillis là une foule de renseignements sur ce magnifique édifice. Sa construction datait de 1898. Il comptait deux cent cinquante chambres. C'était précisément monsieur Rodolphe Forget qui en avait été le promoteur. Le Manoir accueillait chaque été des milliers de touristes. On comptait d'ailleurs éventuellement l'agrandir.

Marjolaine put passer de bons moments avec Gertrude, même si son travail la tenait captive du matin au soir. Marjolaine lui demanda si elle avait l'intention de terminer ses jours à La Malbaie.

— Tant que je le pourrai, répondit Gertrude, je ne retournerai pas à Québec.

— Tu ne t'ennuies pas de tes enfants ?

— Même si j'étais à Québec, je ne les verrais pas plus souvent que je les vois ici. Mes filles sont mariées et Archange a de l'ouvrage par-dessus la tête.

— Es-tu bien ici ?

— L'été, c'est très demandant. L'automne, l'hiver et le printemps, je les passe chez madame Dufour à La Malbaie. J'y gagne mon logement et ma nourriture. C'est bien suffisant. En plus, je vois beaucoup de monde. J'en demande pas plus.

Marjolaine fut enchantée de cette visite. Elle m'avoua que ça lui permettrait de mieux dormir. Elle ne s'inquiéterait plus pour Gertrude qui, tout comme à moi, lui avait semblé heureuse et en paix.

Chapitre 27

Firmin innove

Hubert

Mon frère Firmin ne semblait pas trop souffrir de l'absence de sa femme qui ne donnait plus signe de vie. Il était tellement occupé qu'il ne semblait pas avoir le temps de réfléchir à ses malheurs. Il se plaisait à répéter:

— Si tu n'innoves pas, tu finis par disparaître. Les gens se lassent de tout. Il leur faut sans cesse du nouveau. Ce qu'ils aiment d'un hôtel se résume à deux choses, le confort d'une chambre douillette et le plaisir de repas savoureux. De ce côté, tout va. Pour ce qui est du théâtre, ce n'est pas la même chanson. Tu ne peux pas croire intéresser les gens si tu n'introduis pas de temps à autre de la variété ou de l'inédit. Voilà pourquoi je me creuse autant les méninges pour arriver avec une nouveauté quelconque. Par les temps qui courent, nous avons de bons spectacles avec, en plus, des troupes qui jouent en français, celles de messieurs Guimond et Petrie qui viennent de temps à autre.

« Je comptais bien faire affaire aussi avec monsieur Barry. Sa troupe donnait des spectacles à l'hôtel Saint-Roch. Quand l'hôtel est passé au feu, je lui ai offert de venir jouer à mon théâtre, mais il a préféré retourner à Montréal.

Depuis, je tente par tous les moyens de varier mes spectacles. »

Je lui fis remarquer :

— De quoi te plains-tu ? Ta salle est presque toujours bondée.

— Vrai, quand il y a un grand spectacle.

— Qu'entends-tu par un grand spectacle ?

— Avec des sketchs, des danses, un chanteur ou, mieux, une chanteuse.

— En somme, ce que tu as ordinairement… Et dans tes sketchs, qu'est-ce que ça prend vraiment pour faire rire le monde ?

— Autant que possible, peu de paroles et beaucoup d'action.

— Des tartes à la crème en pleine face, des coups de pied au cul, des bagarres, des poursuites ?

— Exactement, sauf que de moins en moins de monde vient y assister.

— Pourquoi ?

— Parce qu'ils sont gâtés depuis que les acteurs parlent français. Je me rends compte de plus en plus que lorsque c'est une troupe anglaise, la salle reste à moitié vide. Parfois, j'aurais idée d'y faire voir des choses plus osées, comme j'en ai vu au Klondike.

— Comme quoi ?

— Des danses du ventre avec des femmes plus ou moins déshabillées.

— Tu n'y penses pas ! Tu aurais tous les curés sur le dos.

— Tant mieux ! Ce sont mes meilleurs publicitaires. J'ai vraiment le goût de tenter l'expérience.

— Tu n'es pas sérieux ? Des plans pour qu'on te force à fermer ta salle.

— Si tu as une meilleure idée…

— Pourquoi n'essayes-tu pas de faire venir des chanteurs comme Botrel ? Lui, il remplit les salles où il passe.

— Théodore Botrel ? Oui, parce qu'il vient avec la bénédiction des curés. C'est connu, ils n'acceptent que des types comme lui. Botrel ne fait que remplir les salles paroissiales avec ce qu'on appelle la bonne chanson. As-tu écouté ses chansons ? À part *La Paimpolaise* en connais-tu une seule autre de lui ?

J'eus beau chercher, je ne me souvenais d'aucun ancien air de ce chanteur.

— Vois-tu, après s'être occupés des livres qu'ils ont classés en bons et mauvais, les voilà qui classent aussi les chansons. Tout ce qui se chante dans nos spectacles burlesques est considéré par eux comme de la mauvaise chanson. Avec eux, une chanson est bonne quand elle ne parle pas d'amour, comme *Partons, la mer est belle* ou *Envoyons d'l'avant nos gens* ou bien encore *C'est l'aviron qui nous mène*. Tu ne me croiras pas, mais ils sélectionnent même les chansons de folklore. Je me suis laissé dire qu'ils se demandent si on peut considérer comme une bonne chanson *Ah ! si mon moine voulait danser* et *Marie-Madeleine, ton p'tit jupon de laine, ta p'tite jupe carreautée, ton p'tit jupon piqué.* Je suppose que c'est parce que ça parle de jupon. Ça peut donner de mauvaises pensées.

— Je sais qu'avec eux ce n'est pas facile, mais tu pourrais faire venir madame Bolduc, par exemple. Chaque fois, elle remplit les salles où elle passe.

— Je le ferais bien, mais il y a un problème…

— Question de cachet ? Tu remplirais ta salle à cinquante cents du billet.

— Non, ce n'est pas le cachet.

— C'est quoi alors ?

— Elle est habituée de chanter dans des grandes salles comme le Monument-National à Montréal. Mon théâtre ne lui conviendrait pas, j'en suis certain.

— Dans ce cas, demande Ovila Légaré.

— Il ne viendra pas à Québec. Il est trop occupé à Montréal.

Je ne savais vraiment plus quoi lui suggérer, quand il déclara :

— J'ai idée d'organiser des concours d'amateurs. J'inviterais tous ceux qui veulent chanter à se présenter à mon théâtre. Je les écouterais pour voir s'ils chantent bien et je ferais une sélection, après quoi j'organiserais un concours auquel les gens participeraient. C'est eux qui décideraient du gagnant.

Son idée n'était pas bête et je le lui dis. Il organisa une première présentation. Comme il s'agissait d'amateurs, il ne chargeait pas cher pour le prix d'entrée, même pas vingt cents. Cependant, il fut obligé de remettre des prix aux gagnants de chaque catégorie. Ça mangea son profit. Aussi, il ne recommença pas l'expérience. Sur le coup, ça ne lui fut pas profitable. Qui eût dit que ça lui servirait plus tard ? Pourtant ça se produisit. J'aurai l'occasion d'y revenir.

Chapitre 28

Pauvre Léonard

Ovila

Léonard était toujours à l'asile. Nous nous demandions tous s'il en sortirait un jour. Une fois que quelqu'un s'y trouvait, il fallait de sérieuses raisons pour qu'il en sorte. Nous nous faisions un devoir de lui rendre visite le plus souvent possible. Il me semblait que, d'une fois à l'autre, il devenait de plus en plus déprimé. Lui qui, autrefois, était si volubile, ne parlait presque plus. Il est vrai que vivre jour après jour dans un pareil milieu devait être difficile à endurer.

Un jour, j'allai le voir en compagnie de Marjolaine. Elle lui demanda s'il s'intéressait toujours à la poésie.

— Bien sûr, mais regarde autour, comment veux-tu que je sois inspiré ?

Autour, ce n'étaient que des épaves humaines. Léonard n'était pas là parce qu'il avait perdu l'esprit. Il avait été enfermé parce qu'on considérait qu'il agissait contre nature. Ça ne lui enlevait rien de sa lucidité ni de ses capacités intellectuelles. Il réussissait à survivre dans ce milieu parce qu'il avait trouvé le moyen de s'en évader : il lisait. Rien ne pouvait lui faire plus plaisir qu'un livre en cadeau. Chaque fois que nous allions le voir, nous lui en apportions un. Ainsi, en cette année 1927, il fut heureux de mettre la main sur le tout nouvel ouvrage de François Mauriac intitulé *Thérèse Desqueyroux*. Ce roman venait tout juste de paraître. Je savais qu'il ferait le bonheur de Léonard. Il aimait tellement l'écriture de Mauriac ! Je ne pensais jamais, cependant, qu'il le bouleverserait autant. En voici un bref résumé.

Thérèse Desqueyroux sort d'un tribunal où elle vient d'être acquittée d'une accusation de tentative de meurtre sur son époux. Son père et ses proches savent très bien qu'elle est coupable. Elle a tenté d'empoisonner son mari. Elle retourne donc chez elle en cherchant à s'expliquer avec lui, croyant naïvement qu'il va lui pardonner son acte. Au contraire, son mari l'emprisonne dans leur maison. Elle y est recluse et elle n'aura pas le droit de prononcer un seul mot. Elle est écrasée, son humanité est niée.

Je ne connaissais malheureusement pas le contenu de ce roman, sinon je n'en aurais jamais donné un exemplaire à Léonard. Cette lecture le bouleversa. Quand je retournai le voir, heureusement que Marjolaine ne m'accompagnait pas, car Léonard fit une crise de désespoir que je ne suis pas près d'oublier. Il pleurait comme un enfant et finit même par se rouler par terre en martelant le sol de ses deux poings. Je finis par le calmer, tout en me disant que même si une personne entre saine d'esprit dans un pareil asile, elle risque fort d'y perdre la raison, ce qui me semblait arriver à Léonard. Quand je jugeai qu'il pourrait répondre à mes questions, je lui demandai :

— Qu'est-ce qui te rend si désespéré ?

— De quoi suis-je coupable ? Pourquoi suis-je incarcéré ? Parce que j'ai le malheur de suivre ma nature et d'aimer un autre homme ? En quoi ça concerne-t-il le reste de l'humanité? Faut-il être tous coulés dans le même moule pour être acceptés comme normaux? Enfermé ici sans espoir d'en sortir, je meurs à petit feu parmi une bande de détraqués inconscients de ce qui se passe autour d'eux. Bien plus qu'un emprisonnement, mon internement se veut un moyen de me rendre fou. Ceux qui m'ont enfermé ici pourront ainsi justifier leur conduite. Ils savent très bien que je ne devrais pas me retrouver là où je suis. Ils se servent de moi pour réaliser leurs expériences sans savoir vraiment si ce qu'ils font peut donner de véritables résultats. Ce n'est pas en me faisant subir des électrochocs et en me menaçant de me lobotomiser qu'ils vont parvenir à changer ma vraie nature! Tout ce à quoi ils vont parvenir, c'est de me faire perdre la raison. Je t'en supplie, Ovila, si tu veux faire quelque chose pour moi, fais-moi sortir de cet enfer!

Je lui promis de tout mettre en œuvre pour le tirer de là. Il me jura:

— J'aimerais cent fois mieux être dans une vraie prison que dans cet endroit.

De retour chez moi, après en avoir fait part à Marjolaine, nous allâmes rencontrer Firmin. Il fut du même avis que nous: Léonard ne devait pas servir de cobaye pour les expériences des médecins. Il eut une idée qui s'avéra géniale.

— Nous allons mettre Clémence dans le coup.

Dès qu'elle apprit la détresse profonde de Léonard, Clémence, comme elle le faisait pour tout ce qu'elle accomplissait, se documenta à fond sur le sujet. Deux semaines plus tard, elle nous arriva avec un dossier volumineux sur la question.

— Un inverti est-il un criminel? Voilà la première question qu'il faut se poser.

— À quelle réponse arrives-tu?

— Selon les tribunaux, un inverti, s'il se laisse aller à ses instincts, commet un crime contre nature.

— On a donc raison de le condamner?

— Sans doute, puisqu'on le considère comme un criminel. Or un criminel est ordinairement condamné à la prison. Dans le cas d'un inverti, on craint qu'il soit à nouveau porté vers ce qu'on considère comme son vice et qu'il séduise un autre homme. En conséquence, si on est logique, on devrait l'enfermer seul dans un cachot. Or, pour Léonard, ce n'est pas le cas puisqu'il est à l'asile en compagnie d'une multitude de compagnons qui, en plus, n'ont pas toute leur raison. En conséquence, il constitue un danger pour ses infortunés camarades. Nous avons donc toutes les raisons appropriées pour faire revoir sa sentence.

J'étais d'accord avec ce qu'elle venait de mentionner. Une chose cependant me tracassait.

— Si nous faisons réviser le jugement, qu'est-ce qui nous garantit qu'on ne décidera pas de le laisser à l'asile dans un endroit isolé afin de pouvoir continuer les électrochocs et autres traitements du genre?

— Ceci.

Clémence me remit un texte que je m'empressai de lire.

Des psychanalystes et des psychiatres s'interrogent sérieusement sur l'efficacité des traitements actuellement priorisés pour la guérison de l'homosexualité. Il n'est absolument pas démontré, dans le cas de patients souffrant d'inversion, que les électrochocs, la lobotomie et les vomitifs soient des moyens efficaces et appropriés pour leur permettre de guérir de leurs tendances dites contre nature. En conséquence, un patient présentement

*soumis à de telles expériences peut en toute légalité contester
le jugement qui l'a mis dans une telle situation équivoque.*

Docteur Herman Logan, psychiatre

— D'où sort ce docteur Logan ?
— De mon imagination.
— Ce texte est donc un faux ?
— Absolument! Je l'ai écrit pour la bonne cause. Tu
t'arranges pour le faire paraître dans *Le Soleil* et nous nous
en servons pour faire réviser le jugement contre Léonard.
Le temps qu'ils cherchent à retracer qui est le docteur
Herman Logan, nous exigeons la libération de Léonard.
— Si jamais on découvre qu'il s'agit d'un faux ?
— Personne ne le saura si nous nous taisons. S'ils veulent
ensuite interner de nouveau Léonard, nous exigerons qu'il
soit plutôt mis en prison en plaidant qu'il représente un
danger pour les autres malades. Tu sais comme moi qu'il
est possible de faire durer des procès pendant des années.
Nous allons nous y mettre. Il n'est pas dit que Léonard va
croupir encore longtemps dans cet asile.

Je n'en revenais pas de voir avec quelle détermination
Clémence avait pris les choses en main. Il restait tout de
même à faire paraître quelque part dans un espace libre du
journal le texte qu'elle m'avait remis. Je réussis à le passer
en douce en le joignant à plusieurs autres du genre, destinés
à remplir les espaces vides. Il fut placé sur une page parmi
les textes courts où il était question de faits divers survenus
un peu partout dans le monde. Mon docteur Logan ne
pouvait s'y trouver en meilleure compagnie…

On remettait si rarement en question ce qui était
imprimé dans les journaux, que nous étions persuadés,

Clémence et moi, qu'on y prêterait sérieusement attention. Il ne nous restait plus qu'à procéder aux démarches nécessaires pour faire réviser le jugement antérieur. Toutefois, Clémence parvint à me convaincre que nous ne devions pas nous engager nous-mêmes pour cette révision. Si jamais on découvrait que le texte paru dans *Le Soleil* était un faux, on risquait de nous l'imputer. Elle réussit à convaincre Firmin de prendre les choses en main. Il accepta sans discuter. Ensuite, il ne nous resta plus qu'à nous croiser les doigts.

Chapitre 29

Ambroise

Hubert

Je m'étais fait un ami en Ambroise. Malheureusement, en le faisant engager par Firmin, je l'avais condamné à être enfermé tous les jours à la cuisine. Il prenait bien un congé de temps en temps, le plus souvent le dimanche après-midi, et à l'exception du premier dimanche du mois, nous passions ces après-midi ensemble. Au début, je lui fis connaître Québec depuis Saint-Roch jusqu'à la Haute-Ville, et le parlement de même que la terrasse Dufferin. Puis nous allâmes du côté de Maizerets et, un dimanche, nous nous rendîmes au cimetière des morts de la grippe espagnole. Je voulais prier à l'endroit où mes parents et Maria reposaient. Là où autrefois une croix signalait l'existence de ce cimetière, il n'y avait plus rien qu'un grand champ dont on servait pour du remplissage. La ville prenait de l'expansion. De nouvelles maisons poussaient dans Limoilou et du côté de Stadacona. Les surplus de terre étaient déversés là. À maints endroits il y avait des monticules couverts de mauvaises herbes. Quel triste espace pour le repos de ceux que j'avais tant aimés !

Au retour, nous passâmes là où autrefois Jacques Cartier avait passé l'hiver en promettant, s'il survivait au scorbut, de se rendre dans le Périgord pour une procession à Notre-Dame-de-Rocamadour. Après avoir examiné l'endroit, nous revînmes par la Première Avenue, nous arrêtant à l'église Saint-François-d'Assise dont le sous-sol venait tout juste d'être précisément dédié à Notre-Dame-de-Rocamadour. L'endroit me semblait tout doré tant il était illuminé. La vierge de Rocamadour trônait près de l'autel. Des lampions brûlaient à ses pieds. J'en allumai un pour le repos de l'âme de mes pauvres parents. Puis, reprenant notre route, nous longeâmes la petite rivière Lairet, et en faisant un détour par le parc Victoria nous regagnâmes Saint-Roch. J'arrivai épuisé à l'église où il me fallait sonner les vêpres.

Tout au long de ce périple, j'eus l'occasion de faire meilleure connaissance avec mon ami Ambroise dont les souvenirs remontaient à la mémoire comme autant de barques coulées refaisant surface. Les Acadiens ne l'avaient pas eu facile. Il me raconta qu'en 1881 ils se réunirent en grand nombre à Québec lors de la convention nationale des Canadiens français organisée par la Société Saint-Jean-Baptiste. Ils décidèrent alors de se définir comme un peuple distinct des Canadiens français. Ils créèrent un journal, trouvèrent une patronne, Notre-Dame-de-l'Assomption, fixèrent leur fête nationale – le 15 août – et résolurent de se donner un hymne national.

— Tu me croiras pas, m'apprit Ambroise, ils se chicanèrent à savoir s'ils devaient prendre saint Jean-Baptiste comme patron pour célébrer en même temps que les Canadiens français, ou l'Assomption de la Vierge Marie. La fête de l'Assomption fut retenue. Entre nous, c'était pas une grande trouvaille, célébrer quelqu'un que les anges auraient transporté eux-mêmes au ciel. As-tu remarqué que plus une chose est invraisemblable, plus les gens ont tendance à y croire?

Sa remarque m'étonna. Il m'expliqua ensuite comment les Acadiens avaient choisi leur drapeau et leur hymne. Là encore, il ne se montra guère enthousiaste.

— Le drapeau français, murmura-t-il, avec une étoile dans le coin supérieur gauche, et comme hymne national l'*Ave Maris Stella*. Y en a pas mal qui manquaient d'imagination, faut croire… Je pense surtout qu'il y avait trop de curés parmi eux.

Ses réflexions me firent comprendre qu'il ne portait pas trop l'Église dans son cœur. Du même coup, je me rappelai qu'on ne le voyait jamais à la messe. Il prétendait que son métier ne lui permettait pas de fréquenter l'église.

J'appris plus tard pourquoi il n'avait guère de sentiments positifs envers le clergé. Il avait fréquenté un pensionnat catholique dont il tut le nom, et, d'après ce que je compris, il fut violé par un de ses professeurs, un ecclésiastique qu'il voulut dénoncer. Ses parents refusèrent de le croire et le firent taire en le traitant de menteur. Ils pensaient qu'il racontait cette histoire afin de ne plus retourner pensionnaire. De ce temps, il gardait évidemment un très mauvais souvenir des curés.

Par ailleurs, Firmin se félicitait de l'avoir engagé. Ses clients vantaient la qualité de sa cuisine et j'avais l'occasion tous les jours de me régaler de ses plats. À ma demande, il promit de me montrer quelques-unes de ses recettes. Je me souviens entre autres de sa chaudrée de palourdes. Il y mettait du bacon, un gros oignon haché finement, de la farine, des pommes de terre coupées en dés, un tas de palourdes, de la crème, du poivre et du sel. C'était un régal.

Il me réconcilia avec le poisson qu'il préparait divinement. Et que dire de son poulet! Rien que d'y penser, l'eau m'en vient à la bouche. Il le préparait farci de cent façons différentes. Il servait le tout avec des pommes de terre ou du riz, sans manquer de l'accompagner d'une salade et de tomates. Il n'avait pas son pareil pour assaisonner le bœuf et je n'ai jamais goûté du reste de ma vie à des tranches de rosbif aussi exquises.

Chapitre 30

Lindbergh à Québec

Ovila

Depuis que Charles Linbergh, aux commandes de son avion *Spirit of St. Louis*, était parvenu à traverser l'Atlantique, tout le monde s'intéressait à ce qui se passait dans le domaine de l'aviation. L'exploit de Lindbergh en était la cause. Il fallait toutefois remonter à quelques années auparavant pour nous rendre compte qu'il était loin d'être le premier à avoir tenté cela. J'eus à écrire un article sur ce sujet dans *Le Soleil*. Je me rappelais qu'en 1919, deux hommes de nationalité britannique, John Alcock et Arthur Brown, avaient réussi le premier vol sans escale au-dessus de l'Atlantique. Pour bénéficier de vents favorables, ils avaient décollé de Terre-Neuve à bord de leur Vickers Vimy au moteur Rolls-Royce Eagle pesant sept mille livres et transportant huit cent cinquante gallons d'essence et cinquante gallons d'huile. Ils mirent seize heures et douze minutes pour atteindre leur destination en Irlande. Il paraît que les deux hommes étaient incapables de marcher après leur atterrissage et que la traversée avait été très difficile. Ils avaient failli s'abîmer dans l'océan et avaient volé par moments à quelques pieds seulement de la surface de l'eau.

Pour susciter d'autres exploits similaires, Raymond Orteig, un millionnaire américain, offrit vingt-cinq mille dollars au premier équipage qui parviendrait à réaliser la traversée entre Paris et New York. Au mois de mai 1927, Charles Nungesser et son compagnon, le major Coli, décollèrent de l'aéroport du Bourget pour tenter leur chance à bord de *L'Oiseau blanc*. Ils périrent quelque part en mer. On sait qu'après avoir décollé, pour alléger leur appareil ils avaient laissé tomber le train d'atterrissage dans un champ. Charles Lindbergh, lui, réussit l'exploit en deux jours, les 20 et 21 mai. Nous n'aurions jamais pensé cinq ans auparavant qu'un tel haut fait puisse se produire. Comme une prouesse en attire souvent une autre, les journaux nous informèrent de ce que se préparaient à faire, quelques jours plus tard, deux aviateurs anglais, les lieutenants C.R. Carr et L.E.M. Gillman, qui étaient partis de Cranwell dans le Lincolnshire, à bord de l'aéroplane *Horsley*, vers Karachi en Hindoustan pour tenter d'établir la plus longue envolée sans escale.

Cette course aux records se poursuit, puisqu'à bord du *Bremen*, trois aviateurs, le capitaine et pilote Hermann Köhl, le colonel James Fitzmaurice, copilote, et le baron Ehrenfried Günther von Hünefeld, sont partis le 12 avril de cette année de Baldonnel, en Irlande, pour New York. Ils comptaient être les premiers à traverser l'Atlantique à partir du continent européen. Ils ont été contraints d'atterrir sur la petite île Greenly, au large de la Basse-Côte-Nord, après avoir dérivé de leur objectif de plus de mille milles. Leur envolée a duré trente-quatre heures et trente-deux minutes. La nouvelle de leur réussite a toutefois fait le tour du monde et a eu des suites particulières. Comme l'hélice et le train d'atterrissage de leur appareil se sont brisés, il fallait leur apporter de quoi les réparer. Le pilote américain Floyd Bennett est arrivé à Québec le 23 avril avec les matériaux nécessaires pour réaliser les réparations. Ce pilote était si mal en point qu'il a été transporté dès son arrivée à l'hôpital Jeffery Hale. Apprenant que son ami Bennett était très malade, Lindbergh s'est rendu à Québec deux jours plus tard afin de lui apporter le sérum nécessaire à ses soins. Lindbergh est reparti le lendemain et Bennet est mort le surlendemain.

Voilà que le 24 mai, les trois héros du *Bremen* sont débarqués à Québec et ont été accueillis avec les honneurs qui leur étaient dus. Le maire Auger les a reçus et, à l'occasion de la fête des Arbres, il en profité pour les inviter à planter trois arbres sur les terrains de l'hôpital Saint-Sacrement, tout récemment construit. Un banquet a été offert en leur honneur. Les morceaux de leur avion sont arrivés à Québec à bord du navire *North Shore* le 4 août. Comme on faisait flèche de tout bois pour intéresser les gens à l'aviation, l'aéroplane a été assemblé et mis en montre sur les terrains de l'Exposition provinciale le 1er septembre suivant. Tout cela suscita beaucoup d'intérêt, d'autant plus qu'on construisait un aérodrome à Sainte-Foy. La Canadian Transcontinental Airways faisait ériger un grand hangar. Déjà les champs de la ferme Corrigan, au sud du chemin Gomin, servaient de piste d'atterrissage.

Voilà à peu de chose près tout ce que j'écrivis dans *Le Soleil*. Il y aurait eu encore beaucoup à dire sur ce sujet, tant nous vivions une période faste en ce domaine. Après avoir lu mon article dans le journal, Hubert vint me voir. Il avait en main un album dans lequel il collait tout ce qu'il trouvait dans les journaux sur les exploits aéronautiques. Je lui demandai:

— Il y a longtemps que tu collectionnes ce genre d'informations ?

— Depuis l'exploit de Lindbergh.

— Dis donc, à voir ton album, il s'en est passé des choses en ce domaine depuis un an et quart !

— Je comprends donc !

Hubert se mit à tourner les pages de son album. Il s'arrêtait à tout instant pour me parler d'un ou l'autre pilote en quête d'un exploit. Il me racontait tout cela de mémoire. Ça le passionnait. Il m'aurait bien entretenu encore des heures durant s'il n'avait pas eu à sonner un angélus. Il prit encore le temps de m'apprendre que trente-sept aéroplanes participaient à une course entre New York et Los Angeles.

— Je ne t'ai parlé là que des aéroplanes. Il y en aurait encore autant à dire sur les dirigeables. Nous sommes si chanceux de vivre à une époque où il n'y aura plus d'endroit sur Terre que les hommes ne pourront pas atteindre.

Pour ne pas être en reste, je le relançai :

— Tu connais la dernière nouvelle ? On a inventé un appareil appelé télévision.

— Qu'est-ce que c'est que ça ?

— Un appareil qui va remplacer la radio.

— Comment ?

— Tu regarderas l'annonce dans le journal *La Patrie*. Un appareil complet coûte soixante-dix dollars. Il transmet en images dans les maisons les principaux événements mondiaux. Par cet appareil, on peut voir dans notre salon ce qu'on entend à la radio.

Il était quelque peu incrédule. Je lui dis qu'il avait bien raison de se réjouir du fait que nous vivions dans un siècle où tout était en train de se transformer pour le mieux.

Chapitre 31

Gertrude parmi nous

Hubert

Le 12 septembre 1928, alors que les employés s'affairaient à fermer le Manoir Richelieu pour l'hiver, un incendie s'y déclara et l'hôtel fut complètement rasé par les flammes. Lors de notre dîner du mois d'octobre, ce ne fut une surprise pour personne d'y voir Gertrude qui était arrivée quelques jours auparavant. Comme une biche apeurée, elle avait quitté Québec et n'avait presque plus donné de ses nouvelles. Maintenant qu'elle n'avait plus d'emploi, elle avait décidé de revenir faire un tour, comptant pouvoir loger à l'hôtel de Firmin. Heureux de l'accueillir, il l'hébergea gratuitement. Elle avait assez bonne mine et semblait plus détendue. Nous voulions tous savoir comment s'était déroulé son séjour à La Malbaie. Nous pensions qu'elle n'en parlerait pas, mais ce fut tout le contraire.

Le travail d'une femme de ménage dans un grand hôtel ne varie guère d'une journée à l'autre. Le Manoir Richelieu où elle travaillait attirait chaque année, tout au long de la période estivale, des centaines de visiteurs.

— Nous n'avions pas une minute à nous. Nous étions debout à cinq heures. Dès qu'une chambre se libérait, nous la préparions en vitesse pour passer à une autre et encore à une autre. À peine avions-nous le temps de dîner. Il nous fallait porter les draps et les serviettes à la buanderie et voir à ce qu'ils soient prêts pour le lendemain. Ça recommençait comme ça d'une journée à l'autre sans arrêt.

Je lui demandai :

— Aviez-vous au moins le temps d'admirer le paysage tout autour ? Il paraît que le site est splendide avec le fleuve et les montagnes.

— Pauvre Hubert, comment penses-tu que nous aurions pu trouver une minute pour regarder le fleuve ?

— Peut-être pas durant l'été, mais quand venait l'automne et l'hiver ?

— Le Manoir fermait au début de septembre. Ensuite, j'allais à La Malbaie travailler pour madame Dufour. J'étais en pension. Je l'aidais à sa boutique de lingerie, ça payait mon séjour. Je n'avais pas une minute là non plus pour contempler le fleuve et les montagnes ! Mais je ne me plains pas, elle me traitait bien. En fait, j'étais un peu comme sa fille. Elle m'emmenait partout dans sa famille. Ces gens-là aiment fêter, je vous le garantis. Chez les Dufour, ça swinguait en pas pour rire ! Lionel, son fils aîné, avait une carriole. Il se chargeait de nous voyager à Clermont et Saint-Hilarion, même jusqu'aux Éboulements. Quand le printemps arrivait et que le Manoir était pour ouvrir, j'allais reprendre mon travail là. Madame Dufour avait moins besoin de moi durant l'été. C'est d'même que j'ai passé mon temps là-bas.

— Tes enfants ne t'ont pas manqué ?

— Pourquoi pensez-vous que je suis revenue ?

Elle voulait se rapprocher de ses enfants, pensant même pouvoir retourner vivre avec Archange. Ses espoirs furent anéantis quand il laissa entendre qu'il préférait vivre seul. Elle en fut vivement déçue.

Firmin désirait la faire parler. Il lui demanda s'il y avait quelque chose de particulièrement marquant qui lui était arrivé.

— Oh oui! Quand le Manoir a passé au feu.

— Comment le feu a-t-il pris?

— On ne sait pas trop. Il a été découvert au sous-sol, vers minuit et quart, par le gérant, monsieur Evans. Pour ma part, j'ai été réveillée par des hurlements: Au feu! Au feu! lancés par d'autres employés coincés tout comme moi dans l'aile où nous logions. Il y avait tellement de fumée et le feu courait si vite que nous ne pouvions pas sortir par la porte du rez-de-chaussée. Nous étions encore une vingtaine d'employés sur place. J'étais la seule femme restée là, parce que je ne pouvais pas me rendre chez madame Dufour avant une semaine. Elle était en visite chez sa fille aux Éboulements. J'avais donc demandé et obtenu l'autorisation de rester une semaine de plus au Manoir. J'étais loin de savoir ce qui m'y attendait… Sans Onésime Bouchard, nous aurions tous péri. Il nous est arrivé avec un câble qu'il a déniché je ne sais pas trop où. Il l'a attaché à un calorifère d'une chambre du deuxième et l'a lancé par la fenêtre. J'ai été la première à descendre comme un singe après une liane. Je ne pensais jamais réussir. Il fallait faire si vite que j'ai fait ça sans trop m'en rendre compte. La première chose que j'ai su, j'avais les deux pieds à terre. Les autres sont sortis de la même manière, Onésime en dernier.

« Le Manoir a brûlé comme une boîte d'allumettes. Il avait été construit en bois, trente ans plus tôt. On peut s'imaginer comment ce bois-là pouvait être sec. Quand les pompiers de La Malbaie sont arrivés, il était déjà trop tard.

Ils n'ont fait qu'éteindre des ruines fumantes. On n'a pas pu sauver un seul meuble. J'ai tout perdu dans l'incendie. Mon coffre avec tout ce qu'il y avait dedans a brûlé. Je ne possédais rien d'autre que le linge que j'avais sur le dos. Le gérant m'a avancé de l'argent pour que je puisse m'acheter d'autres vêtements et me loger à La Malbaie en attendant le retour de madame Dufour. Il m'a dit que j'aurais droit à un montant des assurances de l'hôtel. Quand madame Dufour est revenue, j'ai été chez elle comme les autres années. J'ai demandé quelques jours de vacances pour venir ici et me voilà.

Nous pensions qu'elle allait rester un bout de temps à Québec puisque le Manoir n'existait plus et qu'elle n'aurait plus d'emploi durant l'été. Pourtant, elle est repartie pour La Malbaie au bout d'une semaine.

Avant son départ, Marjolaine voulut en savoir plus.

— As-tu l'intention de revenir au printemps ?

— Je ne le sais pas encore. Ça va dépendre si je me trouve de l'ouvrage.

— J'ai entendu dire, nous annonça Firmin, que le Manoir va être reconstruit. Cette fois, il sera en béton. Il y aura trois cent cinquante chambres.

— Il ne sera jamais prêt l'été prochain, soutint Gertrude.

Firmin semblait en connaître passablement plus que nous là-dessus. Il nous apprit que les propriétaires, la Canada Steamship Lines, assuraient que le nouvel édifice serait prêt à recevoir des voyageurs et des touristes dès le mois de juin prochain. Firmin demanda à Gertrude si elle comptait continuer à y travailler.

Elle haussa les épaules et dit :

— Je verrai l'été prochain.

— Crois-tu que tu y auras toujours ta place ?

— Sans doute, surtout s'ils construisent autant de chambres.

Nous sentions qu'elle taisait quelque chose. Nous comptions bien apprendre de quoi il s'agissait.

Chapitre 32

Des nouvelles de Tchong

Ovila

J'avais promis d'entreprendre des démarches pour tenter d'obtenir à Tchong sa citoyenneté canadienne. Comme il ne possédait aucun papier, il me fallait être prudent. J'eus beau me démener et tâcher d'en apprendre le plus possible sur la façon de lui venir en aide, ce fut en vain. Mieux valait le laisser poursuivre sa vie comme il le faisait en souhaitant que personne ne vienne l'importuner.

Je ne manquais pas de m'arrêter souvent à sa buanderie, car j'aimais jaser avec lui dans l'atmosphère de sa boutique qui sentait bon l'empois. Il me considérait comme un ami, et moi aussi. Il était d'une discrétion absolue, travaillait du matin au soir, ne prenait jamais de congé, repassait des tas de chemises dont il amidonnait le col, et il ne perdait jamais sa courtoisie.

Je lui demandai comment il parvenait à garder sa bonne humeur. Il me répondit en esquissant un sourire.

— Je mange du riz, c'est pour ça que je ris.

Je m'amusai de son jeu de mots et commentai :

— Tu viens de Chine et tu parles le français comme si c'était ta langue maternelle.

— Le français, je l'ai appris en France pendant dix ans. Chaque jour je m'efforçais de retenir cinq mots nouveaux. Calcule ! Dix ans, dix fois trois cent soixante-cinq jours, c'est-à-dire…

Comme il le faisait quand il calculait, il s'arrêta, puis, avec un sourire, lança :

— Trois mille six cent cinquante. Multiplie ça par cinq. Ça donne… dix-huit mille deux cent cinquante mots, presque tout le dictionnaire *Larousse*…

— Comment faisais-tu pour retenir la signification de tous ces mots ?

Il me fit passer dans son arrière-boutique et me montra sur une étagère toute une série de cahiers.

— Tous les mots que j'ai appris s'y trouvent. Vingt-six lettres de l'alphabet, vingt-six cahiers.

— Tu permets ? demandai-je en prenant un de ses cahiers.

Je le feuilletai. Les mots y étaient inscrits à la main en gros caractères. On en trouvait la définition suivie d'exemples. Il avait puisé le tout dans le dictionnaire. Je lui demandai :

— Tu te rappelles tous ces mots ?

— Je me souviens de chacun.

J'avais entre les mains le cahier de ceux commençant par C. Je choisis un mot au hasard.

— Que veux dire clapotis ?

Ses yeux brillèrent. Il murmura :

— Le mouvement de l'eau, le clapotis. Ce mot est vivant, il parle, il imite le bruit de l'eau.

— Il y a certainement des mots que tu aimes plus que d'autres ?

Il répondit presque instantanément.

— Tintinnabuler. Il me semble entendre des clochettes sonner. J'aime les mots qui parlent ou qui chantent.

— Les onomatopées?

— Ah oui! Ding dong! pif! paf! cui cui! dring! dring! toc toc! bing bang!

Il énuméra tout cela avec une lueur dans l'œil témoignant de son plaisir.

— Sans les mots, me confia-t-il, je ne serais pas ici. Je voulais partir de Chine. Quand j'en fus loin, crois-le ou non, je me suis ennuyé. On a la nostalgie du pays où on est né. Les mots m'ont sauvé.

Il ajouta en désignant ces cahiers:

— J'ai tout perdu sauf eux.

Je l'admirais de s'être ainsi donné la peine de bien apprendre notre langue. J'aurais tant souhaité que mes compatriotes mettent autant de cœur à bien parler. Il était d'une autre race, d'un autre monde, mais il aurait pu faire honte à tellement de ceux qui m'entouraient. Il restait modeste, s'amusait à me sortir quelques mots rares chaque fois que je m'arrêtais à sa boutique. Souvent je n'étais pas en mesure de dire ce qu'ils signifiaient. Il riait de me voir confus. Il attendait un moment, puis m'en expliquait la signification. Il me taquinait:

— Si tu ne sais pas ce que veut dire clampiner, tu seras vite dépassé.

— Pourquoi donc?

— Parce que clampiner est synonyme de lambiner.

Il me faisait la leçon dans ma propre langue! J'étais pourtant journaliste et je trempais dans les mots. Il me faisait prendre conscience de la richesse de notre langue.

— Sais-tu que le mot paradis vient de Perse? Pourtant la Perse est loin d'être le paradis. Pour moi il est ici, à Québec.

Il était si heureux d'habiter notre ville. Pourtant, quelque temps plus tard, je m'arrêtai pour prendre de ses nouvelles.

Sa boutique était fermée. Je jetai un coup d'œil à l'intérieur par la vitre de la porte d'entrée. L'endroit était désert. Il n'y avait plus rien sur les tablettes, plus de linge, plus de paniers, plus de fers, plus de planche à repasser, rien de rien. Je voulus savoir ce qui s'était passé. Je m'informai chez la voisine, madame Dubé.

— Ils sont venus le chercher il y a quelques jours.

— Qui ?

— Les policiers. Ensuite un homme a vidé la boutique.

— Quel homme ?

— Je ne saurais pas vous le dire.

Je filai droit au poste de police. Comme on se méfie des journalistes, on ne voulut rien me révéler. J'insistai en menaçant d'écrire dans les journaux de quelle façon on m'avait reçu. J'appris que quelqu'un l'avait dénoncé comme un sans-papiers. Je voulus savoir où on l'avait conduit.

— À Montréal. Il sera expulsé du pays si ce n'est pas déjà fait.

Je demandai qui avait vidé sa boutique.

— Un chiffonnier nommé Robert Gauthier a été envoyé là par le propriétaire de la boutique.

Je demandai ce qu'étaient devenus les meubles et les effets de Tchong. Je retraçai le chiffonnier rue Saint-Paul. Il avait pratiquement vendu tout ce qui appartenait à Tchong. Je voulus savoir ce qui lui restait. Je poussai un soupir de soulagement en constatant qu'il n'avait pas jeté les cahiers. Je lui demandai de me les céder.

— Ces vieux cahiers ? Je vous les laisse pour un dollar.

Voilà tout ce qui me reste de Tchong. Si un jour je parviens à le retrouver, il sera l'homme le plus heureux du monde de remettre la main sur son jardin de mots.

Chapitre 33

Clémence parle de mariage

Hubert

Il se passe toutes sortes de choses que nous ignorons dans la vie de nos frères et de nos sœurs. Dès que l'un ou l'autre d'entre nous quitte la maison, il devient tout à coup presque un étranger. Ce que nous en connaissons n'est constitué que par les grandes lignes de son existence. Nous n'apprenons d'eux que ce qu'ils veulent bien nous révéler. Lorsque je songeais à Firmin, je l'imaginais occupé à diriger le personnel de son hôtel tout en se préoccupant du bien-être de ses enfants. Voilà tout ce que je savais réellement de lui, même si je vivais à l'hôtel qu'il dirigeait.

Pendant ce temps, que faisaient Ovila et Marjolaine ? J'imaginais Ovila assis à son bureau en train d'écrire. À quoi s'adonnait-il le reste du temps ? Je ne pouvais imaginer Marjolaine autrement qu'occupée à ses pauvres, comme si toutes ses journées et ses soirées leur étaient consacrées.

Quant à Léonard, je l'avais perdu de vue, n'ayant aucune idée de ce qu'il vivait vraiment et comment se passaient les journées dans une institution pour malades mentaux. Je le plaignais d'être atteint de cette maladie et j'avais de la peine pour lui. Ça ne me disait pas pour autant comment se déroulait sa vie.

Et que devenait Rosario ? Comme je passais mes journées à l'église, je pouvais me faire une vague idée de sa vie, sans doute passablement semblable à celle de monsieur le curé. Toutefois, comme personne ne vit exactement ce que vivent les autres, peut-être aménageait-il son temps de façon bien différente de celle de monsieur le curé de Saint-Roch.

Par ailleurs, que pouvaient penser de moi mes frères et sœurs ? Je n'étais pour eux qu'un bossu sonneur de cloches. Ils me savaient solitaire, me réfugiant tous les soirs dans ma chambre et passant mes jours à l'église à attendre le moment de sonner l'angélus, une messe ou les vêpres.

Ces réflexions me vinrent à l'esprit quand Firmin m'apprit que Clémence parlait de se marier. J'en fus complètement stupéfié, mesurant à quel point je ne savais rien de ma plus jeune sœur. Je ne voulais pas croire qu'elle pouvait être tombée amoureuse, elle si réservée et si engagée dans tout ce qu'elle entreprenait et débordée de travail. J'avais beau tenter d'imaginer ses fréquentations et tâcher de me faire une idée de l'homme qu'elle allait épouser, rien ne me venait à l'esprit. Clémence avait toujours tracé son chemin par ses propres moyens, elle était farouchement indépendante. Nous n'avions donc pas à nous surprendre qu'elle ne nous ait pas tenu au courant de ses amours auparavant.

Elle profita de notre dîner en famille pour nous présenter son fiancé. Il s'agissait d'un médecin de quelques années plus âgé qu'elle. Il nous fit une bonne impression, bien qu'il nous semblât réservé à la fois dans son attitude et ses propos, ne se montrant pas très expansif et encore moins exubérant. Cependant, il me fit l'effet d'un homme très attentif à tout ce qui se disait et se passait autour de lui. Quand j'appris qu'il était psychiatre, je me dis que ça allait de soi.

À mon grand étonnement, Firmin aborda avec lui le délicat sujet de l'homosexualité comme maladie mentale.

— Est-ce d'abord une maladie ? réfléchit tout haut Georges-Étienne Drolet, le fiancé de Clémence.

Du coup, je sus d'où était venue à notre jeune sœur l'idée de l'article inséré dans *Le Soleil*. Ainsi, nous avions dorénavant auprès de nous un allié pour débattre de la condition de Léonard. Il poursuivit :

— Ce n'est pas parce qu'une mode s'introduit soudainement dans un domaine ou un autre qu'elle est bonne pour autant. Pourquoi aujourd'hui croyons-nous pouvoir guérir certaines maladies par tel ou tel remède ? Tout simplement parce que ceux employés antérieurement n'ont rien produit. Qu'est-ce qui garantit de façon certaine que les nouveaux remèdes auront plus d'effet que les précédents ? La science gagne du terrain à tâtons.

Firmin revint à la charge avec son idée de le faire parler de façon plus explicite sur l'homosexualité.

— Vous savez sans doute que nous avons un frère à l'asile parce qu'inverti ?

— En effet, Clémence m'en a parlé. La majorité des psychiatres et psychanalystes imputent cette anomalie de la nature à un trouble mental. Les personnes porteuses de cette maladie ne sont pas pour autant moins intelligentes que monsieur et madame tout le monde. Voilà pourquoi je me demande si nous ne faisons pas fausse route en leur faisant subir des électrochocs. Si quelqu'un, par exemple, est obsédé par la nourriture, je ne suis absolument pas persuadé qu'on lui fera passer son obsession de cette façon. Tout ce qu'on réussira en le bombardant de décharges électriques est de le diminuer au point de vue physique et intellectuel. Il en va de même pour les invertis. Les soigner à coups d'électrochocs ne me semble pas la voie à suivre.

Firmin demanda :

— Y a-t-il espoir de parvenir à sortir notre frère de l'asile ?

— Tant que notre société considérera l'homosexualité comme un crime contre nature, j'en doute… et d'autant plus que c'est également la position de l'Église.

— Si nous contestions cette façon de faire en justice, aurions-nous une chance de gagner ?

— Malheureusement, permettez-moi d'en douter.

— Croyez-vous que durant la période où se déroulerait le procès, il y aurait moyen de retirer notre frère de l'asile ?

— Voilà une chose qu'il vaudrait la peine d'essayer. Prétendre qu'on a injustement condamné quelqu'un à l'asile n'est pas une mauvaise idée. Toutefois, il y aura une foule d'experts pour soutenir que l'homosexualité est une maladie mentale et votre frère risquera fort de ne jamais sortir de là où il est.

Firmin avait sa réponse. J'étais certain qu'il ne laisserait pas tomber Léonard. Par ailleurs, le mariage de Clémence n'eut jamais lieu. Que se passa-t-il après qu'elle nous ait présenté son Georges-Étienne ? Clémence ne nous raconta jamais comment ils s'étaient connus ni pourquoi ils s'étaient quittés. Personne n'osa le lui demander.

Chapitre 34

Le combat de Firmin

Ovila

Oubliant ses problèmes personnels, l'absence de sa femme et tous les tracas que lui causait l'administration de son hôtel et de son théâtre, comme il nous l'avait promis, Firmin décida de faire sortir Léonard de l'asile. Il vint nous en parler un soir. Il frémissait d'indignation.

— Vous serez de mon avis, commença-t-il. Léonard avait tout son esprit avant de se retrouver dans cette institution.

Marjolaine l'admit volontiers :

— Là-dessus tu as amplement raison. Léonard a toujours été un homme brillant, peut-être même le plus intelligent de nous tous.

— Je ne peux plus continuer à dormir sur mes deux oreilles pendant que mon frère croupit dans un endroit où il ne devrait pas être. J'ai été le visiter il y a deux jours à peine. Ce n'est plus le Léonard que nous avons connu. Les traitements qu'on lui fait subir en feront ce qu'il n'était pas : un malade mental. De quel droit des hommes peuvent-ils se permettre des expériences de la sorte sur d'autres hommes ?

Je lui fis remarquer :

— Léonard n'est pas coupable d'avoir la maladie dont il est affligé. Il est malheureusement venu au monde comme ça.

— Ce n'est pas l'idée des gens en autorité. J'ai demandé l'opinion de plusieurs prêtres là-dessus. Ils sont unanimes à prétendre que l'Église condamne les invertis parce que ce sont des êtres pervertis qui commettent des actes contre nature. Si Dieu nous a créés hommes et femmes comme il l'a fait, c'est qu'il voulait que tout naturellement nous puissions nous perpétuer dans nos descendants en nous unissant comme il l'a voulu. Se servir de notre corps pour toute autre fin que la procréation devient un acte contre nature et, de ce fait, doit être puni sévèrement.

— Tu as la réponse. Voilà pourquoi Léonard est là où il est. Tu as vu le texte dans *Le Soleil*?

— Oui, et je compte m'en servir. Je vais faire réviser sa cause et soutenir qu'on l'a jugé sur une simple dénonciation.

Son idée n'était pas mauvaise, mais il s'attaquait à plus gros que lui.

— Je ne veux pas me faire l'avocat du diable, mais je crois que tu auras de la difficulté à te faire entendre.

Il s'indigna.

— Aurais-tu une autre façon de procéder à proposer?

Il argüa que, selon lui, comme tout s'était fait à huis clos, la personne qui l'avait dénoncé n'avait sans doute pas eu à se présenter en cours, et on avait présumé qu'elle disait vrai. Léonard avait ainsi été mis à l'asile sans qu'on ait vraiment fait la preuve de son homosexualité.

— Crois-tu vraiment que ce sera suffisant pour faire réviser son procès?

— Je vais soutenir qu'il n'a eu aucune chance de se défendre et, surtout, je vais m'indigner du fait qu'on s'acharne depuis à le guérir à coups d'électrochocs d'une maladie dont il ne souffre probablement pas et qu'on commet à son égard une injustice flagrante.

— Te rends-tu compte que tu vas te trouver à remettre en question tout ce qui concerne l'internement des homosexuels?

— J'en suis conscient, mais si personne n'essaie, ils sont tous condamnés d'avance.

Nous en discutâmes longuement. En y réfléchissant bien, j'étais persuadé, tout comme Marjolaine, qu'il s'engageait dans un combat perdu d'avance. Mais tel était Firmin. Il s'était lancé et il n'arrêterait pas tant qu'il jugerait avoir une chance de gagner. Nous lui promîmes de le soutenir dans ses démarches.

Il se débattit comme lui seul était capable de le faire, à tel point que cela tourna contre lui. On prétendit que s'il défendait avec autant de véhémence les invertis, c'est qu'il en était un lui-même. Il s'en tira fort bien en soutenant que dans ce cas il faudrait considérer comme criminels tous les avocats qui défendent des criminels. Il ne se dégonfla pas, se documentant sur le sujet et trouvant un avocat pour présenter et défendre sa cause.

Nous vivons dans une société où les gens en autorité sont toujours persuadés d'avoir raison. On fit témoigner des psychiatres et des psychanalystes renommés. Ils soutinrent tous que l'homosexualité était un trouble d'ordre mental et devait donc être soignée de la même façon que les autres troubles mentaux. Quand l'avocat de Firmin fit valoir que soigner des personnes par électrochocs, comme on le faisait depuis des années, ne semblait pas donner les résultats escomptés, il se fit répondre que les médecins savaient ce qu'ils faisaient. Ce n'était pas un avocat qui allait leur apprendre comment traiter leurs patients.

— Peut-être, soutint-il, mais ce ne sont pas tous les psychiatres et psychanalystes qui sont de cet avis.

Il leur présenta le texte que nous avions fait insérer dans le journal. On lui demanda :

— Qui est ce docteur Logan ?

— Un de vos éminents confrères américains.

Nous comptions bien étirer la cause, le temps qu'on cherche qui était ce docteur. Ils n'en tinrent pas compte et toute cette démarche pour faire sortir Léonard de son internement s'avéra vaine.

— Puisque nous ne pouvons pas gagner de cette façon, déclara Firmin, nous obtiendrons la victoire autrement.

— Aurais-tu une autre idée en tête ?

— On s'évade bien de prison, il me semble que quelqu'un pourrait également s'évader de l'asile si on l'aidait un petit peu.

J'allais lui donner raison, quand Marjolaine intervint :

— Si jamais nous sommes reconnus coupables de son évasion, nous risquons à notre tour de nous retrouver derrière les barreaux.

— En effet. C'est le risque à prendre. Rien n'empêche que je vais étudier de quelle façon nous pourrions lui donner un petit coup de main, ne serait-ce que juste lui suggérer une façon de sortir.

Chapitre 35

Le retour de Gertrude

Hubert

Le Manoir ayant brûlé, Gertrude n'avait plus d'emploi pour la période estivale. Par ailleurs, Maurice n'étant plus de ce monde, elle n'avait plus à le craindre. Elle téléphona donc à Firmin pour lui demander s'il n'aurait pas du travail pour elle à l'hôtel. Il avait tout son personnel, mais, cédant à sa générosité habituelle, il l'invita à venir s'installer à l'hôtel, lui laissant entendre qu'il aurait toujours du travail pour elle.

J'allai au-devant d'elle à son arrivée par train à la gare. Elle semblait de bonne humeur et heureuse de se retrouver à Québec. Je me chargeai de sa valise et nous gagnâmes à pied l'Eldorado. En chemin, je lui demandai si elle avait l'intention de passer l'été avec nous.

— L'automne, l'hiver et le printemps aussi ! répondit-elle avec son plus beau sourire.

— Ainsi, tu nous reviens pour de bon ?

— Je le crois.

— Et si le Manoir est reconstruit ?

— Je verrai en temps et lieu. Travailler comme femme de chambre ici ou à Pointe-au-Pic, je ne vois pas de différence.

Changer des draps, des taies d'oreiller et nettoyer des chambres du matin au soir ici ou là-bas, c'est du pareil au même. Si Firmin a suffisamment d'ouvrage pour moi, je resterai à l'Eldorado, sinon je m'essaierai à l'hôtel Saint-Roch ou à l'hôtel Victoria. C'est le seul moyen qu'il me reste de gagner ma vie. Dans un cas comme dans l'autre, je suis logée et nourrie.

Nous fûmes heureux de la retrouver parmi nous à nos dîners du dimanche. Elle nous semblait moins renfrognée et plus sereine. Son séjour là-bas semblait l'avoir réconciliée avec la vie. Ça n'avait pas été facile avec Maurice. Nous l'apprîmes par bribes. Quand elle l'avait quitté pour se rendre à Trois-Rivières, il y avait déjà des années que ça ne marchait plus entre eux. Il buvait et lui faisait la vie dure, la battant pour tout et pour rien, puis, comme les ivrognes ont l'habitude de le faire, il lui promettait mer et monde, s'excusait, jurant qu'il ne recommencerait plus. Ça ne durait pas une semaine. La plupart du temps, Archange s'en mêlait et la défendait, menaçant d'aller travailler ailleurs. Maurice avait tellement besoin de son fils qu'il se calmait pour un temps. Elle avait enduré ça, à notre insu, pendant plusieurs années.

— Quand, avoua-t-elle, je ne pouvais pas me présenter à un dîner du dimanche en raison des bleus que j'avais un peu partout, je me trouvais une défaite pour ne pas être présente.

Ses propos nous accablaient. Nous avions beau être une famille tricotée serrée, nous ne savions vraiment pas ce qui se passait sous le toit de l'un et de l'autre. Comment n'avions-nous pas deviné ce que vivait Gertrude ? Nous la fîmes parler de son séjour au Manoir Richelieu. Y était-elle bien ? S'ennuyait-elle ?

— Vous le savez tout aussi bien que moi, la première chose qui nous motive à vivre est d'espérer des jours meilleurs. Parce qu'on doit travailler pour vivre, notre travail occupe la première place. Quand ce que nous faisons nous accapare du matin au soir, nous travaillons uniquement pour survivre. Nous n'avons plus le temps de penser à ce qui va plus ou moins bien dans notre vie. Voilà ce qui s'est passé quand j'étais là-bas et j'y serais probablement encore si le Manoir n'avait pas brûlé.

Firmin s'enquit :

— Quel rapport y a-t-il entre l'incendie du Manoir et ta situation changée ?

— J'ai eu du temps pour réfléchir. Puis, Maurice étant mort, je me suis dis qu'on n'est jamais mieux que dans sa famille.

— Tu es revenue à cause de ça ?

— Oui. S'il y a une chose dont je me suis ennuyée, c'est bien de notre dîner du mois.

Je la questionnai sur ses relations.

— Tu devais t'être fait des amies là-bas ?

— Je n'avais pas de véritables amies. Au bout de leur journée de travail, les femmes étaient tout aussi fatiguées que moi. Nous n'avions pas le goût de jaser de nos tourments.

— Quand tu logeais et travaillais chez madame Dufour ?

— J'aurais peut-être pu devenir très amie avec elle.

— Pourquoi ne l'as-tu pas été ?

— Parce que toute La Malbaie aurait connu jusqu'à la couleur de mes dessous. Elle était bien fine, mais elle ne pouvait pas s'empêcher de commérer à gauche et à droite. Je n'avais pas besoin de sortir et j'apprenais toutes les manies de la bonne femme Harvey, de la Bolduc, de la Simard, de la Bélanger ou de la Tremblay. Vous pensez bien qu'elle parlait de moi aux autres quand elle en avait la chance. Je gardais pour moi ce que je ne voulais pas que toute la paroisse apprenne. En plus de ça, elle se lamentait d'avoir toujours mal ici ou là et parlait constamment d'elle-même. Elle se trouvait belle, et à l'écouter tous les hommes avaient un œil sur elle. Je me rendis bien vite compte qu'au fond, tout ce qu'elle désirait était d'attirer l'attention sur elle. Je jouais son jeu et elle m'aimait bien à cause de ça.

Gertrude demeura avec nous jusqu'au printemps. Quand elle apprit que le Manoir Richelieu avait été reconstruit, elle repartit à Pointe-au-Pic. Sa vie désormais semblait être ailleurs.

Chapitre 36

Une date mémorable

Ovila

Nous retenons tous quelques dates importantes au cours de notre vie. Par curiosité, je demandai à Marjolaine une date particulière dont elle se souvenait. Elle me dit: le 22 octobre 1918. Je mis du temps à me rappeler qu'il s'agissait du jour où ses parents et sa sœur Maria étaient morts de la grippe espagnole.

Hubert, pour sa part, avait gravé dans la mémoire la date du 29 août 1907. Ce jour-là, le pont de Québec en construction s'était effondré dans le fleuve. Hubert avait été témoin de sa chute. Il s'en rappelait comme si l'événement s'était déroulé la veille. Il avait également retenu le 25 octobre 1918, quand les policiers l'avaient emprisonné, le soupçonnant d'être pour quelque chose dans la disparition de son amie Françoise de Bellefeuille.

Interrogé à savoir quelle date l'avait le plus marqué, Firmin n'hésita pas à dire: le 7 octobre 1906. C'était le jour où il avait acheté le terrain où il avait fait construire son hôtel.

— Plus récemment, ajouta-t-il, je retiens surtout celle du 16 novembre 1914.

— Pourquoi donc?

— Le jour où j'ai acheté ma Packard!

Il ne manqua pas de me demander quelle date mémorable j'avais retenue. Ce fut l'occasion pour moi de lui raconter un des faits les plus marquants de ma vie.

— En 1889, j'avais 24 ans, je demeurais en pension dans une famille irlandaise de la rue Champlain. Le 19 septembre au soir, j'ai pensé que c'était la fin du monde.

— Que s'est-il passé?

— À sept heures et quart, des milliers de tonnes de roc se sont détachées de la falaise à l'extrémité sud de la terrasse Dufferin. Elles ont percuté de plein fouet sept maisons de la rue Champlain, dont celle où je vivais, et les ont réduites en ruine. Il y avait pas moins de quinze pieds de roches dans la rue.

— Si je me souviens bien, il y a eu beaucoup de morts?

— Une quarantaine et pas moins de trente blessés.

— Comment t'en es-tu sauvé?

— Je finissais de souper quand un de mes amis est venu me chercher pour m'inviter à jouer une partie de billard. Ça ne me tentait pas trop d'y aller. Voyant cela, il continua son chemin en me disant: "Si l'envie t'en prend, viens nous rejoindre!" Il devait être à peu près sept heures quand je me suis décidé à y aller. À sept heures quinze, la maison où j'étais un quart d'heure plus tôt n'existait plus – ses occupants y compris. Nous jouions au billard à seulement quelques maisons de là. Il me semble entendre encore le bruit de l'effondrement et sentir le sol trembler sous mes pieds. Nous avons accouru sur les lieux. Nous entendions des gens appeler au secours, c'était affreux… Les amas de pierre étaient si considérables que nous ne pouvions rien faire pour ces malheureux. Nous étions nous-mêmes en

IL ÉTAIT UNE FOIS À QUÉBEC

danger en raison de nouveaux éboulis. Une femme que je connaissais m'a interpellé et m'a demandé de sauver son fils. Elle m'a conduit devant un immense tas de pierres à travers duquel dépassaient les bouts de ce qui avait été le toit de la maison de deux étages. J'ai tenté de me frayer un chemin dans ces débris, mais en vain. Je me suis approché des ruines. Aucune plainte n'en sortait. La mère espérait toujours revoir son fils vivant. Jamais je ne me suis senti si inutile.

« Des maisons voisines, les sauveteurs sortaient de temps à autre un cadavre. Des soldats de l'école des carabiniers sont arrivés sur les lieux avec des cordes, des pelles et des pics. Je les ai priés de chercher à l'endroit que je leur indiquais. Ils parvinrent à déblayer une partie des décombres et trouvèrent l'enfant recherché. Il avait eu la tête broyée et un bras arraché. Sa mère étant là, tout près, je les ai prévenus qu'elle attendait des nouvelles de son fils.

« Un père rédemptoriste arriva sur les entrefaites et je lui confiai ce que je savais. Il s'approcha de madame Berryman pour lui apprendre la mauvaise nouvelle. Elle se mit à sangloter puis elle hurla : "Ne venez pas me parler du bon Dieu ! S'il existait il ne permettrait pas de si grands malheurs." Le prêtre l'admonesta : "Reprenez-vous, madame ! Dieu est bon. Nous ne connaissons pas ses volontés." Le prêtre eut beau l'inciter à se calmer, elle n'en hurla que davantage, maudissant le ciel d'avoir permis pareille hécatombe.

« Pendant ce temps, nous ne pouvions nous retenir de frémir à chaque plainte de plus en plus faible que nous entendions. J'aidai à déblayer les pierres autour des débris d'où jaillissaient de temps à autre un cri ou un appel au secours. Sept heures après la catastrophe, une vingtaine de

180

cadavres avaient été retirés et autant de blessés avaient pu être secourus. J'assistai aux tentatives des carabiniers pour sauver un jeune garçon coincé entre deux immenses blocs de rocher. Ils y parvinrent mais leurs efforts furent inutiles, car au moment où ils le décoincèrent, le pauvre ne respirait plus. Ce genre de scène se répéta tout au long de la nuit.

« Le docteur Hamel s'apprêtait à passer visiter un patient dans la rue quand l'éboulis s'est produit. Il a été le premier médecin sur les lieux. Au moins une dizaine de ses confrères sont venus le seconder. De temps à autre, il se produisait un miracle. Les sauveteurs délivraient un enfant, un homme ou une femme qui étaient sains et saufs. Nous savions que sous les débris plusieurs personnes étaient toujours vivantes. Une femme appela en disant que son mari était mort mais qu'elle et son fils n'étaient pas blessés. Il restait maintenant à les libérer sans que tout s'écroule sur leur tête.

« Je n'ai jamais assisté depuis à pareille catastrophe ni à autant de scènes pénibles. La pire image que je garde de cette nuit affreuse est celle de six jeunes enfants morts étendus sur des bancs et des tables dans le quartier de la police du port, en attendant qu'on vienne dûment les identifier. Tout près, se tenaient des membres de diverses familles, anxieux d'assister à l'arrivée de nouvelles dépouilles d'un ou l'autre des leurs.

« Monsieur Livernois est venu prendre des photos de ces malheureux. J'avais le cœur dans la gorge. Je n'en pouvais plus. Je suis parti me réfugier sur un banc du port, tentant vainement de comprendre comment le destin choisit ses victimes. Pourquoi certains, tout comme moi, s'en tiraient-ils sans aucune égratignure alors que d'autres avaient, sans l'avoir cherché, trouvé leur dernier repos…

«Je demeurai sur mon banc jusqu'à ce que naisse le jour. Le soleil jeta ses premiers rayons sur le fleuve. J'avais tout perdu, sauf la vie. Je passai là des heures, à goûter chaque seconde, songeant à tout ce qui aurait pu m'échapper sans cette envie soudaine d'une partie de billard.»

Chapitre 37

Léonard s'évade

Hubert

Nous n'eûmes pas besoin de continuer à nous battre pour faire sortir Léonard de l'asile. Il s'en évada lui-même, et de belle façon. Il mit du temps à nous raconter les péripéties de son évasion. Il y songeait depuis longtemps, jurant qu'on ne le reprendrait pas vivant.

Il avait remarqué que pour permettre la livraison des légumes du marché, tous les vendredis matins, on devait déverrouiller la clôture fermant la cour afin de donner accès aux cuisines. Non loin, sous le mur, on avait pratiqué une excavation afin de pouvoir glisser un tuyau pour l'évacuation de l'eau. Le tuyau en question n'étant pas encore installé, en attendant, on s'était contenté de poser une grille devant l'ouverture. Alors qu'un bon groupe de patients se trouvaient dans la cour, Léonard imagina créer une diversion. Mine de rien, sans se faire repérer, il lança une pierre qui fracassa une des vitres de la serre se trouvant du côté opposé de la cour. Les gardiens se précipitèrent. Pendant que tous les yeux étaient tournés vers l'endroit de l'impact, Léonard se glissa dans le trou près du mur. En moins de deux, il fit tomber le treillis masquant le passage. Il se glissa dans le trou, replaça aussi vite le grillage derrière lui et, réfugié sous le mur donnant sur la route, il attendit que revienne la charrette de livraison des légumes. Au moment où elle s'arrêta devant la clôture en attendant qu'on la déverrouille, il s'accrocha derrière, y monta, se cacha sous la bâche qui se trouvait tout au fond et fit de la sorte ses adieux à l'asile.

Il ne savait pas trop où la charrette se rendait. Il attendit avant de prendre une décision quelconque. Le charretier s'arrêta dans Limoilou, sans doute chez un ami avec lequel il prenait un coup. Voyant qu'il avait une chance de s'éclipser, après s'être assuré que personne ne venait, Léonard descendit subrepticement de la charrette, emprunta une ruelle donnant sur un hangar et se réfugia derrière celui-ci jusqu'à la brunante. Il portait l'uniforme des pensionnaires de l'asile, il s'agissait donc de se déplacer sans être repéré. Il attendit le milieu de la nuit pour le faire. D'un coin de rue à l'autre, se tenant le plus loin possible des réverbères, patiemment il gagna la rue Saint-Joseph, choisissant de se déplacer ensuite dans les arrière-cours en tâchant de ne pas réveiller les chiens. Il réussit ainsi à se rendre jusqu'à l'hôtel Eldorado.

C'est là qu'il vint tout naturellement se réfugier. Firmin le découvrit au petit matin, grelottant à la porte arrière. Il l'accueillit à bras ouverts, le conduisit dans une chambre du deuxième, le priant de ne pas la quitter et d'attendre son retour. Après le déjeuner, il alla le trouver, lui apportant à manger et l'assurant qu'il lui fournirait une chambre où il pourrait se réfugier en paix. Firmin s'attendait à voir surgir les policiers d'une minute à l'autre. Ils vinrent à l'heure du dîner. Il leur affirma qu'il était depuis longtemps sans nouvelles de son frère. Il se montra tout étonné qu'il ait pu s'évader de l'asile. « Il est si peu débrouillard, les assura-t-il, qu'il ne peut certainement pas être loin. » Il ne prit guère de temps à réagir : si les policiers revenaient avec un mandat et s'avisaient de fouiller les chambres de l'hôtel, il risquait gros. Il transforma donc la chambre voisine de la mienne. Il y ajouta une salle de bain où Léonard pourrait se cacher dans un placard tout au bout, formé d'une fausse douche pivotante. C'est Firmin lui-même qui installa le tout. De la sorte, nous n'étions que trois dans le secret, Firmin, Léonard et moi-même. Sa chambre communiquant avec la mienne, je fus chargé de lui apporter ses repas. À compter de ce jour, je pris l'habitude de manger dans ma chambre. Je montais mon plateau en y mettant de grosses portions. Elles nous suffisaient à tous les deux.

Ce pauvre Léonard n'était plus le même. Taciturne et sans entrain, il se terra dans cette chambre qu'il ne quitta plus. Il craignait constamment de voir surgir les policiers pour le ramener à l'asile. Toute la famille apprit son évasion. Firmin ne jugea pas bon, toutefois, de leur révéler qu'il le cachait à l'hôtel. Je craignais qu'une des femmes de chambre ne se rende compte du stratagème en faisant le ménage des chambres voisines. Léonard en était bien conscient. Il ne faisait aucun bruit. Comme je m'étais toujours occupé moi-même de mon ménage et de mon lavage, personne n'avait affaire dans ma chambre. Tout passa donc inaperçu.

Un jour, Léonard manifesta le désir de compléter son anthologie des poètes de chez nous. Firmin avait convaincu Ovila de cesser de payer la location de l'appartement de Léonard. Il avait fait déménager ses meubles à l'hôtel en disant que si jamais Léonard revenait, nous les lui remettrions. Du même coup, Firmin avait récupéré les effets de Léonard, ses livres et la documentation dont il se servait pour mener à bonne fin son ouvrage. Il avait entreposé le tout dans une pièce de l'hôtel. Je fus chargé d'apporter l'ensemble à Léonard petit à petit.

J'allais le voir à maintes reprises. Nous avions un code tout simple nous permettant de communiquer par quelques petits coups au mur de nos chambres respectives. Deux coups brefs auxquels il répondait pas un coup sec m'apprenaient qu'il attendait ma visite. Trois petits coups de sa part et je me retrouvais auprès de lui en moins d'une minute. Il était constamment occupé à son travail. Si un ouvrage quelconque lui manquait, je me chargeais de le lui procurer. Il désirait correspondre comme il l'avait fait pour son premier volume avec certains poètes dont il rapportait les œuvres. Firmin le lui déconseilla.

— Il te faudra donner ton adresse et tu finiras par être repéré.

— Ça n'arrivera pas si je prends un casier au bureau de poste.

Firmin consentit à lui en louer un. Bien qu'enfermé à longueur de journée dans sa chambre, il semblait heureux. Il pouvait communiquer par écrit avec qui il voulait et s'adonnait à ce qui le passionnait le plus. Je ne saurais dire combien de lettres je portai pour lui à la poste et combien j'en rapportai. Pendant ce temps, il oubliait son état et, surtout, qu'il pouvait être arrêté à tout moment et ramené à l'asile où il avait juré de ne jamais retourner. Nous étions rassurés de le voir ainsi satisfait de son sort. Je ne pouvais cependant cesser de me demander combien de temps tout cela allait durer...

Chapitre 38

Marjolaine tombe malade

Ovila

Chaque fois que je pense à ces moments où Marjolaine a été gravement malade, me revient en tête la crainte qui m'a envahi alors. Quand je l'ai vue à l'hôpital, j'ai cru que tout mon monde s'écroulait. Marjolaine, c'était ma vie. J'avais gagné le gros lot le jour où je l'avais rencontrée. Je ne sais pas si c'est ça le grand amour. Je crois bien que oui, quand tout au long de la journée, même en plein travail, vous vous arrêtez pour penser à celle que vous aimez.

Imaginez ce qui se passait en moi. J'étais tellement habitué à la voir en forme et souriante que je ne pouvais pas l'imaginer au lit et gravement malade. La maladie, ce n'était pas pour nous. Il y avait tout autour des personnes atteintes de toutes sortes de maux, mais nous n'en faisions pas partie. Et pourtant...

Un jour, elle revint plus tôt que de coutume de son bénévolat. J'étais à écrire un article pour le journal. Je lui demandai :

— Quelque chose ne va pas ?

Ne voulant sans doute pas m'inquiéter, elle poussa un long soupir avant de lâcher :

— J'ai bien mal au ventre.

Je me dis : ça lui passera. Si j'avais réfléchi le moindre-
ment, j'aurais su que ce n'était pas un mal bénin. Marjolaine
ne se plaignait jamais. Quand je la vis se rendre dans la
chambre s'étendre sur le lit, je compris qu'elle n'était vraiment pas bien. Il me fallait parler à Clémence au plus tôt.
Je tentai de la joindre par téléphone, mais en vain. Je laissai
un message à sa secrétaire en lui expliquant la gravité de la
situation et je restai auprès de Marjolaine en espérant voir
arriver sa sœur. Au bout d'une heure, comme Clémence ne
se montrait pas et que Marjolaine souffrait de plus en plus,
j'appelai l'ambulance. Nous nous retrouvâmes à l'Hôtel-
Dieu sans que je me rappelle quoi que ce soit du trajet. J'étais
trop bouleversé de voir Marjolaine souffrir. Elle gémissait
et vomissait, se tenant l'abdomen à deux mains.

Comment les choses se passèrent ensuite, je ne saurais
trop le dire tellement tout cela est resté vague dans ma tête.
Les ambulanciers la transportèrent sur une civière. On
requit ma présence pour fournir les renseignements nécessaires à son dossier. Une religieuse me conduisit dans une
salle d'attente en m'assurant qu'on viendrait me chercher si
on avait besoin de moi. Je me morfondis pendant des heures
à cet endroit, n'osant pas le quitter par crainte qu'on vienne
me demander. Fort heureusement, Clémence finit par me
trouver et par elle je sus que Marjolaine souffrait d'un blo-
cage des intestins – une occlusion intestinale, comme
m'expliqua ma belle-sœur. Ma première question fut :

— Est-ce grave ?

— Ça peut le devenir.

— Peut-elle en mourir ?

— C'est possible. Mais elle semble avoir été prise à
temps, elle devrait s'en sortir.

— Qu'est-ce qu'ils vont lui faire ?

— Ils tentent présentement de débloquer le passage par les voies naturelles.

— S'ils ne réussissent pas ?

— Ils vont devoir l'opérer.

Tout cela, ma belle-sœur me le dit alors que je me sentais dans une espèce de semi-conscience, terrorisé par ce qui pouvait arriver et incapable de réfléchir calmement. Clémence fit de son mieux pour me tranquilliser. J'étais si inquiet que je ne parvenais pas à dominer ma peur.

Étonné de ne pas avoir de mes nouvelles, car j'étais ordinairement fidèle à en donner, mon patron me fit rechercher partout. On finit par déduire que je pouvais être à l'hôpital et c'est là qu'un collègue me trouva, quelque peu perdu après une nuit blanche et un jeûne forcé. Il m'obligea à le suivre pour prendre une bouchée dans un petit restaurant de la rue Saint-Jean. Son intervention fut la bienvenue. Ne me demandez pas de quoi nous avons parlé, je ne m'en souviens plus. Je sais seulement que je retournai à l'Hôtel-Dieu calmé et encouragé à voir les choses d'un meilleur œil. J'y fus accueilli par Clémence venue aux nouvelles, malgré son travail. Elle me rassura :

— Marjolaine va s'en tirer. On l'a opérée. L'intervention est un succès. Il sera possible de la voir bientôt. Une religieuse va venir te chercher.

Je remerciai ma belle-sœur, pressée de retourner à son travail, et j'attendis patiemment qu'on me fasse signe. Prévenu de ce qui se passait, Firmin arriva bientôt, suivi de près par Hubert. On ne nous accorda que quelques minutes pour voir la malade. Elle dormait dans une chambre où on comptait quatre lits – tous occupés. Je restai là quelques minutes, espérant la voir ouvrir les yeux. J'étais apaisé. Marjolaine vivait toujours.

Firmin me convainquit de retourner à la maison pour me raser, prendre un bain et dormir un peu. J'en avais vraiment besoin. Vers midi, je remontai à l'hôpital. On m'autorisa à voir Marjolaine. Elle m'accueillit avec un léger sourire. Ses yeux disaient tout le bonheur qu'elle ressentait de ne plus avoir mal. Elle me fit signe d'approcher. Je m'empressai de le faire. Elle me souffla à l'oreille :

— Me revoilà dans le monde des vivants.

Ces simples paroles me tirèrent des larmes. Dans ma tête défila toute une série d'images faites des meilleurs moments passés avec elle. Je remerciai le ciel de l'avoir laissée en vie. Je passai avec elle, en lui tenant la main, les quelques minutes qui m'étaient accordées presque sans parler. Nos yeux disaient notre bonheur d'être toujours ensemble.

Une religieuse vint me prévenir que je devais partir.

— Il faut laisser la malade se reposer.

Je lui demandai quand je pourrais voir le chirurgien qui l'avait opérée.

— Suivez-moi, m'invita-t-elle. Vous pourrez lui parler tout de suite.

Le docteur Lavoie me reçut avec un sourire.

— Votre femme, me dit-il, l'a échappé belle. Il était grand temps qu'on s'en occupe. Nous allons la garder ici encore une semaine ou deux, le temps qu'il faut pour qu'elle se remette. Prenez bien soin d'elle et n'ayez plus de souci, elle sera sur pied bientôt.

Je n'osai pas demander combien cette intervention et ce séjour à l'hôpital allaient coûter. Je passai par la maison et me rendis directement au journal, calculant combien d'articles il me faudrait écrire pour rembourser les frais… «Autant qu'il faudra, me dis-je. La vie n'a pas de prix.» Je me mis sans plus attendre à l'ouvrage.

Chapitre 39

Antonio au Clarendon

Hubert

J'étais le parrain d'Antonio. Je me montrais très fier de ce que mon filleul réalisait. Le fils de Firmin tenait bien de son père, réussissant toujours, depuis qu'il avait quinze ans, à trouver du travail ici et là. Le hasard voulut qu'au cours d'une sortie avec des amis, l'un d'eux ait la malchance de voir ses cheveux roussis par un feu de camp au-dessus duquel il s'était trop penché. Antonio s'empara d'une paire de ciseaux et lui répara le tout par une coupe de cheveux quasi parfaite. Sa réussite l'incita à s'intéresser à ce métier.

Firmin fut heureux de nous annoncer que pour vingt-cinq dollars, son fils avait suivi avec succès en quelques semaines un cours de coiffure et qu'il pratiquait désormais son nouveau métier de barbier à l'hôtel Clarendon. J'allai m'y faire couper les cheveux pour voir dans quel milieu il évoluait. Il y travaillait avec son patron, un homme d'une cinquantaine d'années, pratiquement chauve, bourru, paraît-il, quand il n'y avait pas de clients, mais en verve dès que l'un d'eux passait la porte. Il m'accueillit gentiment, fut pris un peu de court quand je lui laissai entendre que je tenais à me faire raser par mon neveu. Antonio se précipita. Avec ma bosse, j'eus un peu de mal à m'ajuster à la chaise. Une fois en place, mon neveu m'enveloppa à la fois d'un drap autour du cou et de sa sollicitude. Je n'eus pas à entretenir la conversation, il le fit lui-même en m'apprenant qu'anciennement les barbiers étaient également chirurgiens.

— Ce sont eux qui pratiquaient, entre autres, les saignées.

— Vraiment?

— Absolument! Vous saurez, mon oncle, qu'au Moyen Âge il a été défendu par l'Église de pratiquer des chirurgies. Comme plusieurs prêtres s'en chargeaient et ne pouvaient plus le faire, ce sont les barbiers qui prirent leur place. En plus de raser les gens, ils les saignaient et leur administraient des purgations. Ils se chargeaient des petites opérations.

Son patron mit son grain de sel en précisant qu'il y avait trois sortes de barbiers:

— Le barbier tenait boutique uniquement pour raser, le barbier-perruquier ne s'occupait que des têtes couronnées et le barbier-chirurgien était en charge des petites chirurgies. Comme un peu n'importe qui s'improvisait barbier, il y eut des réglementations obligeant ceux qui voulaient pratiquer le métier à passer des examens devant des spécialistes. Les chirurgiens-barbiers avaient le droit de faire des pansements, d'ouvrir les bosses, les clous, les abcès, les tumeurs et de soigner les plaies ouvertes. J'aurais aimé vivre à cette époque et être chirurgien-barbier du roi.

— Pourquoi donc?

— Figurez-vous qu'en plus d'avoir son barbier ordinaire, le roi disposait de huit autres barbiers-valets de chambre qui travaillaient par paire durant six heures et se remplaçaient ainsi de jour et de nuit. Ils peignaient les cheveux du roi à son lever et à son coucher, lui faisaient la barbe, l'essuyaient aux bains et aux étuves et dès qu'il avait un peu chaud. Leurs services étaient grassement payés et en plus ils pouvaient avoir leur propre boutique de barbier. C'est loin d'être encore de même aujourd'hui! Quand on pense qu'on fait à peine cinquante cents pour une coupe de cheveux…

Pour me montrer affable, je l'invitai à me raconter le fait qui l'avait le plus marqué comme barbier. Il ne se fit pas prier:

— Il y a de ça quelques années, un homme vint se faire couper la barbe qu'il avait passablement longue et mal entretenue. Je m'exécutai sans trop me poser de questions. Cet homme taciturne me paraissait quelque peu nerveux. Je ne m'en formalisai pas. Des nerveux, qui ne tiennent pas en place et nous donnent du fil à retordre parce qu'ils bougent sans cesse, il en vient souvent, Antonio pourra vous le confirmer. Nous n'avons alors pas d'autre choix que de faire avec. Quand vint le moment de payer, l'homme tira de sa poche un poignard qu'il pointa vers moi. Je pensais ma dernière heure venue. Il n'avait pas de quoi payer. Reculant vers la porte, le sacripant sortit et prit ses jambes à son coup.

Le barbier s'arrêta un moment pour essuyer la sueur qui perlait sur son front.

— Seulement à vous le raconter, commenta-t-il, j'en ai les jambes flageolantes. Il n'y avait pas dix minutes qu'il était parti que deux policiers entrèrent dans la boutique. "Vous n'auriez pas vu un barbu d'une cinquantaine d'années?", me demanda l'un d'eux. "Je viens de couper la barbe d'un homme d'à peu près cet âge. Il n'avait pas d'argent pour payer et m'a menacé en plus de son poignard." "Malédiction! Sans sa barbe nous aurons toutes les difficultés du monde à le reconnaître!"

«Ils me demandèrent de le leur décrire le mieux que je le pouvais. Je leur appris qu'il avait laissé entendre qu'il était pressé, qu'il devait prendre le train. Je vous mets au défi, me demanda le barbier, de me dire de qui il s'agit. Il en a été beaucoup question à l'époque.»

J'eus beau tenter de me rappeler quel criminel pouvait avoir sévi dans nos murs ces dernières années, je n'y parvins pas. Il est vrai que même si j'ai une bonne mémoire, je m'efforce de ne me souvenir que de ce qui est agréable, comme ça, la vie est moins déprimante. Voyant que j'étais prêt à donner ma langue au chat, il précisa :

— Ça s'est passé alors que je débutais comme barbier. Ce type, un dénommé Dubuc, a été repris par la police au moment où il montait sur le traversier pour Lévis.

— Qu'avait-il fait ?

— Après avoir passablement bu dans une taverne de la Basse-Ville, il s'était chicané avec un nommé Duchesne et l'avait poignardé. Il était monté exprès se faire couper la barbe à la Haute-Ville où il n'était pas connu.

Voilà comment je fis la connaissance du patron d'Antonio. Maintenant que mon neveu avait un métier et se sentait un homme, il prit l'habitude de partager nos dîners du premier dimanche du mois. Il avait du bagout comme son père. Il ne manquait pas de nous faire part des principaux événements dont il avait été question au salon de barbier qu'il appelait tout naturellement, à la façon anglaise, «la *barber shop*». Il avait l'occasion d'entendre toutes sortes d'histoires sur un peu tous les sujets, tant il y avait au Clarendon une grande variété de clients. Il nous rapportait les propos des ministres, comme ceux du maire ou des ouvriers de la ville. Tous ces messieurs avaient l'habitude de se rendre au Clarendon, qui pour se faire raser le menton ou tailler la moustache, qui pour se faire couper les cheveux à la dernière mode. Nous avions bien du plaisir à entendre ce qu'Antonio avait à raconter.

Chapitre 40

La crise

Ovila

Ne me demandez pas comment cela est arrivé. Je ne m'y connais guère en finances. Tout ce que je sais, c'est que ça se préparait depuis longtemps. Entre le 24 et le 29 octobre 1929, il y eut un grand krach boursier suivi d'une crise économique sans précédent. Je n'ai jamais vraiment compris comment il s'est fait que du jour au lendemain tout le monde est tombé en chômage et la pauvreté s'est installée dans la plupart des familles. Il semble bien que ceux qui avaient de l'argent placé en Bourse se sont tous énervés en même temps et ont vendu leurs parts en masse avant qu'elles perdent de leur valeur. Tout ça a produit l'effondrement des marchés boursiers. Un grand nombre de spéculateurs, se voyant acculés à la faillite, se sont suicidés.

Mais était-ce si étonnant, au fond ? Tout le monde s'intéressait à la Bourse. On disait qu'on pouvait y faire beaucoup d'argent rapidement. C'était devenu comme un jeu. On ne parlait partout que de parts. « As-tu des parts en Bourse ? » « Non ! » « Qu'est-ce que t'attends pour en prendre ? » Tous ceux qui en avaient se croyaient riches. Même ceux qui n'avaient pas un sou en achetaient. Il n'y avait rien de plus facile. Tout le monde s'en procurait sur marge, c'est-à-dire à crédit. Ils attendaient de faire de l'argent avec leurs parts pour rembourser leurs achats. Quand la crise est arrivée, ils ont été pris de court. Ils étaient endettés jusqu'au cou et n'avaient pas un sou pour rembourser leurs dettes.

Ç'a été le chômage généralisé ensuite. Les gens n'avaient plus rien à manger. Les religieuses ont ouvert un genre de comptoir où était servie de la soupe le midi afin que les gens ne meurent pas de faim. Tout le monde tirait le diable par la queue. Dans notre famille, nous avons été chanceux parce que Firmin n'avait pas de parts en Bourse et qu'il n'avait pas de dettes. Il a maintenu son hôtel ouvert malgré la crise. Ceux qui avaient de l'argent continuèrent à fréquenter son établissement. *Le Soleil* continua de paraître. Je pus y garder mon poste, tout comme Hubert sa place de sonneur de cloches. Nous n'avions pas à nous inquiéter pour Gertrude, toujours au Manoir Richelieu ou à La Malbaie. Quant à Clémence, qui n'était pas exigeante pour son salaire, elle ne manquait pas d'ouvrage, la maladie ne prenant jamais de congé. Rosario, dont nous ne parlions plus jamais ou presque, ne devait pas non plus crever de faim dans son presbytère…

La crise s'est prolongée longtemps. Elle s'étendit dans tout le pays comme la peste. Les gens n'avaient plus de travail et ne pouvaient pas compter en trouver aux États-Unis. Pour permettre à tout le monde de manger, nos dirigeants imaginèrent toutes sortes de moyens. Ils financèrent des travaux publics, organisèrent ce qu'on appelait le secours direct et encouragèrent la colonisation.

C'est durant cette période que se réalisèrent toutes sortes de travaux dont nous profitons toujours aujourd'hui. Parmi les hommes en chômage, on engagea surtout les pères de familles nombreuses. La ville de Québec décida de transformer la rue des Fossés pour en faire un boulevard qui fut ensuite baptisé boulevard Charest en l'honneur d'un ancien curé de Saint-Roch. Les hommes travaillaient là au pic et à la pelle de huit heures du matin à cinq heures du soir pour une piastre par jour. Ça ne suffisait pas pour nourrir une famille, mais au moins ces hommes étaient occupés à quelque chose.

Des gros travaux du genre, il y en eut plusieurs à Québec. On construisit la prison des femmes sur le chemin Gomin. Le Canadien Pacifique fit creuser un tunnel en dessous de l'avenue Belvédère pour relier la voie ferrée au quai où accostaient les paquebots le long du fleuve. Cependant, l'ouvrage le plus spectaculaire qu'on entreprit pour occuper les chômeurs fut la construction d'un réservoir en béton sur les plaines d'Abraham. Quelqu'un eut une idée encore plus étonnante. On fit aménager un jardin zoologique du côté de Charlesbourg. En plus, on décida d'entreprendre des travaux de réparation des murs de la Citadelle et on aménagea même un camp à Valcartier pour y recevoir deux mille chômeurs.

Tout cela eut des répercussions intéressantes dans nos vies. Ça permettait de faire oublier la misère dans laquelle la crise avait plongé les gens. Quand le zoo fut inauguré, tout le monde fut très fier. On se vantait d'y présenter toutes les espèces d'animaux sauvages qu'on pouvait trouver chez nous. On pouvait y voir, entre autres, des ours blancs, des ours noirs, des orignaux, des bisons, des chevreuils, des loups, des coyotes, des renards, des castors, des porcs-épics, des rats musqués et même des phoques, et, dans des volières, toutes nos espèces d'oiseaux.

Évidemment, tout cela ne faisait pas que des heureux. Les gens disaient : nous avons de l'argent pour nourrir des animaux et il n'y en a pas pour nos familles. Il est vrai que beaucoup de personnes n'avaient pas de quoi manger, mais on ne les laissa pas mourir de faim. Les gens obtenaient des coupons échangeables dans les magasins pour l'habillement et la nourriture. Il y eut aussi des coupons pour le logement et le chauffage. En fin de compte, les billets furent remplacés par des chèques. L'aide était de 3,16 $ par semaine pour une famille de deux personnes et de 6,43 $ pour une famille de neuf personnes. Pour la première fois chez nous, le gouvernement aidait les gens directement en leur donnant de l'argent sans qu'ils soient tenus de rembourser par du travail.

Cette façon de faire dura un certain temps, mais quand cessèrent les chantiers permettant aux chômeurs de travailler pour ne pas mourir de faim et que le gouvernement décida presque en même temps d'arrêter l'émission de chèques aux familles, ce fut la désolation la plus complète. Cet arrêt dura quelques semaines, puis les dirigeants furent contraints d'émettre à nouveau des chèques et cherchèrent l'argent nécessaire pour entreprendre de nouveaux projets de construction de routes.

On incita également les gens à s'établir sur des terres de colonisation, en particulier en Abitibi et au Témiscamingue. Plus de neuf cents familles y allèrent. Cette crise fut une leçon pour nous. Elle nous apprit que vivre avec de l'argent emprunté n'était pas l'idée du siècle.

TROISIÈME PARTIE

AINSI VA LA VIE

1930-1935

Chapitre 41

Un voleur à l'église

Hubert

On n'a pas idée à quel point la santé est une chose importante. J'avais passablement souffert de la maladie quand j'étais jeune, mais on aurait dit que mon corps voulait se venger et je devins très résistant aux maladies. J'avais été exposé à la grippe espagnole sans l'attraper. Il y avait des années qu'à part ma jambe plus courte et ma bosse, je n'avais aucune raison de me plaindre côté santé. J'accomplissais mon travail sans ressentir le moindre malaise. Je sonnais allègrement les cloches, j'aidais le sacristain pour divers travaux, la plupart du temps pour ce qui demandait une certaine force physique : déplacer des bancs ou des statues, mettre en place un catafalque, transporter des objets lourds comme la base de fonte du cierge pascal, décrocher la lampe du sanctuaire pour la nettoyer, etc. Aucun de ces travaux ne me rebutait, jusqu'au jour où me tomba dessus un lourd cadre de bois qui soudainement se décrocha au moment où le sacristain s'apprêtait à y déposer un drap violet durant la semaine sainte.

Je le reçus en plein front et je m'écroulai par terre. J'eus droit à une bosse au milieu du front aussi grosse qu'un œuf de poule. J'avais saigné comme un cochon qu'on égorge au moment de l'accident. Comme me l'apprit Clémence, cette hémorragie m'évita bien des inconvénients ultérieurs. Ma sœur m'appliqua des cataplasmes sur le front. La bosse disparut petit à petit mais les maux de tête continuèrent pendant des semaines, avec l'inconvénient qu'il m'était impossible de sonner les cloches. Leur bruit me résonnait dans la tête à croire qu'elle allait éclater.

Pendant que je souffrais de la sorte, monsieur le curé me fit remplacer par un jeune homme pour qui sonner les cloches s'avérait la pire des corvées. Je lui montrai comment s'y prendre pour faire tinter la cloche du glas. Il s'y prenait mal et personne dans la paroisse ne pouvait deviner si la personne défunte était un homme ou une femme. Il lui arrivait d'être en retard pour les angélus. Monsieur le curé avait grandement hâte que je puisse reprendre ma place.

Cet effronté décida qu'il passerait la quête aux messes du dimanche. On ne lui permit pas de le faire à la grand-messe puisque les marguilliers s'y prêtaient fort volontiers et le faisaient d'ailleurs très dignement. J'ignorais combien ces quêtes pouvaient rapporter à monsieur le curé. Le sacristain, moins discret que moi, semblait le savoir, car il fit la remarque que depuis quelques semaines les gens se montraient moins généreux.

Le dimanche suivant, je remarquai que notre jeune homme, après avoir passé la quête dans une allée de l'église, au lieu de revenir immédiatement dans l'autre, passait par le portique à l'arrière de l'église avant de réapparaître par l'autre porte pour terminer son ouvrage. Je me demandai ce qui pouvait le motiver à agir de la sorte. Au début, je n'y prêtai guère attention. Toutefois, quand je le vis recommencer son manège le dimanche suivant, je décidai de le

surveiller de plus près. Je me rendis dans le portique de
l'église avant le moment de la quête et, caché dans l'ombre
de l'escalier menant au clocher, j'attendis patiemment qu'il
se manifeste. Je le vis entrer précipitamment dans le portique et puiser à même le panier une poignée de pièces qu'il
mit dans sa poche. Je ne bronchai pas. J'attendis qu'il ait
regagné la sacristie et j'allai le rejoindre au moment où le
sacristain y retournait pour préparer les ornements de la
prochaine messe. J'allai chuchoter deux mots à mon collègue. Nous nous approchâmes tranquillement de notre
moineau, assis comme un prince dans le fauteuil où monsieur le curé lisait son bréviaire avant la grand-messe. Je
m'enquis :

— La quête a été bonne ?

Il répondit machinalement :

— Oui, oui.

Puis, sentant sans doute la soupe chaude, il bondit sur
ses pieds, s'apprêtant à prendre ses jambes à son cou, mais
le sacristain l'attrapa par un bras et moi par l'autre. Je n'avais
pas perdu ma force et – c'est le cas de le dire – il se fit sonner
les cloches de belle manière. Nous lui vidâmes les poches
qui contenaient pas mal d'argent et nous le gardâmes prisonnier jusqu'à l'arrivée de monsieur le curé. Mis au fait de
ce qui venait de se produire, monsieur le curé, qui n'entend
pas à rire quand il s'agit des biens de l'église, m'expédia
chercher le constable Gauthier pendant que le sacristain
surveillait notre homme. Nous avions bien pris soin de le
ficeler comme un saucisson.

Le constable Gauthier prit en note l'accusation de monsieur le curé qui, comme il en était maintenant assuré, lui
expliqua que notre brigand s'était servi dans les recettes de
la quête depuis plusieurs dimanches.

— Il mérite donc, ajouta-t-il, de passer quelque temps en prison afin de réfléchir à l'avenir de son âme. Les paroissiens de Saint-Roch sont des gens généreux, mais ils n'aimeraient sûrement pas apprendre que ce jeune homme subtilisait une partie de leur offrande au bon Dieu le dimanche, alors qu'ils se saignent à blanc pour nourrir leur famille. Soyez discret !

— J'en prends bonne note, monsieur le curé, assura le constable, et je saurai bien, car il y aura sans doute un procès, informer monsieur le juge de la gravité de ces larcins.

— Puisse le seigneur nous venir tous en aide, conclut le curé.

Ce jour-là, je repris ma place de sonneur de cloches.

Chapitre 42

Une nouvelle
en chasse une autre

Ovila

Un journaliste remarque sans doute plus que les autres la volatilité des nouvelles. Un jour nous parvient une information qui intéresse vivement tout le monde. Il suffit qu'un autre événement – souvent d'un tout autre ordre – survienne pour qu'il attire l'attention de tous et fasse rapidement oublier le précédent. Je me souviens en particulier qu'au début de 1930, se sont succédé ainsi des faits qui, tout autant l'un que l'autre, ont passionné l'opinion publique.

Il y eut d'abord l'hommage rendu par les enfants de Saint-Roch au pape Pie XI pour son anniversaire sacerdotal. Tout le monde fut émerveillé du fait qu'on puisse faire parvenir au Saint-Père plus d'un million d'actes de vertu faits par les enfants de Saint-Roch et dûment attestés par les religieux et les religieuses qui en firent le décompte. Cette nouvelle s'envola vite quand, comme me l'apprit mon beau-frère Hubert, on parla d'une tout autre envolée, celle du dirigeable R-100.

Mon beau-frère Hubert se passionnait pour tout ce qui volait. Il suivait de près les exploits des aviateurs qui battaient chaque mois de nouveaux records, et c'était aussi l'époque où on commençait à livrer le courrier par avion. Hubert était plein d'admiration pour des pilotes comme Jean Mermoz et Henri Guillaumet qui, avec un certain Antoine de Saint-Exupéry, transportaient du courrier depuis la France jusque dans les Andes en Amérique du Sud. Il avait lu avec intérêt un roman intitulé *Courrier sud* que ce Saint-Exupéry venait de publier, et il attendait avec impatience le prochain volume qu'on promettait de faire paraître sous le titre de *Terre des hommes*.

Après avoir suivi dans les journaux l'exploit de Guillaumet qui, en effectuant sa quatre-vingt-douzième traversée des Andes pour l'Aéropostale française, s'écrasa dans les montagnes et, contre toute attente, réapparut vivant au bout d'une semaine dans un village d'Argentine, il me demanda mon avis.

— D'après toi, l'avion sera-t-il préféré aux dirigeables pour la conquête de l'air ?

Je ne savais trop quoi répondre. Je choisis de réfléchir tout haut :

— Les dirigeables transportent beaucoup plus de monde et réussissent de longues traversées des mers avec succès. Toutefois, ils ne peuvent atterrir qu'à des endroits bien précis et prévus à l'avance, tandis que les petits avions sont comme des insectes qui butinent de fleur en fleur et se posent n'importe où, sur une route, dans un champ, sur une colline. Il est vrai qu'ils sont petits et ne transportent pas encore beaucoup de passagers. Je crois que bientôt nous entendrons dire que des avions pourront voyager avec cinquante ou cent personnes à bord, tout comme les dirigeables, et dans des conditions plus sûres. Les dirigeables transportent peut-être dans leur nacelle une cinquantaine de personnes, mais ils sont très vulnérables aux tempêtes et aux vents contraires et facilement inflammables.

— Si je comprends bien, tu crois que les avions vont l'emporter sur les dirigeables?

— Sans doute, parce que voler en dirigeable me semble plus dangereux qu'en avion.

— Tu sais, me demanda-t-il, qu'on attend à Montréal la venue du R-100?

Si je le savais! Non seulement il vint à Montréal, mais il fit escale à Québec et il y eut des milliers de personnes pour l'admirer. Hubert m'informa que ce dirigeable avait pris soixante-dix-huit heures pour effectuer la traversée depuis l'Angleterre.

———

Un autre événement majeur survint chez nous, faisant oublier le passage du dirigeable. L'Auditorium de la Haute-Ville changeait de nom pour devenir le théâtre Capitole. On y projetait pour la première fois à Québec des films parlants. Finies les projections de cinéma muet accompagnées par un pianiste. Il fallait voir les queues à la porte! Tout le monde avait hâte de connaître cette nouvelle merveille. Je me demandais, puisqu'il n'y avait jamais eu autant d'indigents à Québec en raison de la crise, où les gens prenaient les vingt-cinq sous nécessaires pour payer les billets. J'eus moi-même l'occasion d'assister au film *Un trou dans le mur*. Mon billet était payé par *Le Soleil* pour lequel je devais publier un compte rendu de mon expérience. Mon article – fort élogieux – laissait entendre que l'ère du cinéma muet était désormais révolue. Il n'y avait pas de commune mesure entre voir des gens s'animer sans parler et entendre des gens échanger, tout comme dans la vie, des propos facilement audibles. Décidément, rien n'arrêtait le progrès !

À peine nous étions-nous faits à ce procédé miraculeux que la vie se chargea de nous ramener sur terre, par une annonce qui nous toucha profondément et fit réfléchir bon nombre d'entre nous, en commençant par Marjolaine et moi. Une nouvelle sensationnelle parut dans le journal. Il était désormais possible de devenir parents adoptifs sans la recommandation du curé de notre paroisse. Nous n'avions qu'à nous présenter à la crèche du chemin Sainte-Foy, tous les jours entre deux et trois heures. Nous pouvions alors assister à l'exposition de plus de six cents bébés qui attendaient le bonheur d'avoir des parents. Mais Marjolaine et moi nous nous trouvions trop vieux maintenant pour commencer une famille.

Cet événement fut effacé par un autre, quand on nous annonça que deux nouveaux bateaux, le *Cité de Québec* et le *Cité de Lévis*, allaient désormais assurer la traversée entre Québec et Lévis. Il y eut une foule considérable à la fin de septembre, et nous étions du nombre, pour admirer les nouveaux traversiers. Ils reléguaient aux oubliettes les anciens bateaux à vapeur. Vraiment, il n'y avait plus de limites à ce que les hommes pouvaient produire pour nous rendre la vie plus facile.

Chapitre 43

Le drame

Hubert

Il y avait maintenant deux ans que Léonard vivait caché dans sa chambre d'hôtel. Il ne se plaignait pas, parce qu'il était continuellement occupé à travailler à son ouvrage sur les poètes de chez nous.

Un matin, en me rendant lui porter son déjeuner, je ne le trouvai pas dans sa chambre. Je pensai qu'il était aux toilettes. Il n'y était pas. J'étais si étonné que je ne remarquai pas immédiatement la lettre qu'il avait laissée sur son bureau. Quand je la vis, mon cœur s'arrêta. Je m'empressai de descendre prévenir Firmin qui remonta aussitôt avec moi, jeta un coup d'œil dans la chambre vide et me fit remarquer :

— Il n'a rien apporté. Il ne doit pas être loin.

Ce n'est qu'à ce moment-là que, revenant de ma stupeur, je lui remis la lettre. Il s'empressa de la lire, pâlit et grogna en serrant les dents :

— Il est fait. Comment ça se fait que je ne me suis douté de rien ?

Je lui demandai :

— Qu'est-ce qu'il dit au juste ?

— Il nous remercie d'avoir pris soin de lui. Il a terminé son ouvrage et ne peut plus tenir une seule minute de plus dans cette chambre. Il a décidé d'errer dans la ville jusqu'à ce que la police le découvre. Dans un jour, dans une semaine, dans un mois, ça lui est égal. Tout ce qu'il sait, c'est qu'il ne retournera jamais à l'asile. Il nous prie de ne pas nous en faire pour lui. Il soutient qu'il a accompli ce qu'il désirait faire dans la vie. Il nous invite à disposer de ses biens comme nous l'entendrons.

Je commentai :

— Il est désespéré.

Firmin ne tergiversa pas :

— Il faut le retrouver au plus vite.

J'allai prévenir Ovila pendant que Firmin s'informait à gauche et à droite si on ne l'avait pas vu. Mais allez donc chercher quelqu'un qui ne veut pas se faire découvrir… Léonard avait eu amplement le temps de songer à ce qu'il ferait en s'enfuyant de l'hôtel. Il devait s'être réfugié quelque part, peut-être chez un ami. Il semblait n'avoir été vu nulle part et nous eûmes beau chercher partout, arpenter les rues de Saint-Roch, de Saint-Sauveur et de Limoilou et même aller rôder autour de la bibliothèque de la législature et de son ancien appartement, il n'y avait trace de lui nulle part.

Deux semaines s'écoulèrent. Toute la famille était maintenant au courant de ce qui se passait. Clémence et Marjolaine tentaient de leur côté, en s'informant à leur entourage, d'obtenir des renseignements à son sujet. Personne ne l'avait vu, personne n'avait idée où il pouvait être passé. Alertés par nos recherches, deux policiers débarquèrent à l'hôtel interroger Firmin.

— Il paraît que vous cherchez votre frère ? C'est donc que vous avez eu de ses nouvelles ?

Firmin ne pouvait pas, sans se démasquer, leur faire lire la lettre de Léonard. Il prétendit :

— Quelqu'un nous a prévenus qu'il aurait vu notre frère dans les parages de l'hôtel.

— Qui est ce quelqu'un ?

— Un inconnu de passage.

— Sans doute un fifi comme lui ?

Firmin, que ce mot rebutait, répliqua :

— Un homme plus intelligent que les deux que j'ai devant moi, en tout cas.

Insultés, les policiers réagirent vivement.

— Répétez ça une seule fois et on vous emmène au poste.

— Mon frère est un homme intelligent et bon. Personne n'a le droit de le traiter de ce qu'il n'est peut-être pas.

Les policiers avertirent Firmin que si jamais nous retracions Léonard sans les prévenir, nous risquions de nous retrouver en prison.

Ils avaient beau faire et beau dire, Firmin se moquait bien de ce qu'ils pouvaient penser. Il espérait retrouver Léonard avant eux et, une fois de plus, le faire disparaître à leur nez et à leur barbe. Il n'eut malheureusement pas cette chance. Le corps d'un noyé fut trouvé dans la rivière Saint-Charles. Nous ne voulions pas croire qu'il pouvait s'agir de Léonard. Un avis parut dans *Le Soleil* invitant ceux qui avaient signalé une disparition dans les derniers mois à se rendre à la morgue afin de vérifier si ce cadavre était celui d'un membre de leur famille. Curieusement, Firmin me demanda d'aller identifier le corps.

— Pourquoi n'y vas-tu pas toi-même ?

— Pour la bonne et simple raison que s'il s'agit de lui, je me connais, je pourrais faire un scandale.

Firmin avait du caractère. Sous le coup de l'émotion, il aurait bien été capable de commettre des gestes qu'il aurait regrettés après coup. Il préférait, sagement, prévenir que guérir. Je fus donc chargé de me rendre à la morgue pour cette pénible tâche. Il y avait plus d'un corps étendu sur des civières qu'on gardait dans une chambre froide. Quand je dis au préposé que je venais pour le noyé récemment repêché dans la rivière Saint-Charles, il fit appel à un de ses confrères afin d'officialiser ma déposition si elle s'avérait positive. On me conduisit devant une civière. Le préposé souleva le drap qui couvrait le visage du défunt. Je n'eus même pas à parler. Il s'agissait bien de Léonard. Je me mis à trembler sans pouvoir me retenir. Un cri de révolte monta en moi. Je lançai :

— Maudits soient ceux qui l'ont poussé à se suicider ! Qu'ils soient damnés, eux et leur descendance !

De m'être exprimé de la sorte me soulagea. Je portai la mauvaise nouvelle aux autres. Quand il fut question de l'enterrer, on refusa, sous prétexte qu'il s'était sans doute volontairement noyé, qu'il soit enseveli en terre chrétienne. Firmin voulut discuter :

— Puisque nous ne savons pas s'il s'agit d'un geste volontaire ou d'un accident, il n'y a aucune raison qu'il ne repose pas dans le lot de la famille.

Il n'eut gain de cause qu'au moment où il mit sur la table l'argent nécessaire pour acheter sa sépulture. La cérémonie religieuse ne fut même pas présidée par Rosario. Il refusa de venir, se scandalisant d'apprendre les circonstances de la mort de son frère. Le curé Lagueux présida au service devant une poignée de personnes. Quelques poètes vinrent y assister. Léonard reposait désormais en paix. Nous n'avions plus à nous inquiéter pour lui. Tout ce qu'il convenait de conclure, c'est que la vie n'avait pas été tendre pour lui.

Un tout jeune poète, Hector de Saint-Denys Garneau, qui avait sans doute connu Léonard, nous remit trois vers de son cru en nous assurant qu'ils devraient être gravés sur sa pierre tombale.

Je marche à côté d'une joie
D'une joie qui n'est pas à moi
D'une joie à moi que je ne puis pas prendre.

Chapitre 44

Du bon... et du moins bon

Ovila

Il arrive souvent qu'au moment où nous nous réjouissons d'une chose, nous ayons à en déplorer une autre. Quand nous avons une bonne et une mauvaise nouvelle à annoncer, par laquelle est-il préférable de commencer? Si nous transmettons la bonne d'abord, elle permet sans doute d'amoindrir la mauvaise, cependant c'est la dernière qui reste en tête. Vaut donc mieux d'abord communiquer la mauvaise, en comptant que la bonne permettra d'en atténuer le coup.

J'étais appelé à couvrir pour mon journal des événements touchant toutes sortes de domaines. Je me souviens en particulier d'un moment où j'eus à écrire sur deux faits marquants complètement opposés. Au moment où nous nous réjouissions de l'inauguration du nouveau Musée de la province de Québec, on découvrit dans le quartier Saint-Roch un important alambic. Ces deux nouvelles firent couler beaucoup d'encre. Je commencerai donc par vous faire part de la mauvaise.

C'était au temps de la crise et de la prohibition aux États-Unis. Les officiers du département de la Douane procédèrent à la saisie d'un important alambic rue Prince-Édouard, dans l'ancien établissement Gignac connu sous le nom de «Vieux Moulin». Cet établissement était surveillé depuis longtemps par la police. Chose étonnante, les officiers de la Commission des liqueurs avaient également à l'œil cet endroit depuis plusieurs semaines et ils y arrivèrent le même soir. Il faut croire que les malfaiteurs avaient eu vent de cette descente, car il n'y avait strictement personne dans l'immeuble et les officiers purent perquisitionner sans problème. Ils découvrirent un ingénieux système de sonneries avertissant les occupants dès qu'on s'intéressait à eux de trop près.

Poursuivant leur perquisition, les officiers se rendirent compte que l'alambic fonctionnait à plein régime. Une bouilloire de douze pieds de diamètre sur douze pieds de profondeur contenait un liquide en fermentation. Dans l'édifice de trois étages, les officiers trouvèrent toute sorte de matériel : cuves, serpentins, bouilloires, poêles à gaz, boîtes de fer-blanc pleines ou vides, et cartons d'emballage, le tout évalué à pas moins de cinquante mille dollars.

Nous étions en droit de nous demander comment il se faisait que ces malfaiteurs aient pu installer cet alambic sans être inquiétés. Le propriétaire de l'édifice, monsieur Rochette, de la laiterie Frontenac, qui ne se doutait absolument pas de ce qui se passait là, déclara qu'il l'avait loué trois mois plus tôt à un monsieur Brown, lequel avait été fidèle à lui payer le loyer – considérable. Ce monsieur prétendait qu'il louait l'endroit afin de mettre au point une découverte récente de fabrication de savon et que le tout devait demeurer secret en raison de la concurrence. L'alcool qu'on y produisait était acheminé aux États-Unis.

À la même époque, on procéda à l'ouverture du Musée de la province de Québec. La bonne nouvelle était que ce musée comptait parmi les plus beaux au Canada. J'eus l'occasion de le visiter pour écrire un article. Monsieur Pierre-Georges Roy, le conservateur du musée, m'y guida. Les archives étaient conservées au rez-de-chaussée. On y trouvait des documents, du dix-septième siècle à nos jours, de même que des collections de journaux anciens et de revues ainsi que des portraits et des armoiries.

En montant d'un étage, nous nous retrouvions en pleine nature avec des expositions de tous les animaux de nos forêts. On y voyait des scènes remarquables, celle d'un grand ours blanc, d'une famille d'orignaux et d'un carcajou égorgeant un chevreuil. Dans une autre salle, nous nous retrouvions dans le monde des insectes et celui des oiseaux. On y présentait pas moins de trente mille insectes et trois mille oiseaux. À l'étage supérieur, nous pouvions admirer des portraits réalisés entre autres par les peintres Hamel, Huot et Walker. Il y avait également une bibliothèque de quatorze mille volumes.

Ainsi étais-je appelé à couvrir des événements divers où, à l'image de notre société, le beau et le moins beau se côtoyaient. J'aimais ce métier qui m'ouvrait de nombreuses portes et me permettait de belles découvertes. En tout temps cependant il me fallait bien mesurer ce que j'écrivais afin d'éviter des poursuites. Il y a des gens qui deviennent très susceptibles quand on dévoile au grand jour leurs manies ou leurs petits travers, quand ce n'est pas quelque chose de plus grave. Voilà pourquoi notre patron se faisait un devoir de surveiller de près nos écrits et surtout quand ça touchait l'Église ou le clergé. Aussi mon travail de journaliste m'apprit à bien mesurer tout ce que j'écrivais et tout ce que je disais.

Chapitre 45

Gertrude nous étonne

Hubert

Depuis qu'elle était retournée travailler au Manoir Richelieu, nous avions peu de nouvelles de Gertrude. Elle venait nous rendre visite ordinairement en septembre, puis retournait à La Malbaie. Ses filles allaient la voir de temps à autre et nous laissaient entendre qu'elle semblait bien-portante et heureuse de son sort. Comme nous tous, elle vieillissait sans trop avoir été gâtée par la vie. Elle nous arriva en septembre, selon son habitude, et nous vîmes tout de suite que quelque chose de nouveau se passait dans sa vie. Nous étions habitués de la voir plutôt taciturne, se mêlant peu à la conversation et ne trouvant guère de quoi nous raconter. Mais voilà qu'à notre grand étonnement elle se mit à soutenir qu'en fin de compte, il n'y avait pas de plus beaux endroits que Pointe-au-Pic et La Malbaie.

Il faut admettre que le comté de Charlevoix en est un des plus beaux de chez nous. Il fallait lire les descriptions qu'en faisaient les voyageurs pour en être aussitôt curieux et dès qu'on y mettait les pieds, on se rendait compte qu'ils avaient entièrement raison.

C'est pourquoi depuis toujours les peintres y affluaient, le coin étant renommé à la fois pour ses paysages et sa lumière particulière. Tout cela sans compter que l'hospitalité et la spontanéité des gens de ce coin de pays étaient légendaires. Voilà, en substance, ce que nous raconta Gertrude lors de sa visite.

Mais elle nous réservait toute une surprise pendant son séjour. En effet, elle déclara qu'elle avait invité un ami de Charlevoix à venir la rejoindre. Un beau samedi, arriva à l'hôtel un homme assez âgé qu'elle nous présenta comme étant Onésime Bouchard. Je dois dire que j'ai une assez bonne mémoire des noms et celui-là me disait quelque chose. Je ne parvenais pas à me souvenir où ni quand j'avais entendu parler de lui. Il n'y a rien de plus embêtant que de se mettre à chercher un renseignement de ce genre. Parfois, nous sommes cinq ou six autour de la table et l'un de nous raconte un fait quelconque en mentionnant un personnage connu de nous tous sans pouvoir en dire le nom. Nous nous creusons les méninges pour enfin parvenir, souvent au bout d'une heure ou deux, à trouver le nom en question. Il paraît que ce phénomène se produit fréquemment à notre âge. Ce serait un signe de vieillissement…

Voyant que l'ami qu'elle nous présentait nous semblait à tous un inconnu, Gertrude nous rafraîchit la mémoire :

— Sans lui, nous rappela-t-elle, je serais morte.

Je me souvins alors qu'un homme avait sauvé Gertrude et plusieurs de ses collègues lors de l'incendie du Manoir en leur apportant un câble. Je savais qui il était. Je dis à Gertrude :

— Est-ce lors du feu du Manoir ?

— En plein ça !

Je me tournai vers lui et dit, au nom de nous tous, en lui tendant la main :

— Nous vous sommes reconnaissants d'avoir sauvé Gertrude.

Il me serra la main et sourit en baissant modestement la tête. Puis, nous regardant d'un œil espiègle, il dit dans son beau langage de Charlevoix :

— C'était pas le temps de bretter. Il fallait m'enfuir moi itou. J'ai été près d'y rester.

Il avait tout à fait raison. Rien n'empêche qu'il avait trouvé rapidement le moyen de le faire.

— Ça prenait quand même de la jarnigoine pour penser à ce câble, dit Firmin.

— Quand notre vie est sur le bord de déguerpir, on pense vite en p'tit péché !

Sa réflexion nous le rendit sympathique. Gertrude ne nous laissa pas languir plus longtemps.

— Onésime et moi, nous sommes fiancés.

Son annonce fut suivie d'un grand silence dû à notre étonnement. Marjolaine fut la première à réagir :

— Félicitations à tous les deux. Ça vaut un bon verre de fort !

Firmin sonna un de ses employés qui, après que Firmin lui eut glissé deux mots, revint quelques minutes plus tard avec verres et bouteilles. Nous portâmes un toast aux futurs mariés. Gertrude en profita pour déclarer :

— Onésime est d'accord pour qu'on se marie à Saint-Roch et qu'on vive ensuite à Québec. Si jamais Firmin a besoin d'un homme à tout faire, il n'en trouvera pas un meilleur dans tout Québec et Charlevoix.

— Laisse-moi le temps de me revirer de bord ! la pria Firmin. C'est fort possible qu'il y ait de quoi pour lui bientôt.

L'homme à tout faire qu'il avait engagé avait beaucoup vieilli depuis l'ouverture de l'hôtel. Firmin l'aimait bien, mais il n'en demeurait pas moins que son travail se faisait de plus en plus au ralenti. Firmin songeait depuis quelque temps à le remplacer. La réflexion de Gertrude ne tomba pas dans l'oreille d'un sourd.

Le mariage fut célébré à Saint-Roch deux semaines plus tard. Il n'y avait pas foule, mais, à défaut de quantité, comme le fit remarquer Ovila, les nouveaux mariés eurent droit à des invités de qualité. À part Rosario, nous fûmes tous là pour les noces. Même Archange trouva le moyen de venir, tout comme ses sœurs Amélie et Clémentine en compagnie de leurs maris. Antonio fut de la partie avec ses histoires et ses blagues. La seule sœur du marié toujours de ce monde fit le voyage depuis Charlevoix avec le fils aîné d'Onésime. Marjolaine et Firmin servirent de témoin à Gertrude. Il y eut de la musique et beaucoup de danse. Dans *Le Soleil*, à la page des potins, Ovila fit insérer la notice suivante que j'ai pris le temps de retranscrire dans mes notes :

Samedi dernier à Saint-Roch de Québec, monsieur le curé Lagueux a procédé à la bénédiction du mariage de monsieur Onésime Bouchard avec madame Gertrude Bédard, sœur de l'hôtelier bien connu de Saint-Roch, monsieur Firmin Bédard. De nombreux parents et amis assistèrent à la cérémonie. Hubert Bédard, le frère de la mariée, fut tout heureux de faire résonner les cloches en l'honneur des nouveaux mariés.

Chapitre 46

Firmin et la radio

Ovila

Firmin s'intéressait à tout ce qui était nouveau. Il y avait longtemps qu'il désirait acheter un appareil de radio pour le mettre à la disposition des clients dans le hall de son hôtel. Mais ce n'était pas tout d'avoir des appareils de radio, encore fallait-il pouvoir capter convenablement les émissions qui étaient diffusées. Plusieurs stations de radio avaient fait leur apparition à Québec depuis quelques années. Il y avait d'abord eu CFCJ et CHCD qui avaient fermé après un an ou deux, faute d'auditeurs. CKCI leur avait succédé et on pouvait désormais compter également sur CHRC et CKCV.

Si beaucoup de monde possédait un appareil, très peu de gens se montraient satisfaits de ce qu'ils pouvaient en tirer. La plupart du temps, les ondes étaient brouillées et le son parvenait par vagues fortes suivies de vagues faibles à peine audibles.

Au presbytère, monsieur le curé avait reçu un bel appareil RCA Victor en cadeau. Il ne pouvait pas s'en servir parce que les ondes ne passaient pas. Quand Firmin parla de s'en procurer un pour l'hôtel, je le lui mentionnai. Il ne perdit pas pour autant son idée. Il nous en parla à un de nos dîners. Comme toujours, il était fort bien informé.

— Je me suis rendu, nous apprit-il, chez Robitaille, à la côte du Passage à Lévis, et j'ai acheté un appareil radio De Forest Crosley portable à double bande d'ondes. J'aimerais que vous me disiez ce que vous en pensez.

Nous le suivîmes jusque dans le hall. Tout au fond, sur une console le long du mur, l'appareil tout neuf était posé. Il l'alluma. Des sons diffus en sortirent. Il eut beau syntoniser diverses fréquences, aucun son convenable ne nous parvenait, sinon des messages sur la bande de la police. Ovila commenta :

— L'appareil est magnifique et me semble d'excellente qualité mais, comme un peu partout ailleurs, l'antenne n'est pas assez puissante pour capter convenablement les ondes.

— Je crois savoir comment remédier à la situation, assura Firmin.

— Comment ?

— En disposant d'une meilleure antenne.

— La chose est possible ?

— Absolument. Plusieurs expériences ont été tentées en France. Elles ont donné d'excellents résultats. Un type a créé une antenne à l'aide d'un seul fil de six cents pieds de longueur suspendu à des arbres à environ dix pieds du sol et branché à l'appareil. Il paraît que le son était parfait.

— Un fil dans les arbres ! Ce n'est pas dangereux à cause du tonnerre ?

— Non, pas si ce fil avant d'arriver à la radio passe par une prise de terre.

— Aurais-tu l'intention de tenter l'expérience ici ?

— Bien entendu ! Mais avec une antenne formée de quatre fils que je vais disposer sur le toit de l'hôtel. L'expérience a été réalisée en France à six cents milles de Paris. Le type a posé ses fils sur une falaise et il a pu capter de la musique et des chants venant depuis la tour Eiffel. Je compte bien pouvoir en faire autant pour ce que diffusent nos postes de radio. La prochaine fois que nous dînerons ensemble nous le ferons au son de la musique.

Firmin a tenu sa promesse. Nous avons dîné en écoutant de jolis airs. Les journaux nous donnaient la programmation de concerts à CHRC, commandités par la maison J. Drolet, le distributeur des automobiles Chevrolet. Nous eûmes droit à du Beethoven, Brahms, Debussy, Chopin et Puccini. Le matin, à compter de huit heures, nous avions de la musique d'orgue depuis le théâtre du Capitole, à neuf heures c'étaient les mélodies matinales, à onze heures un programme pour la ménagère et à midi, la chanson française. En après-midi, à cinq heures sonnait l'heure du thé, à cinq heures trente le folklore, à sept heures, la musique et le chant français, à sept heures quinze, les légendes du Saint-Laurent, présentées par le sirop Mathieu, et à huit heures, l'orchestre et le chantre des cigarettes Buckingham. Ça se continuait comme ça tard en soirée alors que pour ma part j'étais couché.

Depuis que Firmin avait installé l'antenne à quatre fils, les clients de l'hôtel pouvaient entendre toutes ces émissions dans le hall. Je m'y rendais assez souvent, surtout pour écouter de la musique folklorique et des chansonnettes. Il y en avait aussi fréquemment à CKCV, mais Firmin n'aimait pas que nous changions de poste. Il avait adopté CHRC parce que le son entrait mieux. Maintenant qu'il était satisfait d'avoir la radio comme il le souhaitait, il désirait en connaître plus sur la télévision parce qu'il avait vu une annonce où il en était question. En Allemagne, un homme venait de créer un appareil qui dépassait tous les autres. Firmin était d'avis qu'un jour, et il espérait que ce serait bientôt, nous pourrions regarder la télévision dans nos salons. Ce n'était pas demain la veille, on en parlait depuis déjà quelques années et personne à Québec n'avait d'appareil. Ça se comprenait : les seuls diffuseurs se trouvaient aux États-Unis.

Comme Firmin était parvenu à rendre efficace notre radio, j'en parlai à monsieur le curé. Je lui expliquai comment il s'y était pris pour obtenir un si bon rendement. Monsieur le curé se montra très intéressé. Il me demanda si Firmin consentirait à installer une antenne à partir d'un ou des deux clochers de l'église. Firmin promit de tenter l'expérience. Il installa un fil qui s'étendait entre les deux clochers et dont un des bouts descendait jusqu'à terre pour ensuite être relié à l'appareil radio dans le presbytère. L'appareil radio de monsieur le curé se mit à émettre des sons très purs. Notre pasteur s'en montra enchanté. «Voilà une invention merveilleuse», affirma-t-il avec enthousiasme. Il était persuadé qu'un jour, grâce à la radio, nous pourrions réciter le chapelet en famille avec le cardinal Villeneuve.

Chapitre 47

Clémence fait parler d'elle

Hubert

Toujours accaparée par son travail, Clémence avait rarement l'occasion de se retrouver avec nous. Marjolaine, qui la secondait, nous tenait informés de ses luttes. Elle avait des amies influentes en ce domaine, Anaïs et Irma Levasseur n'étant pas les premières venues. Clémence se liait d'amitié avec toutes celles qui, comme elle, se préoccupaient de la place des femmes dans la société. Elle avait comme amie Thérèse Casgrain, la présidente de la Ligue des droits de la femme. Elle se battait à ses côtés pour l'obtention du droit de vote des femmes. Si nous voulions la faire parler, quand elle venait dîner avec nous, nous n'avions qu'à aborder ce sujet. Immanquablement, Firmin la mettait sur cette voie.

— Le vote des femmes, c'est pour quand?

— Bientôt.

— Il me semble qu'on en parlait il y a des années et que c'était aussi pour bientôt…

— Avec les hommes, on ne peut pas s'attendre à ce que ça aille vite.

— Qu'entends-tu par là : avec les hommes?

— On se demande parfois si vous raisonnez avec votre tête ou avec vos pieds.

— Eh bien, ma petite sœur est en forme à midi ! Ça ne me dit pas pour autant si vous faites du progrès dans votre bataille.

— Quand les femmes ont eu le droit de vote au fédéral, elles n'avaient pas les armes que nous possédons maintenant.

— Qu'avez-vous de plus ?

— La Ligue des droits de la femme. Elle n'est fondée que depuis quatre ans, mais elle fait bouger les choses. Le droit civil a été créé par des hommes… et ça paraît. Ils nous ont complètement oubliées là-dedans. Le droit civil actuel date pratiquement du début de la colonie, il me semble que ça serait le temps qu'il change. Les femmes en sont complètement exclues. Nous avons remis un mémoire à la Commission Dorion qui doit réviser le Code civil en rapport avec nos droits. Nous commençons à faire bouger les choses.

— Comment expliques-tu qu'il faille tant de temps avant d'aboutir ?

Clémence hésita avant de répondre. Ce n'était pas dans ses habitudes.

— Les hommes de robe sont contre nous.

— Qu'entends-tu par là ?

— Connais-tu l'opinion du clergé sur ce sujet ?

— Je t'avoue que non.

— Les évêques prétendent qu'accorder le droit de vote aux femmes irait contre l'unité et la hiérarchie de la famille.

— Pourquoi donc ?

— La femme peut décider de ne pas voter du même bord que son mari. Ils craignent que ça amène la chicane dans la famille. Ce n'est pas tout. Ils prétendent que ça va exposer les femmes aux passions et aux problèmes que suscitent les élections.

— Qu'est-ce qu'ils entendent par là ?

— Il y a des bagarres entre hommes lors des élections. Ils croient que la même chose va arriver avec les femmes. Pour justifier encore pourquoi ils sont contre le vote des femmes, ils disent que la grande majorité d'entre elles ne désirent pas voter et que les femmes n'ont pas besoin de ça pour obtenir les réformes sociales qu'elles revendiquent. Si le clergé ne s'en mêlait pas, ça ferait longtemps que nous aurions le droit de vote.

« Les hommes en général se considèrent comme supérieurs aux femmes. En réalité les femmes sont aussi brillantes que les hommes. Au fond, elles sont égales aux hommes. Ce n'est que leur rôle qui change dans la société. Quand les femmes vont obtenir le droit de voter au Québec, leur combat ne sera pas fini. Vous verrez, elles vont se battre – et avec raison – pour porter leur nom et non pas celui de leur mari. En se mariant, une femme perd son nom, vous vous rendez compte ? Je suis connue sous mon nom de Clémence Bédard. Si je me mariais, pourquoi serais-je obligée de changer de nom ?

— Ça va de soi ! s'exclama Firmin. Ce sont les hommes qui détiennent l'autorité dans la famille.

— Justement, reprit Clémence, ça ne devrait pas aller de soi. Le jour où, chez nous, les femmes seront considérées sur le même pied que les hommes, ce jour-là elles pourront garder leur nom de famille. Nous avons encore du chemin à faire pour que ça se produise.

Si Clémence nous étonna par ses interventions, nous savions à quel point elle s'impliquait dans tout ce qui lui tenait à cœur. Pour ma part, j'avais beaucoup d'admiration pour celle que j'appelais toujours affectueusement ma petite sœur. Et pourtant elle était plus vieille que moi ! Elle n'avait pas fini de nous étonner et elle nous surprit encore quand son nom parut dans les journaux. C'est Ovila qui nous en informa. Il prit même le temps de se rendre à l'hôtel prévenir Firmin. Il avait en main un exemplaire du *Soleil* paru le jour même.

— Je sais, commenta-t-il, que tu n'as guère le temps de lire les journaux, voilà pourquoi je t'ai apporté celui-ci. Clémence y fait parler d'elle aujourd'hui.

— À quel propos ?

— Elle a gagné sa bataille auprès des autorités de la Ville. Il y avait une dame de cent ans qui vivait dans un taudis. Clémence a obtenu que l'administration municipale lui fournisse un logement gratuit. Ta sœur, ajouta-t-il, est vraiment quelqu'un de bien.

Chapitre 48

Un drôle de moineau

Ovila

Par mon travail, j'avais l'occasion de rencontrer toutes sortes d'individus. Un des plus originaux dont il m'a été donné de faire la connaissance se nommait Émile Coderre. Il était pharmacien, et était constamment en contact avec les gens moins fortunés de la société. Il décida de se faire leur porte-parole afin d'éveiller l'opinion publique sur la situation des plus démunis. Il choisit comme pseudonyme Jean Narrache, ce qui en dit long à propos des monologues qu'il multipliait sur la condition des pauvres, des chômeurs et des opprimés. Il choisit de présenter le tout de façon humoristique.

Il se mettait dans la peau d'un miséreux qui se plaint à tout venant de sa condition, ce qui lui permettait de critiquer largement la société, les politiciens et les patrons, en somme les riches. Il le faisait en empruntant le langage des petites gens et des laissés-pour-compte. Il était nationaliste, francophile et préoccupé par tout ce qui concernait les Canadiens français. Son personnage disait qu'il avait été à l'école seulement une journée et que ça s'adonnait que c'était congé.

Je fis sa connaissance par hasard. Nous croisions tellement de monde dans l'escalier menant à la salle de rédaction
du journal que je ne l'aurais jamais remarqué si, en passant,
il n'avait pas laissé choir un livre qui vint atterrir à mes
pieds. Je le lui remis aussitôt. J'eus le temps de lire son nom
sur la couverture.

— Ainsi donc, lui dis-je, vous êtes Jean Narrache?

— Comment le savez-vous?

— Votre nom sur ce recueil. J'aime vos monologues. Ils
sont criants de vérité.

— Je vous remercie. La vérité, il faut la faire jaillir. Mes
monologues n'ont pas d'autre but.

— Celui sur la Saint-Jean-Baptiste m'a plu particulièrement.

Il sourit et demanda:

— Vous faire dire pareille vérité ne vous offusque pas?

— On n'a pas à se choquer de ce qui est vrai.

— Alors vous êtes d'accord quand je dis qu'on est un
peuple de mitaines et qu'on se laisse mener par le bout du
nez?

J'avouai que je trouvais ces paroles dures.

— Je serais malhonnête, par contre, si je tentais de les
démentir. Vous avez tout à fait raison. Comme peuple, nous
sommes du genre à ne pas nous défendre. D'après moi, il
faut mettre ça sur le dos de l'indifférence.

— Je dirais plutôt, reprit monsieur Coderre, sur notre
manque de fierté. On nous a trop enseigné que lorsqu'on
nous gifle, il faut présenter l'autre joue.

Il ajouta sans sourciller:

— Dire qu'on achète nos drapeaux chez Eaton, à
Toronto!

Il me salua et s'excusa:

— Je dois poursuivre mon chemin. J'en ai encore long à dire sur ceux qui nous dirigent, sur ce que nous sommes et sur ce que nous deviendrons si nous continuons à dormir debout.

Cette rencontre me marqua. Je me souvenais de la fierté exprimée par mon beau-père d'être Canadien français. Je me rendais compte qu'en général nous n'avions plus cette intrépidité dont avaient si bien fait preuve nos aïeux. Nous n'aimions pas être dérangés dans notre petit confort. Je me disais que, malheureusement, ce monsieur prêchait dans le désert. Tant que nous n'aurions pas à lutter pour ce que nous avions, rien ne se passerait. Nous étions au fond un peuple gâté. Nous nous contentions de ce que nous avions sans nous efforcer de mériter mieux. Plusieurs s'en étaient avisés et nous exploitaient sans vergogne. Jean Narrache l'avait remarqué et il ne se gênait pas pour le dire.

J'eus l'occasion de le revoir plusieurs mois plus tard. Il avait une bonne mémoire, car il me reconnut. Il tenait en main un de ses monologues. Il me le donna :

— Vous qui aimez ce que j'écris, vous saurez l'apprécier. Vous allez trouver ses semblables dans le recueil que je prépare.

— Qui s'intitulera ?

— *Quand j'parl' tout seul* !

Le monologue ou le poème qu'il m'avait donné s'intitulait *Blâmons pas les professeurs* et il se terminait par cette strophe :

> *Quand un' bonn' poul' couv' des œufs d'dinde*
> *– mêm' la meilleur' d'votr' poulailler –,*
> *faut pas la blâmer ni vous plaindre*
> *qu'ça soit des dind's que vous ayez !*

Chapitre 49

Monsieur le curé
nous quitte

Hubert

Tout ce qui vit finit par disparaître, même les êtres qui devraient continuer à vivre tant leur présence nous est indispensable. La mort de notre bon curé de Saint-Roch fut l'occasion de montrer comment nous savons faire les choses en grand quand un être important nous quitte. Monsieur Lagueux était de ceux qui, sans tambour ni trompette, faisaient leur chemin en se préoccupant toujours du bien-être des autres. Durant la crise, il eut toujours le souci de chacun de ses paroissiens. Il passait d'une maison à l'autre s'enquérir des besoins de chacun. Je le vis souvent assis la tête entre les mains, se demandant ce qu'il pourrait bien faire pour l'un ou l'autre des pauvres de la paroisse.

Je me suis laissé raconter l'anecdote suivante qui souligne à quel point il était attentif aux autres, et à plus forte raison à ses supérieurs. Le cardinal Rouleau, un jour, alla célébrer la messe chez les Servantes du Saint-Sacrement, rue Fleurie. Les religieuses étaient tout émues de le recevoir dans leur humble demeure. Après la messe, elles l'invitèrent à déjeuner avec elles dans leur petit réfectoire. Quelle ne fut pas la surprise de l'archevêque de découvrir sur la table un de ses desserts préférés : de la compote de citrouille. Il se montra tout étonné de voir qu'elles connaissaient sa faiblesse. Les religieuses lui apprirent que c'était le curé Lagueux qui leur avait révélé ce secret.

Monsieur le curé était un homme effacé qui travaillait dans l'ombre. Aussi on ne s'étonna pas, lorsqu'il mourut, que les éloges pleuvent comme des pétales de rose sur ce qu'il a réalisé. Ordinairement, quand quelqu'un meurt on oublie ses impatiences, ses mauvais coups, son caractère impossible pour ne souligner que les beaux côtés de sa personnalité. Dans le cas de notre bon curé, on lui cher- cherait vainement des défauts. Il était d'une grande douceur et savait expliquer comme pas un les Évangiles. Il faisait des comparaisons toutes simples pour nous faire comprendre par exemple ce que voulait dire une parabole.

Les gens aimaient se confesser à lui parce qu'il les rece- vait avec douceur et savait leur donner les conseils appro- priés. Monsieur le curé avait un don particulier pour mener les choses à bien. En plein temps de guerre, il a fait déplacer le presbytère et l'église Saint-Roch de telle façon qu'on a pu sur le même emplacement ériger un temple presque deux fois plus grand que le précédent. L'église Saint-Roch n'est-elle pas devenue le plus grand sanctuaire de la ville ? Tout cela, le curé Lagueux l'a accompli sans déranger qui que ce soit avec la seule aide de ses paroissiens, fiers de ce que leur pasteur réalisait.

Il fut toujours d'un secours particulier pour les orphelins. Il s'occupait de très près de l'hospice Saint-Antoine qu'il fit agrandir. C'est encore lui qui en 1920 a fait venir à Saint- Roch les Servantes du Saint-Sacrement. Son presbytère était grand. Il l'ouvrit aux prêtres chargés par l'évêque des œuvres d'action catholique. Parmi celles qu'on trouvait dans Saint-Roch, il y avait notamment : l'Union ouvrière catholique, la Jeunesse catholique, la Protection des jeunes filles, la Protection de l'enfance par la création des terrains de jeux et des colonies de vacances, les Sociétés nationales, la Congrégation des hommes de Saint-Roch, etc.

Sa dépouille fut exposée au presbytère de la paroisse. Des milliers de personnes défilèrent devant son cercueil. Monseigneur Plante présida aux obsèques. Rien de plus impressionnant que de voir défiler les enfants de chœur, une bonne centaine de prêtres et de religieux du diocèse, dont les curés de toutes les paroisses de Québec et des environs, les dignitaires de l'Église, le cardinal Villeneuve et plusieurs évêques pour la translation des restes du presbytère à l'église. Ils étaient suivis des parents du défunt, des marguilliers, des représentants de l'autorité civile, des notables et des paroissiens qui fermaient la marche.

J'ai sous les yeux les articles des journaux relatant les funérailles de notre curé bien-aimé. Il a été inhumé dans la crypte de l'église Saint-Roch, sous le sanctuaire, du côté de l'Évangile, près de ses prédécesseurs. Ce fut la plus impressionnante cérémonie à laquelle j'ai assisté au cours de ma vie. En lisant le compte rendu des funérailles dans le journal, je me suis posé une question : comment le ou les journalistes qui couvrent ces cérémonies font-ils pour pouvoir mentionner les noms de tous les gens présents ? Il y a des colonnes et des colonnes de noms. Je me dis qu'Ovila saurait sûrement m'expliquer de quelle façon ils s'y prenaient. Ovila me dit simplement qu'ils rapportaient les noms de ceux qui s'étaient inscrits dans les registres disposés à cet effet. J'aurais dû y penser...

Chapitre 50

Clémence et le secours aux femmes

Ovila

Marjolaine, qui côtoie tous les jours les pauvres de la ville, se désole de voir à quel point la situation s'est dégradée depuis le krach boursier. Clémence et elle ne cessent de chercher des moyens de soulager les plus démunis. Pendant que Clémence soigne les enfants miséreux et leur famille, Marjolaine fait le tour des maisons des gens à l'aise pour quêter du linge, des chaussures et des bottes. Elles ont transformé une des pièces du dispensaire en rangement. Marjolaine se charge de distribuer parcimonieusement ces vêtements aux gens qui en ont vraiment le plus besoin. À notre dernier dîner du dimanche, elle se désolait en particulier de la situation des femmes dont le mari est en chômage. Je lui ai demandé si elle avait un plan quelconque pour leur venir en aide. Elle a spontanément répondu :

— Il faudrait créer un comité de secours des femmes de Québec.

— Pour leur permettre de survivre ?

— Oui, mais en se trouvant un emploi. Comme c'est là, les femmes se débrouillent seules pour obtenir un poste de

fille de bureau, de magasin, de manufacture, de sténo-
graphe, de clavigraphe ou d'ouvrière. C'est bien connu,
certaines en obtiennent un si elles consentent à coucher
avec le patron. Si une femme a le malheur d'avoir un mari
qui a voté pour les Rouges aux dernières élections, elle n'a
aucune chance de se trouver un emploi, parce que les Bleus
sont au pouvoir. Vous savez comment ça marche. Présentement, ça va de soi, seulement les femmes d'allégeance
conservatrice sont embauchées. Toutes les femmes de peine
qui ont obtenu du travail dans les bureaux du gouvernement récemment sont conservatrices. Elles gagnent trente
cents de l'heure, ce qui donne une piastre et demie par jour.
Les hommes peuvent au moins compter sur leur curé pour
obtenir des lettres de recommandation. Bien entendu, les
curés recommandent leurs paroissiens les plus pratiquants.

Je lui ai demandé de me parler de son idée d'un comité
de secours des femmes de Québec afin que je puisse en
glisser un mot dans le journal.

— Le problème auquel les femmes font face, c'est qu'elles
ne savent pas où s'adresser, d'abord pour apprendre où il y a
du travail de disponible pour elles, et ensuite pour faire une
demande en ce sens. Il faut former un comité qui aura pour
tâche de relever les emplois disponibles et d'en informer les
femmes. Les hommes savent où se rendre pour apprendre
s'il y a ou non du travail en vue. Les femmes doivent pouvoir
en faire autant.

— Il me semble qu'avec tout ton travail de médecin, tu
en fais suffisamment. Comment penses-tu pouvoir aider à
la création d'un tel comité ?

— Nous sommes déjà plusieurs femmes intéressées à
en faire partie. J'ai rencontré madame Thaïs Lacoste-
Frémont qui dirige présentement le patronage au nom des

conservateurs. Elle est prête à participer à la création du comité.

— Qu'est-ce qui t'a incitée à t'engager là-dedans, toi qui as tellement de travail ?

— Une femme est venue à la clinique. Marjolaine t'en a peut-être parlé. Il y avait quelques mois qu'elle n'envoyait pas ses enfants à l'école parce qu'ils n'avaient rien à se mettre dans les pieds, pas de souliers, pas de bottes, rien. Je me suis dit : ça n'a pas de bon sens, il faut faire quelque chose.

— Comptez-vous mettre ce comité sur pied bientôt ?

— D'ici un mois ou deux il devrait être en fonction. Il y a des femmes que la crise économique ne dérange pas. Elles peuvent aller manger au Château Frontenac, s'acheter du linge dans les plus grands magasins. Il y a des pauvres à Québec, mais il y a aussi des riches. Nous avons commencé à contacter ces dames et certaines, en bonnes catholiques, sont prêtes à s'impliquer. Ce sont elles qui vont être chargées de dénombrer les emplois disponibles. En temps et lieu, nous indiquerons aux femmes à la recherche d'emploi où elles peuvent se rendre pour faire leur demande selon leurs qualifications.

Fort de ces renseignements, je fis paraître dans le journal un article dans lequel je faisais part du projet en marche. Clémence et Marjolaine s'y impliquèrent si bien que durant plusieurs mois, c'est à peine si je voyais ma femme. Elle rentrait tard de son bénévolat et repartait tôt le matin. Clémence et elle étaient très fières de ce qu'elles accomplissaient. Le comité fut créé. Il fut actif pendant plusieurs mois, parvenant à procurer du travail à au moins six cents femmes de Québec. Puis, au grand déplaisir de Clémence et de Marjolaine, pour une raison que j'ignore, le comité fut dissous.

Chapitre 51

La santé par les plantes

Hubert

Plus on vieillit, plus il nous sort des bobos partout. Il vient un temps où on a l'impression d'avoir mal à tous les os. Nous cherchons des remèdes pour nous soulager et nous débarrasser de toutes ces douleurs. Fort heureusement, il y a des gens qui prennent la santé à cœur. Plus ça va, plus ils trouvent de nouvelles façons de nous guérir de maux qu'on n'aurait jamais cru pouvoir vaincre. Quand on y pense bien, nous sommes exposés à une multitude de maladies. J'en ai réellement pris connaissance l'autre jour quand j'ai mis la main sur un volume écrit par l'abbé Émile Warré et intitulé *La santé par les plantes*.

Au lieu de nous bourrer de pilules produites artificiellement comme les Aspirine, les Antalgine, les Dodd's pour le mal de dos, ou encore de poudres et de sirops comme Raz-Mah contre l'asthme, Vicks Vaporub pour tout refroidissement, les sirops Lambert ou Cartier, ennemis du rhume, quand ce ne sont pas des onguents supposés guérir de tous les maux comme le liniment sauvage, l'abbé nous propose des remèdes venant des plantes. Je trouve qu'il a raison. Ne vaut-il pas cent fois mieux utiliser les remèdes de nos grands-mères, la plupart à base d'herbes et de plantes ? Ils ont fait leurs preuves.

On connaît tous les tisanes de sureau contre le rhume et celles d'herbe à dinde contre la fièvre. Il y a les ponces de miel et de gingembre pour guérir le mal de gorge, l'huile de castor contre la constipation, les mouches de moutarde sur l'estomac contre la grippe. Nos grands-mères se servaient de la nature pour soigner à peu près tous les maux. La mienne utilisait même le pain de savon jaune pour désinfecter les plaies : il paraît qu'il n'y a rien de mieux que la soude caustique pour cela.

Voilà donc qu'un prêtre français a pris le temps de regrouper tous ces remèdes dans un livre, pas moins de deux cent vingt-cinq pouvant guérir n'importe quelle maladie. Le livre les regroupe en seize catégories. Il y a de quoi, si nous en avons encore, à nous faire dresser les cheveux sur la tête. En parcourant ce volume, j'ai presque pris peur tellement il y a de possibilités de tomber malade.

Quand j'en ai parlé aux autres, ils ont ri de moi. Clémence s'en est mêlée. Elle connaît tout de même un peu ça, les maladies… Elle est du même avis que moi au sujet de bien des remèdes artificiels. Elle soutient :

— Ils ne guérissent pas, ils soulagent dans l'immédiat. Le mal, quant à lui, demeure la plupart du temps. Il y a des pilules, des onguents et autres liniments qui donnent l'illusion de guérir. Prenez les sirops contre le rhume. Leur seul mérite est de nous faire patienter une semaine jusqu'à ce que le rhume soit passé.

Je lui ai parlé du livre *La santé par les plantes*.

— Qu'en penses-tu ? Il suggère des remèdes contre toutes les maladies.

— Contre toutes les petites maladies ou les maux les plus communs. Il ne faut pas croire que si ton cœur est malade, le remède conseillé va te guérir. Il pourra peut-être te soulager un peu. Il ne fera pas de miracle, pas plus qu'il n'y a de possibilités qu'un bras ou une jambe coupés repoussent! Rien ne vaut la prévention. Le proverbe le dit bien : mieux vaut prévenir que guérir! Je présume, ajouta-t-elle, qu'il suggère des tisanes contre l'embonpoint ou contre la calvitie?

— En effet!

— Il n'y a là rien de nouveau. Il ne se passe pas un mois sans que nous entendions parler d'un remède miracle pour faire repousser les cheveux ou pour faire maigrir. Avant tout, il faut regarder à quel prix il se vend. Son promoteur, peu importe la qualité des remèdes en question, ne vise qu'une chose : faire de l'argent.

Je suis allé chercher mon cahier. Les seize remèdes recommandés par l'abbé Warré, contre les rhumatismes, les insomnies, l'anémie, l'asthme, la congestion, la coqueluche, l'albuminerie, l'embonpoint, les vers, les maladies de l'estomac, des bronches, du foie, des reins, de la vessie, des poumons, du cœur et de la peau, se vendaient tous un dollar et vingt-cinq la boîte.

— Voilà, tu as ta réponse! On ne me fera jamais croire que tous ces médicaments à base de plantes ont la même efficacité et valent le même prix. Nous nous laissons bien trop souvent abuser par ce qu'on nous annonce. Cet abbé Warré, d'où sort-il? As-tu cherché qui il est? À mon avis, on l'a inventé pour la bonne cause. La parole d'un abbé risque fort d'être plus écoutée que celle d'un simple laïc, ne penses-tu pas?

Ovila est intervenu :

— Je ne dis pas, Hubert, qu'il n'y a rien de bon dans ce livre, sois-en certain. Toutefois, je dois admettre que Clémence a raison. Il y a tant d'escrocs autour de nous... D'autant plus, si je ne me trompe pas, qu'on peut se procurer cet ouvrage gratuitement. C'est le prétexte pour vendre des produits dont nous risquons de ne plus entendre parler dans moins de six mois. J'en sais quelque chose, car notre journal est inondé d'annonces de ce genre. Si mes patrons acceptent de les publier, c'est tout simplement parce qu'elles rapportent gros au journal.

Une fois de plus, je me suis rendu compte de ma naïveté. Il s'agit qu'une annonce paraisse dans le journal pour que je m'y intéresse, ou encore qu'un grand nombre de personnes se mettent à soutenir une cause pour qu'immédiatement j'y adhère. Je songeais à cela lorsque Firmin est intervenu :

— Nous avons là un bel exemple de notre crédulité. Dans le même ordre d'idée, avez-vous remarqué ce qui se passe présentement chez nous ?

— À propos de quoi ?

— Au sujet du jeune Gérard Raymond qui est mort récemment au Séminaire de Québec. Ils sont des dizaines à vouloir le faire béatifier. Il est mort à dix-neuf ans. C'est triste. Est-ce que ça en fait un saint pour autant ? Le cardinal Villeneuve a été obligé d'intervenir. Il a prévenu tout le monde qu'il n'est pas question d'organiser des séances de prières pour Gérard Raymond dans les églises.

— Les gens disent que c'est un saint. Il a laissé un journal spirituel, fis-je.

— Quand nous étions au Séminaire, nous avons pratiquement tous écrit un journal du genre...

— Y as-tu pensé! lança Marjolaine, d'un air taquin. Saint Firmin Bédard!

Sa réflexion nous a fait éclater de rire. Firmin le premier l'a trouvée bien bonne. Il a tout de même ajouté :

— Ne trouvez-vous pas que nous, les Canadien français, sommes portés bien trop rapidement à nous trouver des héros ou des saints ?

J'ai volontiers admis qu'il avait raison.

Chapitre 52

Un visiteur inattendu

Ovila

Nous avions rarement de la visite. Les vieux oncles et les vieilles tantes avaient quitté ce monde. L'hôtel de Firmin n'était pas comme la maison familiale du temps de mes beaux-parents. Quant à moi, mes parents étant morts depuis longtemps, je n'avais qu'un frère dont la principale occupation consistait à parcourir le monde en travaillant ici et là pour gagner sa croûte. Voilà tout ce que je savais à son sujet. J'étais sans nouvelles de lui depuis des années, quand un beau jour, au *Soleil*, on vint me prévenir qu'un homme demandait à me voir. Je descendis à sa rencontre dans le hall d'entrée et j'aperçus mon visiteur qui, avec sa barbe fournie, ses longs cheveux gris et ses vêtements usés à la corde, me fit penser à un vagabond. Il s'exclama :

— Tu n'as pas changé !

C'est par sa voix que je reconnus mon frère.

— Sigismond ? Que fais-tu ici ? Je te croyais à l'autre bout du monde !

Il rit, découvrant quelques dents gâtées qui me le firent paraître encore plus vieux qu'il ne l'était en réalité. Nous n'avions qu'un an de différence. Je me rendais compte à quel point il était devenu pour moi un pur étranger. Il portait un sac sur le dos, contenant sans doute tout ce qu'il possédait, et mon nez me disait qu'il ne s'était pas lavé depuis longtemps. Je n'eus pas à lui demander ce qu'il comptait faire, car il me pria :

— Pourrai-je compter sur ton hospitalité pour quelques jours ?

Comment lui dire non ?

— Si tu as la patience de m'attendre, je suis à toi dans tout au plus une demi-heure. Je termine un article que je dois remettre sans faute pour le journal de demain et je te reviens. Assieds-toi ici.

Il se laissa choir dans un des fauteuils du hall, et j'allai lui chercher un exemplaire du journal de la veille. Je lui conseillai :

— Lis ça en attendant. Ça te mettra au fait des plus récentes nouvelles concernant notre ville et notre province.

Sur une table le long du mur il y avait un appareil radio. Je l'ouvris et syntonisai le poste CHRC. Un nouvel annonceur, Félix Leclerc, racontait avec beaucoup d'aisance un fait vécu dans les chantiers de la Mauricie. Je laissai là Sigismond et regagnai mon bureau en vitesse. Fort heureusement, personne ne fit allusion à mon visiteur. J'aurais eu honte d'avouer qu'il s'agissait de mon frère.

Une demi-heure plus tard, je le retrouvai dans le hall avec, en tête, une idée bien arrêtée : le mener chez Tip Top lui acheter des vêtements neufs. Il ne se fit pas prier et je pus de la sorte renouveler sa garde-robe.

Marjolaine l'accueillit comme elle savait si bien le faire. Il soupa avec nous d'un si bon appétit que j'en déduisis que son dernier repas complet remontait à un certain temps. Il se révéla un fin conteur et il semblait intarissable. Marjolaine dut insister pour qu'il prenne un bon bain. Il en avait grandement besoin. Quand, enfin, il fut installé dans la chambre d'amis, Marjolaine, toujours soucieuse du bien-être des autres, me suggéra :

— Il a tant de choses à raconter et ça s'avère si intéressant que tu devrais négocier un contrat pour lui auprès de tes patrons. Tu n'aurais qu'à prendre note de ce qu'il te dicterait et l'écrire dans le journal.

Je souscrivis volontiers à l'idée de Marjolaine et mes patrons acceptèrent de lui verser vingt-cinq dollars pour chaque récit. Le premier qui parut dans le journal se lisait comme suit :

Connaissez-vous Marrakech, la Ville rouge ? Elle est située au Maroc. Ses habitants ont pour religion l'islam. Vous n'y verrez aucune femme non voilée des pieds à la tête. J'y étais un jour quand je fus abordé par un barbu résolu à me convertir à sa religion. Je suis un homme patient, je ne le repoussai pas. Si je l'avais fait, je ne serais sans doute pas là pour vous en parler. Il m'emmena à une mosquée d'une très grande beauté avec ses dorures, ses enluminures et son ayatollah.

J'assistai là à un curieux spectacle puisque ces croyants prient à leur façon Allah qu'ils considèrent comme le seul et vrai Dieu. Ils déroulent devant eux un petit tapis, s'y agenouillent d'abord, puis y posent le front en répétant des prières dont je ne saisis pas un mot. Je n'en croyais pas mes yeux. J'avais devant moi des dizaines d'hommes le derrière en l'air se penchant le front jusqu'à terre, puis se relevant à moitié pour se replier de plus belle vers le sol comme des poupées mécaniques. Je me dis : Allah est grand pour qu'ils s'y soumettent avec autant de facilité. Après la récitation des prières, un autre barbu qu'on appelle un ayatollah parla pendant de longues minutes sans que je ne saisisse trop ce qu'il voulait dire. Puis, les prières finies, mon guide m'emmena avec quelques autres de ses amis dans un endroit où les gens fument le narguilé. Il m'expliqua qu'il voulait par là me faire connaître une de leurs coutumes. Il me mena ensuite à un marché coloré et bruyant où nous tournâmes pendant plus d'une heure avec une foule bigarrée et animée parmi les cris des vendeurs et le son de tambourins. J'y vis à peu près tout ce qui peut se vendre sur terre, du dé à coudre aux immenses tapis d'Orient en passant par tout ce qui existe de petits et grands plats, aiguilles et boutons, laine et tissus, tabac et drogues, bagues et bijoux à ne plus finir. Partout, des artisans de tous les métiers, potiers, maroquiniers, cordonniers, dinandiers, bijoutiers, offraient les plus beaux objets de leur fabrication.

Ce qui me frappa le plus, ce furent les senteurs diverses qui me firent tourner la tête. Il y avait celles des épices de tout genre, mêlées à des parfums délicats et des fragances subtiles, tout cela baignant dans les couleurs les plus vives et les plus variées que j'aie vues de ma vie. Quand je sortis de là, la tête me tournait tellement que, pour me détendre, mon guide me conduisit dans un hammam afin d'y prendre un bain de vapeur. Au sortir du hammam, il me quitta, me souhaitant le plus beau des séjours dans son pays. Quelques minutes plus tard, je me rendis compte que je n'avais plus un sou dans mon porte-monnaie.

Plusieurs récits de mon frère parurent dans *Le Soleil*, nous menant à travers l'Orient jusqu'aux Indes et nous en ramenant en passant par l'Europe jusqu'aux Açores avant de remonter tout le long des côtes de l'Amérique du Sud jusqu'aux États-Unis, puis chez nous. Avec les sous que ces récits lui rapportèrent, il repartit pour une autre tournée à travers le monde. Je doute vraiment de le revoir un jour.

Chapitre 53

La demande de Firmin

Hubert

Il y avait des années que Firmin vivait seul. Autant il avait réussi sa vie professionnelle, autant il l'avait manquée sur le plan familial. Comme il avait de l'argent et que tout s'achète, il entreprit des démarches auprès des autorités religieuses pour obtenir l'annulation de son mariage. Question primordiale, on lui demanda :

— Avez-vous eu des enfants avec votre épouse ?

— Oui, trois.

— Ainsi vous avez consommé le mariage avec elle. On ne sépare pas ce que Dieu a uni.

— Pourtant j'en connais qui ont obtenu l'annulation de leur mariage.

— Sans doute, mais ils n'avaient pas eu d'enfants.

— Quelle différence ? Ils avaient sûrement tenté d'en avoir ?

— C'est ainsi et ça restera ainsi.

Firmin n'était pas homme à demeurer célibataire toute sa vie et à se contenter de plaisirs solitaires. Nous savions que comme beaucoup d'hommes mariés de Québec, il avait eu des maîtresses. Certaines des chambres de l'hôtel n'étaient-elles pas réservées aux ébats de ceux qui ne pouvaient se contenter d'une seule femme? Mais ce sujet était tabou et nous n'aurions jamais osé en parler. Aussi, nous fûmes les plus étonnés du monde quand, à un de nos dîners, Firmin nous déclara à brûle-pourpoint:

— J'ai une femme dans ma vie!

Nous nous en doutions, mais nous n'osâmes rien dire jusqu'à ce qu'Ovila déclare:

— Une autre que Chantale? À propos, as-tu reçu de ses nouvelles?

— Chantale n'existe plus pour moi depuis belle lurette. Elle est peut-être morte et je ne le sais pas. Vous savez comme moi qu'après plusieurs années il y a prescription. Je considère que puisque Chantale ne nous a pas donné de ses nouvelles, ni à moi ni à nos enfants, depuis qu'elle nous a quittés, il y a prescription. Voilà pourquoi j'ai laissé entrer quelqu'un d'autre dans ma vie. Il n'est pas permis ici, comme dans bien d'autre pays, de divorcer. Sinon, je l'aurais fait depuis longtemps. Celle que j'aime, je la considère désormais comme faisant partie de ma famille, même si je ne peux pas l'épouser. Je vous demande l'autorisation de vous la présenter officiellement et j'apprécierais que vous l'accueilliez comme il se doit, si vous avez un peu d'affection pour moi.

Gertrude lança spontanément:

— Qu'est-ce que les gens vont penser?

— Nous ne sommes pas obligés d'en informer toute la ville! S'il fallait s'arrêter à tout ce que les gens pensent et disent, nous cesserions de respirer. Des mauvaises langues, il y en a toujours eu et ce n'est pas demain la veille que ça va cesser.

Toujours aussi conciliante, Marjolaine ajouta:

— Je suis certaine que si tu l'as choisie, il s'agit d'une bonne personne. Après tout, tu es chez toi ici. Je comprends que tu veuilles l'avoir auprès de toi à l'occasion de nos dîners. Laisse-nous le temps de nous faire à cette idée et amène-là la prochaine fois.

L'intervention de Marjolaine fit son effet. Firmin se détendit pendant que Gertrude et tous les autres laissaient entendre que Marjolaine avait raison. Je dis à Firmin :

— J'apprécierais que tu nous racontes un peu qui elle est et comment tu l'as connue.

— D'abord, sachez qu'elle s'appelle Jacinthe Morin et qu'elle est veuve. Je l'ai connue il y a quelque temps lors d'une rencontre des hommes d'affaires de la ville au Château Frontenac. Son mari était propriétaire d'une boutique d'antiquités à la Haute-Ville. Elle avait gardé ce commerce depuis la mort de son mari il y a trois ans. Elle désirait s'en départir, et c'est pourquoi elle était venue au Château à cette réunion des hommes d'affaires. Elle voulait tâter le terrain et voir si quelqu'un serait intéressé à acheter sa boutique. Elle était un peu mal à l'aise, étant la seule femme parmi tous ces hommes. Je l'ai invitée à la table que j'occupais avec six autres. Nous avons fait connaissance. C'est une femme exceptionnelle, très belle, cultivée et pas snob du tout. Je pense, Clémence, que tu vas l'aimer. Elle a à cœur l'avenir des femmes.

— Elle sait que tu es marié ?

— Je le lui ai dit. Elle n'a pas fait d'histoires avec ça. Quand je lui ai expliqué, elle a compris la situation.

— Est-ce qu'elle a des enfants ?

— Quatre filles qui ont toutes un mari dans les affaires. Il n'y en a qu'une qui reste encore à Québec. Les trois autres sont à Montréal.

— Elle ne craint pas que ses enfants se tournent contre elle?

— Elle est veuve depuis trois ans. Pourquoi n'aurait-elle pas le droit de refaire sa vie? Je lui ai posé la question. Elle m'a répondu: "Mes filles ont l'esprit ouvert. Elles ne me jugeront pas sur ma condition. Tout ce qu'elles souhaitent pour moi c'est que je sois heureuse." Quand je lui ai dit qui j'étais, elle a souri et m'a raconté qu'elle était venue un soir voir une pièce, jouée à mon théâtre par une troupe française. Elle m'a précisé qu'elle et son mari avaient beaucoup aimé ce spectacle. Elle m'a demandé s'il y avait toujours des pièces à mon théâtre. Je l'ai invitée à venir assister à la prochaine en l'assurant qu'elle aurait une place dans les loges. Elle est venue et j'ai passé la soirée en sa compagnie. Voilà comment tout a commencé pour de bon.

Nous avions tous très hâte de faire la connaissance de cette femme. Clémence laissa même entendre qu'elle croyait la connaître.

— Si c'est celle à qui je pense, fit-elle, je peux te dire, Firmin, que tu as bien choisi.

— Par chance que Rosario n'est pas là, commenta Ovila.

— Ouf! s'exclama Gertrude, s'il était ici…

Tout le monde sourit. Ce fut comme un signal de départ: nous nous levâmes de table et chacun repartit plonger dans son monde et ses activités.

Chapitre 54

Mon patron congédié

Ovila

J'ai toujours apprécié mon travail : il me permet de m'intéresser à toutes sortes de sujets touchant un peu tous les domaines. *Le Soleil*, mon journal, était fort bien dirigé. On pouvait dire du patron des journalistes, Jean-Charles Harvey, qu'il était un des personnages les plus brillants de notre société. J'ai toujours eu beaucoup d'admiration pour lui. Non seulement était-il un journaliste flamboyant, mais il jouissait également d'une excellente plume de romancier. Les Français reconnurent d'ailleurs sa valeur en lui remettant la médaille d'officier de l'Académie française. Il avait aussi mis la main sur le prix David grâce à son recueil de contes intitulé *L'homme qui va*.

Je ne craignais pas de m'adresser à lui quand j'avais le moindre doute à propos d'un article que je désirais publier. Il était toujours de bon conseil. Voilà pourquoi je m'expliquais mal qu'il ait osé publier un roman intitulé *Les Demi-civilisés*, dans lequel il s'attaquait au clergé et aux riches de la Haute-Ville de Québec. Il est vrai qu'il avait son franc parler et n'avait pas froid aux yeux. Il disait leurs quatre vérités aux bourgeois et au clergé, ce qui lui valut une levée de boucliers.

Je lus avec intérêt son roman. J'aimais son audace. Il écrivait par exemple au sujet de son personnage principal : « Herman se demandait quel serait le Christ du vingtième siècle avec des temples magnifiques bâtis par l'argent des gueux sous la peur de l'enfer. » Je ne pouvais que lui donner raison en songeant à toutes les églises qui, en quelques années, s'étaient construites dans la seule ville de Québec. Le bon Dieu était beaucoup mieux logé que la grande majorité des gens de Saint-Roch, de Saint-Sauveur et de Limoilou.

Il osait écrire que les paysans valaient cent fois mieux que les bourgeois. « Il me semble que notre paysannerie est la plus civilisée qui soit au monde. Elle est la base sur laquelle bous bâtissons sans cesse. Ce n'est pas chez elle qu'on trouve la plaie des demi-civilisés : c'est dans notre élite même. » Il tombait ensuite sur la tête des bourgeois. « Notre petite bourgeoisie est toute formée de déracinés. Il suffit de remonter à une ou deux générations pour y rencontrer le paysan. Tout le fond de la race est là. »

Je n'en revenais pas qu'il ait osé s'en prendre ainsi aux plus hautes instances de notre société. Les gens, en général, ont peur de la vérité. S'ils se sentent attaqués et qu'ils sont en position d'autorité, ils se servent de ce pouvoir pour faire taire leurs dénigreurs. Voilà exactement ce que fit le cardinal Villeneuve. Il n'y avait pas un mois que Harvey avait publié son roman que, se sachant bien au pouvoir et en s'appuyant sur le droit canonique, le cardinal défendit aux Canadiens français, sous peine de faute grave, de publier, lire, garder, vendre, traduire ou communiquer aux autres ce livre. Voilà ce qui s'appelait user de son autorité pour couper l'herbe sous le pied à quelqu'un qui ne craignait pas de dépeindre la société telle qu'elle était – et est toujours, d'ailleurs.

Je trouvais que mon patron, au fond, avait eu raison de secouer la cage où nous étions prisonniers. Il savait parfaitement ce qui l'attendait en le faisant et il le mentionnait même dans son roman. Quand on sait qu'il avait six enfants à faire vivre, il fut facile, en le menaçant de lui faire perdre son emploi, de le forcer à se rétracter, ce qu'il fit en ces termes : « Après la déclaration de Son Éminence le cardinal Villeneuve, publiée hier, je consens à retirer du marché mon dernier roman *Les Demi-civilisés*, et je prie les libraires et les éditeurs de bien vouloir en tenir compte. »

Il n'en perdit pas moins son emploi au *Soleil*, ce qui démontrait bien que nous étions dirigés par des gens à quatre pattes devant l'autorité religieuse. Pourtant, il ne faisait que dépeindre la situation réelle dans laquelle nous vivions et il avait raison de souhaiter sinon d'exiger que nous puissions penser par nous-mêmes et librement. Sa condamnation ne changeait rien pour autant au fond des choses. Elle ne faisait que souligner davantage le vrai problème de notre société dominée par le clergé. Il suffisait qu'un ou l'autre évêque condamne pour que tous se plient à cette décision.

Tout cela m'amena à réfléchir sérieusement sur ce que nous étions vraiment. Je songeai en particulier à la description que faisait de nous Jean Narrache. Il avait raison : nous étions vraiment des moutons, absolument incapables d'émettre une opinion et de nous tenir debout. Comment se faisait-il que nous nous laissions mener comme des enfants par ceux qui ne prisaient pas ce qu'on disait de leur façon de nous diriger ? D'où nous venait cette peur de nous affirmer et de nous voir tels que nous étions ? Voilà les questions fondamentales que suscita en moi la parution de ce volume.

Chapitre 55

Pauvre Gertrude

Hubert

Depuis son mariage avec Onésime, tout semblait bien aller pour Gertrude. Elle ne manquait pas de se joindre à nous avec son mari lors de nos dîners mensuels. Ils parlaient peu, mais à leur attitude nous les savions heureux d'être ensemble. Ils logeaient à l'Eldorado, dans un coin de l'hôtel que Firmin avait fait transformer en appartement. Onésime accomplissait à merveille son travail d'homme à tout faire. Il voyait à tout. Habile de ses mains et plein d'idées intéressantes, par ses inventions il rendait plus facile la vie de chacun. N'avait-il pas doté l'hôtel d'une chute à linge qui simplifiait de beaucoup le travail des femmes de chambre? Elles l'utilisaient volontiers, ce qui leur sauvait bien des pas. Il avait installé dans toutes les chambres un système permettant d'éteindre les lampes à partir du lit. Il nous apprit qu'aux États-Unis les portes de certains magasins s'ouvraient toutes seules quand on s'apprêtait à y entrer. Il désirait en connaître le mécanisme pour en doter les portes principales de l'hôtel. Firmin n'avait qu'à se louer de ses services. Il l'incitait à aller inspecter les autres hôtels afin d'y découvrir quelque chose de pratique qu'il pourrait installer à l'Eldorado.

Pour sa part, Gertrude continuait son travail à l'hôtel, aidant de la sorte à défrayer le coût du loyer de leur appartement. Ils vieillissaient bien ensemble et se permettaient de temps à autre de petites sorties au cinéma. Ils avaient même été au zoo de Charlesbourg, et nos nièces rendaient visite à leur mère avec leurs enfants. Tout allait pour le mieux pour eux.

Mais voilà qu'un dimanche, Gertrude eut une faiblesse après le repas. Elle nous inquiéta tous. Heureusement, Clémence était présente et elle réussit à la faire revenir à elle. Une fois réanimée, Gertrude dit qu'elle était extrêmement fatiguée. Accompagné de Clémence, son mari la ramena à leur appartement. Clémence, en bon médecin, fit son enquête. Gertrude lui avoua qu'elle ne se sentait pas bien depuis plusieurs semaines.

— Pourquoi ne pas m'en avoir parlé ?

— Parce que je pensais que tout ça allait passer.

— Où as-tu mal ?

— Un peu partout.

Clémence la persuada qu'un examen général serait de mise et que si elle n'avait pas d'objections, elle s'en chargerait elle-même.

— Pourquoi m'y opposerais-je ?

— Parce que je suis ta sœur.

— N'est-ce pas une chance d'avoir une sœur médecin ?

— Il y a des gens qui préfèrent être suivis par un médecin qui n'a aucun lien de parenté avec eux.

— Ce n'est pas mon cas. J'ai confiance en toi.

Cet examen général, Clémence insista pour le lui faire passer à l'hôpital et elle lui trouva une chambre à l'Hôtel-Dieu. Gertrude y fut hospitalisée et je lui rendis visite. Elle me confia :

— Clémence ne m'a pas encore dit ce que j'ai, mais je suis certaine que c'est grave.

— Qu'est-ce qui te le fait croire?

— Je le sens.

— Ne saute pas trop vite aux conclusions. Tu sais, parfois on pense être atteint d'une maladie grave et ça s'avère n'être rien. Ainsi moi, j'ai toujours vécu avec mon infirmité. Quand j'étais jeune, je croyais que ma bosse me ferait mourir rapidement et que je n'atteindrais jamais la cinquantaine. Je pense que ç'a été le contraire: je me suis tellement battu que je me suis renforci et aujourd'hui je me porte très bien.

— Tant mieux pour toi! Mais pour moi ce n'est pas pareil.

— Allons donc!

J'eus beau lui présenter toutes sortes d'arguments, il n'y avait pas moyen de la raisonner. Au bout de quelques jours, Clémence lui fit part des résultats de ses examens. Elle souffrait d'un cancer des intestins. Ce diagnostic l'assomma. Elle voulut savoir combien de temps il lui restait à vivre. Clémence lui assura que certains s'en tiraient après avoir été opérés. Pourquoi ne serait-elle pas du nombre? Je n'oublierai jamais ce que fut la réponse de Gertrude: «J'en ai assez de vivre.» C'est là que je mesurai à quel point sa vie avait été difficile. Nous ne savons vraiment pas ce qui se passe dans l'existence des autres, même s'ils sont de notre parenté.

L'opération démontra que la maladie était passablement avancée. Nous fûmes tous consternés d'apprendre cette nouvelle de la bouche de Clémence. Nous nous donnâmes le mot: il fallait que Gertrude reçoive les meilleurs soins disponibles et se sente bien entourée tout au long de sa maladie. Nous nous répartîmes les visites afin de nous assurer que chaque jour elle ait quelqu'un auprès d'elle. Après chacune de mes visites, j'en ressortais bouleversé. Je pense que la meilleure leçon que je tirai de tout cela fut de profiter au maximum de ce que la vie m'offrait.

Chapitre 56

À propos d'élections

Ovila

La plupart des gens ne s'excitent pas tellement le poil des jambes pour des élections. J'entendais mon voisin, l'autre jour, émettre son opinion à propos des politiciens : c'est du pareil au même, disait-il. Il n'avait ni tort ni raison. Il est vrai que plus ça change, plus c'est pareil. Que ce soient les Bleus ou les Rouges au pouvoir, les pauvres continuent à en arracher et les riches se promènent dans leurs grosses voitures qu'ils stationnent près du Château Frontenac où ils vont souper. La seule chose qui change quand un ou l'autre parti prend le pouvoir, ce sont ceux qui profitent du patronage. Si nous voulons obtenir des faveurs du gouvernement régnant, il faut avoir voté pour lui. Nous savions fort bien que si les Bleus prenaient le pouvoir, tous les Rouges disparaîtraient du gouvernement pour être remplacés par des Bleus, et vice versa. Voilà pourquoi bien du monde ne s'intéressait plus à la politique. Par contre, ceux que ça passionnait nous le faisaient savoir à grands cris. Ils se battaient pour du travail assuré pendant quatre ans.

On nous annonçait donc des élections prochaines et je fus chargé par mon journal de les couvrir, à tout le moins pour la Haute et la Basse-Ville de Québec. Il y avait trois partis en liste. Les libéraux, avec comme premier ministre Louis-Alexandre Taschereau, étaient au pouvoir. Mais un grand nombre de libéraux, mécontents de la façon dont il dirigeait la province, avaient décidé de créer une nouvelle formation politique appelée l'Action libérale nationale dont le meneur était Paul Gouin, le fils de l'ex-premier ministre Lomer Gouin. Comme dans toutes les élections, les mécontents se laissaient embarquer par de belles promesses. Ce nouveau parti promettait de sortir le Québec de la crise économique par des réformes en agriculture, en colonisation, en économie et en sécurité sociale. Il laissait entendre que le gouvernement, pour amoindrir les coûts de l'électricité, ferait graduellement l'acquisition des compagnies distributrices.

De leur côté, pour ne pas perdre le pouvoir, les libéraux de Taschereau marchaient main dans la main avec les libéraux fédéraux de Mackenzie King. Avec l'aide de leurs amis du fédéral, ils promettaient de mettre en place une loi sur les accidents de travail et une loi sur l'extension des conventions collectives, et de maintenir et renforcir le plan Vautrin sur la colonisation et même de régler la question des pensions de vieillesse avec le gouvernement fédéral. Pour souligner les quinze dernières années de leur régime, les libéraux avaient fait paraître une affiche sur laquelle on pouvait lire que le gouvernement avait, durant cette période, consacré 360 millions de dollars en améliorations de tout acabit. On y soulignait que la province de Québec, avec ses 2 875 000 habitants, était la moins taxée et la moins endettée de toutes les provinces du Canada.

Les conservateurs, de leur côté, appelés couramment les Bleus, avaient maintenant pour chef depuis deux ans un certain Maurice Duplessis. Sachant fort bien que son parti ne pourrait pas prendre le pouvoir, Duplessis passa une entente avec le nouveau parti de Gouin. Pour éviter de diviser les voix, ils convinrent de ne présenter qu'un candidat de chaque formation par circonscription. Il y avait 90 circonscriptions. L'Action nationale présenta une soixantaine de candidats et les conservateurs, une trentaine. Bien plus, si jamais leur coalition remportait les élections, ce serait Maurice Duplessis qui deviendrait premier ministre et il ferait appliquer le programme de l'Action libérale, puisque son cabinet serait en majorité composé des candidats de ce parti.

Gouin, qui n'avait pas la langue dans sa poche, invitait les électeurs en ces termes : « Voulez-vous vous délivrer, une bonne fois, des politiciens qui vous font des mamours au temps des élections et qui, une fois élus, passent au service des financiers qui souscrivent à la caisse électorale ? Si oui, votez pour nous. » Pour ne pas être en reste, Duplessis laissait entendre que les trente-huit années de pouvoir des libéraux avaient laissé des traces. Il déclara : « Nous avons un vieux gouvernement avec de vieux ministres, de vieux abus et de vieux scandales. »

Voilà donc un peu tout ce que je rapportai dans le journal au sujet des élections. J'avais d'ailleurs intitulé mon article : « Plus on prétend que c'est différent, plus c'est pareil ». J'y écrivais notamment :

Nous avons un gouvernement libéral qui, avec 46 pour cent des voix rafle 48 sièges, alors que les 54 pour cent du reste des citoyens n'ont droit qu'à 42 sièges. Notre mode de scrutin est en cause. Quand un gouvernement aura-t-il l'honnêteté de remédier à cette situation ?

Les mois suivants nous réservaient des surprises. Croulant sous les scandales, le premier ministre Taschereau fut contraint de démissionner sept mois après son élection. On appela donc à nouveau les Québécois aux urnes. Le Parti conservateur et l'Alliance libérale nationale se fusionnèrent sous le nom d'Union nationale avec à sa tête Maurice Duplessis.

Chapitre 57

Les déboires de Firmin

Hubert

Firmin semblait avoir une belle vie. Sa nouvelle compagne le rendait manifestement heureux. Cependant, ils veillaient à ne pas s'afficher ensemble pour éviter de faire jaser. Mais il aurait fallu être bien naïf pour croire que les langues ne se faisaient pas aller en coulisse.

— Si je le voulais, clamait-il, je pourrais en faire taire un bon lot en révélant leurs incartades.

— Pourquoi ne le fais-tu pas?

— À quoi bon? Et puis… ce sont mes meilleurs clients! Il vaut mieux fermer les yeux là-dessus, comme on le fait d'ailleurs pour ce qui se passe dans les presbytères. S'il fallait qu'on lève le voile sur ce qui se trame vraiment dans l'ombre, nous aurions de si nombreuses surprises que nous ne parviendrions pas à y croire.

Cette réponse était typique de Firmin. Vivre et laisser vivre, telle était sa devise. Il avait toujours travaillé très fort et la vie s'était montrée généreuse en retour. Tout ce qu'il entreprenait tournait bien. Il était très généreux, n'étant avare ni de son temps ni de son argent. On pouvait toujours compter sur lui et il était très attentif au bien-être de chacun d'entre nous. Il avait en quelque sorte remplacé notre père auprès de sa fratrie. Nous aurions pu le croire invincible et penser qu'il était à l'abri de tous les malheurs, mais alors que rien ne laissait présager ce qui s'en venait, il fut coup sur coup victime du mauvais sort.

Il avait engagé, pour deux mois, une troupe de théâtre dont il était très satisfait. Ces comédiens attiraient beaucoup de monde à l'hôtel et leur spectacle faisait toujours salle comble. Et puis, tout à coup, après une semaine, le directeur de la troupe fut emporté par une crise cardiaque. Les représentations furent suspendues pour quelques jours. Ces jours se transformèrent en semaines, si bien que Firmin se retrouva au bout de deux mois devant des pertes énormes. Je lui fis remarquer :

— Tu aurais pu engager une autre troupe.

— Ce n'est pas faute d'avoir essayé. Mais à ce temps-ci de l'année les meilleures sont engagées ailleurs.

— Alors que comptes-tu faire ?

— Je pense inviter sur scène des chanteurs.

— Comme qui ?

— Comme Maurice Chevalier.

— Tu n'y songes pas ! Tu n'auras jamais les moyens de le payer.

— Ce n'est qu'un exemple que je te donnais. Sais-tu qu'avant de devenir une vedette de cinéma, il était déjà une vedette dans les cafés concerts ? C'est ce que je veux implanter ici. Le problème est de trouver quelqu'un qui pourrait attirer les gens.

— Tu pourrais engager la jeune Alys Robi.

— Son père refuse de la laisser se produire plusieurs soirs de suite au même théâtre. Elle n'a que dix ans, après tout...

Firmin mit tout de même son idée à exécution, mais il n'eut guère de succès, faute de bons chanteurs, et il fut bientôt contraint de laisser tomber. Il engagea un pianiste qui faisait danser les gens, mais la salle était loin d'être pleine. Quand les choses se mettent à mal tourner, on dirait que tout s'enchaîne. Firmin se démenait avec ces problèmes quand il fut victime d'un grave accident dont il sortit vivant par miracle.

Il était au volant de sa Packard dont il était si fier et qu'il conduisait toujours prudemment. Ce jour-là, il revenait de Limoilou. Il empruntait le pont Samson, lorsqu'il eut une crevaison à un pneu avant. Il perdit le contrôle de son auto qui grimpa sur le trottoir, défonça le garde-fou de bois avant de plonger dans la rivière. Firmin n'eut le temps de rien faire. Sa voiture s'enfonça rapidement dans l'eau. Heureusement, il parvint à sortir par la fenêtre et réussit à regagner la rive à la nage. Au même moment, on vint lui porter secours. Le pauvre Firmin était en état de choc et il tremblait comme une feuille. Les ambulanciers le conduisirent à l'Hôtel-Dieu où il retrouva peu à peu tous ses moyens.

Même s'il n'aimait pas parler de cet événement, peut-être par orgueil, il accepta pour satisfaire la curiosité de tout le monde de nous en dire un mot lors de notre dîner de famille. Il termina son récit par la réflexion suivante :

— C'est la meilleure leçon que la vie pouvait me donner. Nous courons comme des fous sans jamais nous arrêter deux minutes pour respirer. J'ai décidé de profiter un peu plus de la vie. Il n'est pas dit que je mourrai avant d'avoir vu les vieux pays. Je pars avec Jacinthe pour un voyage en Europe.

— Qui va s'occuper de l'hôtel pendant ton absence ?

— Joseph Labrecque, mon homme de confiance. Nous serons partis deux mois. Nous vous enverrons des cartes postales !

———

Nous fûmes tous très heureux que Firmin réalise son rêve. Il embarqua avec Jacinthe sur l'*Empress of Britain*, un paquebot du Canadien Pacifique. Ils accostèrent à Londres, qu'ils visitèrent, puis traversèrent la Manche pour se retrouver bientôt à Paris. Comme il l'avait fait du temps où il était au Klondike, Firmin fut fidèle à nous écrire, et par lettres, pas sur les minuscules cartes postales promises ! J'ai sous les yeux la dernière que nous avons reçue avant son retour. Quand je suis allé la chercher au bureau de poste, je fus envahi par une forte émotion. Ça me rappelait ce temps où Maria y courait, en quête des lettres de Firmin. Comme la vie passe vite ! Près de quarante années s'étaient écoulées depuis cette époque. Pourtant, en lisant la lettre de mon frère, j'avais l'impression de me retrouver dans la cuisine avec m'man et Maria. J'avoue que j'en avais les larmes aux yeux. Firmin écrivait :

Rome, le 24 août 1934

Bonjour à vous tous,

Après avoir trop brièvement visité Londres à notre arrivée, nous serons bientôt de retour en Angleterre après ce long périple en France, en Belgique, en Suisse et en Italie. Si vous me demandiez ce que j'ai aimé le mieux jusqu'ici, je ne saurais pas quoi répondre. Il y a tellement de belles choses à voir en Europe que je ne sais de laquelle je dois vous parler en premier. Dans chaque endroit que nous avons visité se trouvent des merveilles. De la France, je garde le souvenir d'un pays tellement varié que lorsque nous changeons de région nous avons l'impression de nous trouver dans un autre pays. Paris est une très belle ville, mais je lui ai préféré les petits villages de campagne avec leurs paysages à faire rêver, surtout ceux des Alpes, et que dire de toutes les bonnes choses que nous avons mangées!

De la Belgique, je garde un souvenir merveilleux de la Grand-Place de Bruxelles, ses dorures et ses boutiques de toutes sortes. La Suisse m'a ravi par sa propreté et ses paysages, tous plus beaux les uns que les autres. Quand on se trouve dans ce pays, on voudrait s'arrêter quelques jours à chaque endroit où l'on passe. Nous avons eu droit à tout ce que nous voyons sur les cartes postales: les vaches avec une cloche dans le cou, les bons fromages, les cors de montagne et les si beaux costumes des femmes. En Italie, nous avons été éblouis par la richesse des églises et du Vatican. Il y a des statues et des fontaines partout. Rome est une ville étourdissante comparée à Londres où tout nous a semblé beaucoup plus calme et ordonné.

Voilà mes impressions générales de ce voyage merveilleux. Jacinthe saura vous communiquer de vive voix ce qu'elle a adoré. Elle me prie de vous saluer en vous espérant tous en excellente santé. À notre retour, nous aurons le plaisir de vous faire part plus en détail de ce voyage qui marque notre vie et nous donne une leçon, celle de savoir nous arrêter de temps à autre pour penser à nous.

À bientôt! En espérant que cette lettre vous arrivera avant nous.

Firmin et Jacinthe

Chapitre 58

Mort de Rosario

Ovila

Mon travail au *Soleil* me permettait d'apprendre immédiatement toutes les nouvelles, des chiens écrasés jusqu'aux plus grandes catastrophes, pour peu que ma curiosité me guide jusque-là. Je sus par le titre d'une des colonnes consacrées à l'Église et au clergé que le curé de Saint-Ferréol était décédé. À peine avais-je mis les pieds à la maison que je demandai à Marjolaine :

— Vous a-t-on prévenu au sujet de Rosario ?

— Que lui arrive-t-il ?

— Une bien mauvaise nouvelle : il est mort.

— Hein ? C'est pas vrai !

Elle porta la main à sa bouche, s'assit et se mit à pleurer. Nous n'avions plus de contact avec lui depuis longtemps, pourtant d'apprendre sa disparition porta un dur coup à Marjolaine. Après s'être remise un peu de ses émotions, sa pensée se tourna immédiatement vers les membres de la famille.

— Les autres le savent-ils ?

— Je l'ignore. Je m'en vais téléphoner tout de suite à Firmin. Il saura bien les prévenir tous.

J'appris la nouvelle à Firmin qui se montra fort étonné qu'on ne nous ait pas prévenus avant que l'information paraisse dans les journaux.

— Il est vrai, commenta Firmin, que nous n'avions plus de contact avec lui depuis longtemps. Je ne peux pas croire cependant qu'il n'avait pas gardé nos adresses quelque part dans ses affaires. Je ne dis pas la mienne, parce qu'il considérait presque mon hôtel comme un avant-poste de l'enfer. Mais il devait avoir la tienne et il savait très bien comment on pouvait retrouver Hubert. Il faut croire qu'il n'avait pas prévenu son entourage de notre existence.

J'admis que tout cela me paraissait très étrange. Je demandai :

— Comptes-tu assister à ses funérailles ?

— J'ai trop d'ouvrage pour me rendre là-bas et puis, disons les choses franchement : il ne me portait pas dans son cœur et c'était réciproque. De là-haut, il ne sera certainement pas vexé de ne pas m'y voir.

Clémence, pour qui Rosario était pratiquement un étranger, me dit que son travail l'obligeait à renoncer à se rendre là-bas. Gertrude ne se sentait pas assez bien pour faire le voyage. Quant à Hubert, il trouvait que Rosario nous avait boudés depuis si longtemps qu'il n'avait pas le cœur à y aller. Il ajouta :

— Quand je sonnerai les cloches d'un prochain enterrement, j'en ajouterai un peu pour lui.

Mais Marjolaine trouvait que la famille devait à tout prix être représentée à ce service et à l'enterrement. Nous y allâmes donc en train, et de Saint-Joachim nous gagnâmes Saint-Ferréol en taxi. J'y avais réservé une chambre dans l'unique auberge de la place. Le lendemain, nous nous mêlâmes aux paroissiens pour défiler devant le cercueil au presbytère. Marjolaine fut émue jusqu'aux larmes. Comme nous étions venus à ces funérailles pour y représenter la famille, il fallut nous présenter aux organisateurs. Dès lors, nous eûmes droit à une attention spéciale. Nous étions tout près du cercueil lors de la translation des restes du presbytère à l'église. Nous assistâmes au service depuis le premier banc. L'officiant fit les éloges du défunt. Je ne pus m'empêcher de penser à tout l'émoi qu'avait causé dans la famille l'incartade de Rosario. Tout cela semblait ici bel et bien oublié.

Marjolaine tenait à ce que nous assistions à l'inhumation au cimetière. Pour elle, la poignée de terre qu'elle lança sur le cercueil était symbolique : elle représentait un peu l'adieu de toute la famille à son frère aîné. Après l'enterrement, au moment où nous sortions du cimetière, un jeune homme s'adressa à nous :

— On m'a dit que vous étiez parents avec le défunt.

Marjolaine lui répondit :

— Je suis sa sœur.

— Eh bien, comme ça, vous êtes mon oncle et ma tante. Je suis son fils.

En entendant ces paroles, Marjolaine ressentit un malaise. Elle dut s'asseoir. Le premier émoi passé, elle demanda :

— Quel est ton nom ?

— Sylvain Auclair.

— Auclair ?

— C'est le nom de mon père adoptif.

— Tes parents sont ici ?

— Non. Ils sont morts tous les deux.

— Où demeures-tu ?

— À Portneuf. Je travaille comme mécanicien.

— As-tu des frères et des sœurs ?

— Non. Je n'ai pas de famille. J'ai une faveur à vous demander. J'aimerais bien connaître mes oncles et mes tantes et aussi mes cousins et cousines. Est-ce que je pourrais venir en visite dans le temps des fêtes ?

— Est-ce qu'on peut te téléphoner quelque part ?

— À mon travail.

— Dans ce cas, dit Marjolaine, tu vas nous donner ton numéro et nous t'appellerons pour faire les arrangements nécessaires. Je suis sûre que tu seras le bienvenu dans la famille.

À notre retour de Saint-Ferréol, Marjolaine se chargea de prévenir les autres de cette rencontre avec le fils de Rosario. Je fus fier de constater que malgré leurs mésententes avec Rosario, tous se montrèrent intéressés à accueillir ce jeune homme dans notre famille.

QUATRIÈME PARTIE

LA FIN

1936-1940

Chapitre 59

Un pique-nique à la chute Montmorency

Hubert

Je crois qu'il y a toujours eu des tendances ou, si vous aimez mieux, des périodes où tout le monde fait quelque chose de particulier, et que si vous n'entrez pas dans le jeu, ou dans le moule, on vous dit que vous n'êtes pas à la mode. Ça vaut en particulier pour les habits qu'on porte, mais ça s'applique également à toutes sortes d'autres habitudes. Je crois, en ce qui concerne ce que je porte, que je n'ai jamais été à la mode. Il est vrai qu'avec ma bosse, il m'était difficile de porter des vêtements dernier cri.

J'ai toujours trouvé intrigant ce besoin de suivre la mode. Je prends en pitié les femmes qui, autrefois, se sentaient absolument obligées de porter des chapeaux si gros qu'on avait presque l'impression qu'elles transportaient en équilibre sur leur tête un panier de fleurs ou de fruits. Il y a eu la période où on garnissait les chapeaux de plumes de toutes sortes. Maintenant, si elles tiennent à suivre les dernières tendances, elles ont l'air d'avoir rien de moins qu'une cloche sur la tête. Je crois d'ailleurs qu'on appelle cela, justement, des chapeaux cloches. Et que dire des corsets qu'on leur fit porter?

Mais trêve de commentaires sur la mode féminine, car on pourrait noircir des dizaines de pages sur cet étrange sujet. Tout cela pour dire que je me suis laissé tenter par une coutume bien établie à Québec, celle de pique-niquer à la chute Montmorency. Il faut avoir pris au moins une fois dans sa vie le funiculaire qui, depuis le bas de la chute, mène au Manoir Montmorency.

En compagnie de Firmin, qui se permettait de plus en plus de congés, et de sa compagne Jacinthe, nous prîmes le train qui mène à Sainte-Anne, mais qui juste avant d'arriver à la chute Montmorency bifurque et nous laisse près du funiculaire. Firmin et Jacinthe avaient apporté tout ce qu'il fallait pour que nous puissions pique-niquer. Ainsi, pour la première fois de ma vie, je pus admirer cette fameuse chute et le Manoir qui s'élève tout près.

De là-haut comme d'en bas, la chute est vraiment impressionnante – tout comme le reste du paysage, d'ailleurs. Après avoir eu la chance d'entrer au Manoir Montmorency, ce qui nous donna un aperçu de la beauté des lieux, nous décidâmes d'emprunter le pont construit en haut de la chute et nous redescendîmes un peu plus loin dans un champ en pente où nous nous installâmes pour manger. Pas très loin de nous, un homme assis parmi les pierres fumait tranquillement sa pipe tout en admirant le paysage. Tout autour de nous, il y avait des ruines. Alors que nous nous demandions ce que pouvaient être ces vestiges, cet homme se tourna vers nous et proposa :

— Me permettez-vous d'éclairer votre lanterne sur ce qui vous préoccupe ? J'en connais un brin sur l'histoire du coin.

Firmin répondit spontanément :

— Bien sûr ! Nous ne demandons pas mieux que d'en apprendre plus sur ce qui nous entoure.

— Vous savez que lors de la prise de Québec en 1759, il y a eu des combats de ce côté entre les troupes de Montcalm et celles de Wolfe. Les Anglais avaient construit ici des casemates. Ce sont les vestiges de ces fortifications que nous apercevons. Vous devez savoir également qu'après un événement qui s'est déroulé à la même époque, une légende est née.

— Ne serait-ce pas la légende de la dame blanche ? demanda Firmin.

— En effet. Si vous ne savez pas comment cette légende est née, je peux vous l'apprendre.

Jacinthe, enthousiaste, l'invita :

— Racontez !

— Précisément à l'époque de la prise de Québec, un jeune homme et une jeune femme des environs se fréquentaient et avaient choisi comme lieu de rendez-vous les environs de la chute. Ils étaient sur le point de se marier quand le jeune homme fut appelé par la milice et fut malheureusement tué au combat. Se rendant sur le champ de bataille, la jeune femme trouva le corps de son fiancé. Elle retourna chez elle revêtir la robe blanche prévue pour ses noces et se jeta dans la chute. Les gens du coin disent, particulièrement à l'automne, voir une dame blanche dans les bouillons de l'eau. D'autres y voient un voile de mariée.

— Tout cela est fort intéressant, commentai-je. Mais dites-moi : le pont par lequel nous sommes venus de ce côté de la chute est récent. Y en a-t-il eu d'autres auparavant ?

— En effet, le premier fut construit en 1812 et remplacé par un pont suspendu en 1856. Cinq jours après son inauguration, ce pont s'effondra, emportant trois personnes dans la mort. L'année suivante, un nouveau pont fut érigé pour relier Beauport et Boischatel. Il y a quelques années, le vieux pont a été remplacé par celui que vous avez pris pour venir ici.

Firmin était curieux de connaître le nom de celui qui nous avait si bien renseigné. Il le lui demanda.

— Silvio Dumas, pour vous servir. Je suis comptable chez P.T. Légaré, meubles.

— C'est dans Saint-Sauveur, souligna Firmin. Nous sommes de Saint-Roch.

— Peut-être serez-vous heureux d'apprendre qu'avec monsieur le curé Gravel, nous songeons à fonder bientôt une société historique à Québec.

Tout en continuant de parler avec cet homme, après avoir jeté un dernier coup d'œil vers le fleuve et l'île d'Orléans, nous revînmes sur nos pas pour nous retrouver au Manoir. Monsieur Dumas nous rappela qu'au début du siècle, il y avait ici un jardin zoologique très fréquenté. Un tramway partait de Québec et se rendait jusqu'à Kent House. C'est ainsi que s'appelait alors le Manoir. Alors que nous nous apprêtions à reprendre le funiculaire pour redescendre, monsieur Dumas nous suggéra :

— Vous devriez venir en hiver. Le pain de sucre est quelque chose à voir.

Jacinthe demanda :

— Que voulez-vous dire par pain de sucre ?

— En giclant au bas de la chute, l'eau retombe et gèle sur place. Peu à peu elle forme une butte qui grossit à tel point qu'elle forme un monticule blanc qu'on appelle le pain de sucre.

Firmin commenta :

— Il paraît qu'autrefois on creusait à l'intérieur de ce glacier et qu'on y vendait de la boisson comme dans un bar.

Monsieur Dumas confirma le tout. Il revint avec nous en train jusqu'à Québec et nous raconta toutes sortes d'anecdotes sur la ville. Cet homme connaissait vraiment bien l'histoire de Québec. Firmin promit de devenir membre de la Société historique quand elle serait fondée. Après cette visite, je compris pourquoi pique-niquer à la chute Montmorency était devenu une excursion à la mode. Je me promis, comme nous le faisons toujours après avoir vécu une belle journée, d'y retourner.

Chapitre 60

Adieu Gertrude

Ovila

La maladie qui minait la santé de Gertrude faisait des ravages. Depuis son opération, elle n'avait pas quitté l'hôpital. Nous nous relayions à son chevet et nous savions, tout aussi bien qu'elle, que la fin approchait. Chaque fois que nous allions la voir, Marjolaine et moi, nous ne pouvions nous empêcher de remarquer à quel point la vie ne l'avait pas épargnée. Ça me donnait à réfléchir sur le destin des gens. Tous les jours, le journal était plein de nouvelles concernant la fin brutale de certaines personnes. J'avais un exemplaire du *Soleil* sous les yeux et j'y lisais une suite de morts et de catastrophes… Je me demandais pourquoi tous ces gens étaient partis si vite alors que ma belle-sœur Gertrude nous quittait si lentement… La vie, il faut l'admettre, est un bien curieux mystère.

Marjolaine, tout comme les autres membres de la famille, se désolait de voir sa sœur dépérir. Elle me répétait constamment: «Elle ne l'a pas eue facile.» La pauvre Gertrude, en effet, avait trimé dur toute sa vie sans obtenir beaucoup de compensations pour tout ce dévouement. Je la voyais s'affaiblir graduellement dans son lit de souffrances en me demandant pourquoi elle avait hérité d'une pareille existence. Y avait-il des gagnants et des perdants à la loterie de la vie ?

Des questions de ce genre me trottaient dans la tête chaque fois que je me retrouvais au chevet de ma belle-sœur et je ne manquais pas de me demander quel était le sort qui m'attendait. Habituée à la maladie et à la mort, Clémence nous prévint quand elle constata que Gertrude était sur le point de nous quitter. Nous étions, Marjolaine et moi, à son chevet lorsque, après des semaines de souffrances, la maladie eut enfin le dessus sur elle. Elle mourut en fin d'après-midi par une belle journée ensoleillée.

— Il y a eu si peu de soleil dans sa vie, me confia Marjolaine, il me semble qu'elle aurait dû mourir par une journée de pluie et de tempête.

— Au contraire, lui fis-je remarquer. Il faut voir dans cette belle journée un signe de délivrance. Elle ne souffre plus et aura bien mérité le ciel, elle qui a vécu l'enfer sur terre.

Son mari Onésime nous entendit et s'approcha. Il soupira :

— Vous avez raison. Elle a beaucoup souffert. Vous savez, j'ai de la peine de la perdre, mais je crois que je suis aussi délivré qu'elle.

Sa réflexion, une fois de plus, me contraignit à me poser toutes sortes de questions sur la vie. Pourquoi faut-il que certains souffrent le martyr avant de mourir ? Pourquoi certains naissent-ils infirmes et d'autres passent-ils leur vie malades alors qu'il y en a qui ont tout pour eux et jouissent d'une santé de fer ? Qu'ont-ils fait de plus que les autres pour être ainsi choyés par la vie ? Pourquoi tant de différences entre les uns et les autres ? À toutes ces questions je n'avais pas de réponses satisfaisantes. On m'expliquait que ça ne servait à rien de se les poser puisque c'était la volonté de Dieu, laquelle est impénétrable.

Le service eut lieu le samedi suivant. Nous n'étions pas très nombreux à suivre le cortège funèbre. Gertrude fut inhumée au lot familial du cimetière Saint-Charles. Pendant le service, je fus particulièrement attentif à ce que le curé disait. Il citait certaines paroles de l'Évangile. Pour une fois, je m'efforçai de ne pas me laisser distraire et je tâchai de bien comprendre le tout. Je ne voulus pas ajouter de peine à Marjolaine en lui avouant que je trouvais vides toutes ces paroles que nous sommes habitués d'entendre lors de ces célébrations. Le curé s'était servi du texte sur Lazare, que Jésus a ressuscité. Ainsi, disait-il, nous sommes tous appelés à ressusciter d'entre les morts. Je me permettais d'en douter.

Après le service, nous nous retrouvâmes à table à l'hôtel de Firmin. Comme tout avait changé depuis les premiers repas que j'avais pris avec eux! Six places étaient maintenant vides autour de la table. Firmin tenta de son mieux de nous changer les idées en nous faisant part de ses projets. Oui, la vie continuait, mais il me semblait que le cœur y était de moins en moins.

Chapitre 61

Firmin n'en peut plus

Hubert

Une chose qu'il fallait donner à Firmin était qu'il cherchait constamment à améliorer sa situation. Il travaillait ferme pour attirer les gens à son théâtre. Des troupes venaient régulièrement y produire des spectacles de variété, composés surtout de numéros de vaudeville. Il y avait cependant des années que ce genre de théâtre était présenté un peu partout et les gens semblaient s'en lasser. Firmin cherchait donc quelque chose de différent.

Durant quelques années, il avait organisé des concours d'amateurs, mais ces concours demandaient de sa part tellement d'investissement de temps et d'argent qu'il finit par les laisser tomber. Sur le navire, lors de son voyage en Europe, il avait trouvé intéressante l'idée de faire jouer de la musique pendant les repas. Il décida d'engager un pianiste qui venait ainsi égayer les soupers des clients de l'hôtel.

Nous vivions cependant une période difficile. La crise économique continuait de faire des ravages. Les gens n'avaient pas de travail et les clients, tant à l'hôtel qu'au théâtre, se faisaient de plus en plus rares. Firmin faisait des pieds et des mains pour ne pas voir sombrer son établissement. Comme j'avais l'occasion de le voir tous les jours, je remarquai d'importants changements dans son humeur. Lui qui avait toujours montré une patience exemplaire, voilà qu'il perdait son calme pour des riens. Je le sentais nerveux et sans enthousiasme. Il ne chantait plus comme autrefois, ne racontait plus d'histoires comme il aimait tant le faire. Sa compagne Jacinthe en souffrait visiblement. On voyait qu'il ne se plaisait plus dans ce qu'il faisait. J'en glissai un mot à Clémence qui m'assura qu'elle allait être plus attentive à ce qui se passait chez Firmin. Lors d'un de nos dîners, il laissa entendre qu'il en avait assez et qu'il songeait fortement à tout vendre. Ovila le lui déconseilla:

— Toi qui as tant investi, ce n'est pas le temps de vendre quand l'économie va si mal. Tu vas forcément vendre à perte.

— Peut-être bien, mais je serai débarrassé.

— La crise va finir par passer.

— On disait ça aussi de la guerre. Elle a duré quatre ans, et à voir aller les choses en Europe on en craint une nouvelle…

— Tu passes de mauvais moments, tout simplement. Ton voyage en Europe t'a fait du bien, tu devrais prendre d'autres vacances avec Jacinthe. Ça te changerait les idées et te permettrait de retomber sur tes pieds.

Il suivit le conseil d'Ovila et Jacinthe et lui visitèrent New York. On aurait pu croire qu'il reviendrait enthousiasmé de ce qu'il avait vu. Ce ne fut pas le cas. Pour la première fois de ma vie, je voyais mon frère Firmin dépérir. Il était triste, n'avait plus son élan habituel dans ce qu'il entreprenait et, surtout, il rageait de se voir, lui habituellement si plein d'entrain, dans une pareille situation. Il ne semblait plus avoir de goût pour rien, pas même pour manger, lui qui aimait tant la bonne chère. Pire encore, il se désintéressait de son travail, traînait de la patte, arrivait en retard à ses rendez-vous. «Il ne dort pas bien, nous assura Jacinthe, et il passe son temps à dire qu'il ne vaut plus rien.»

Clémence, qui suivait tout cela de près, ne fut pas trop longue à détecter sa maladie. Il souffrait d'une dépression, ce qui était considéré, surtout de la part d'un homme actif, comme une grande faiblesse dont il avait honte. Avec beaucoup de patience, Clémence parvint à le raisonner là-dessus. Il avait tellement travaillé qu'il avait fini par dépasser les bornes ou la capacité qu'il avait de résister à toutes les tâches qui lui tombaient dessus. Ses nerfs n'avaient pas tenu le coup.

Le simple fait que Clémence lui dise qu'il devait se reposer sembla empirer la situation. Elle n'osa pas lui préciser que si les choses ne se replaçaient pas il faudrait qu'il soit hospitalisé, les meilleurs traitements dans son cas étant des électrochocs comme ceux subis autrefois par Léonard.

Fort heureusement, Clémence entretenait de bons contacts dans le monde médical. Elle en parla à un de ses confrères en psychiatrie qui s'offrit à venir en aide à Firmin. Clémence connaissait bien son frère : elle savait que s'il apprenait que Marcel Dugas était psychiatre il ne voudrait jamais être traité par lui. Ils eurent donc recours à un subterfuge. Marcel devint un nouveau client de l'hôtel et il réussit à gagner la confiance et l'amitié de Firmin. Son contact presque quotidien avec lui fit un bien immense à Firmin. On le vit reprendre petit à petit ses activités et la vie continua un peu comme avant à l'hôtel.

Cette période fut pénible pour nous tous. Fort heureusement, et grâce à l'intervention de Clémence, tout cela finit par s'améliorer. Cette expérience nous permit de mesurer à quel point même les plus forts peuvent parfois sombrer bien bas, et de constater que nous ne sommes que peu de chose dans la vie ou, comme dirait monsieur le curé, entre les mains de Dieu.

Chapitre 62

Les culottes à Vautrin et le *Catéchisme* de Duplessis

Ovila

Mon travail de journaliste avait un grand avantage : il me permettait de toucher à toutes sortes de sujets et à être au fait d'une foule d'événements. J'étais devenu, avec l'âge, un journaliste aguerri à qui on confiait du travail dans un peu tous les secteurs de la société. J'aimais en particulier écrire des articles sur différentes personnalités du monde culturel, sportif ou politique. Il se passait d'ailleurs toutes sortes de choses plus ou moins farfelues en ce dernier domaine. La dernière en liste avait pour héros – ou victime – le ministre Irénée Vautrin. J'ai bien taquiné ma belle-sœur Clémence avec cette histoire. Elle vouait une grande admiration à monsieur Vautrin, pour la bonne et simple raison qu'il avait présenté à deux reprises un projet de loi sur le vote des femmes.

Ce monsieur Vautrin, le ministre de la Colonisation, que plusieurs encensaient depuis que, pour contrer la crise économique, il avait eu l'idée de peupler l'Abitibi et d'autres régions du Québec, pouvait dormir en paix. Il était tout près de parvenir à ses fins. En effet, depuis la crise, l'économie ne s'était jamais bien replacée. Pour combattre le chômage, le ministre proposa d'offrir aux sans-travail des terres de colonisation. Ce programme prit du temps à se concrétiser. Certains se moquaient de lui en jouant sur son nom : « vos trains », lançaient-ils, « ne vont pas assez vite ». Mais petit à petit son programme se mit en place et commença à donner des dividendes. En bon ministre de la Colonisation, ne disait-il pas : « Ça prend quelque temps à un arbre fruitier à produire. »

Après plusieurs semaines et beaucoup de patience, son programme fonctionnait à merveille, puisque pas moins de deux mille cinq cent terres avaient déjà été attribuées. La moitié de ces défricheurs furent dirigés vers l'Abitibi. J'allais écrire : la moitié de ces colons, mais le terme devenant péjoratif, il valait mieux parler maintenant de défricheurs. Ainsi, l'Abitibi vit apparaître sur son territoire plus de sept cents familles. Le Témiscamingue, les Cantons-de-l'Est, les régions de Bonaventure, de la Gaspésie et de Rimouski accueillirent les autres. On prévoyait encore le départ d'une cinquantaine de défricheurs venant du diocèse de Québec pour l'Abitibi, autant de Charlevoix, de Nicolet et du diocèse d'Ottawa pour atteindre bientôt l'objectif de trois mille terres. Tout allait donc pour le mieux dans le meilleur des mondes pour notre ami Vautrin.

Ce cher ministre, voulant sans doute profiter des circonstances pour préparer les prochaines élections, se rendit en Abitibi. Dans ces terres lointaines, cela va de soi, on ne peut pas s'habiller comme en chambre au parlement de Québec. Voilà pourquoi monsieur le ministre jugea bon de s'acheter de nouveaux vêtements. Mais, qui l'eût cru, pour ce faire, il employa des fonds destinés à son ministère. Ce détournement d'argent lui servit en particulier pour s'acheter une paire de pantalons. De la sorte, disait-on, il pouvait se péter les bretelles. Ses adversaires politiques n'allaient pas laisser passer l'occasion de s'amuser à ses dépens et la phrase « les culottes à Vautrin » devint célèbre durant la campagne électorale, et même après.

Si Vautrin fit parler de lui pour ses culottes, un autre politicien le fit également pour une tout autre raison. Maurice Duplessis était le chef de l'opposition. C'était un célibataire endurci qui ne mâchait pas ses mots et avait un front de bœuf. Il espérait prendre le pouvoir aux prochaines élections à la tête de l'Union nationale, le parti des Bleus. Il ne manquait pas d'idées pour faire connaître son programme. Comme l'Église nous offrait un Petit Catéchisme, il en créa un pour son parti et le fit imprimer à pas moins de quinze mille exemplaires. Il en inonda la province. Dans ce *Catéchisme de l'électeur*, il dénonçait le patronage et la corruption exercés par les libéraux. Aux élections de 1936, il prit le pouvoir. Mais en seulement quelques mois il fit passer de rouge à bleu la couleur du patronage et de la corruption. Au diable le *Catéchisme* !

J'avais bien sûr l'occasion de parler de tout cela lors de nos dîners, ce qui me faisait me rendre compte qu'après la religion, le deuxième sujet sur lequel il était le plus délicat de parler était la politique…

C'est d'ailleurs lors d'un de ces dîners que nous pûmes accueillir le fils de Rosario. Il fut très heureux de rencontrer ses oncles et ses tantes, et Hubert se chargea de lui faire faire le tour de la parenté en lui présentant ses cousins et cousines. Nous pensions le revoir, mais cette visite sembla lui suffire. Il est vrai que, comme nous tous, il était accaparé par toutes sortes d'activités et que, comme il nous l'apprit, il y avait maintenant une fille qui prenait beaucoup de place dans son cœur. Il nous promit que s'il se mariait, il nous le ferait savoir.

Chapitre 63

Clémence en a long à dire

Hubert

Clémence se dévouait sans compter auprès des enfants et des indigents de la paroisse. Elle était maintenant connue comme le médecin des pauvres. Ça ne faisait que la conforter dans sa lutte pour l'égalité des femmes. Elle se battait toujours pour que les femmes puissent avoir le droit de vote, mais ce n'était là qu'un des aspects de sa lutte quotidienne. Elle disait qu'elle ne mourrait pas avant d'avoir obtenu des changements importants au Code civil en faveur des femmes.

Je me souviens en particulier d'un de nos dîners où elle nous fit en quelque sorte un exposé sur ce qu'était la femme depuis l'établissement de nos ancêtres au pays. À peine, disait-elle, si dans notre province nous avions fait quelques progrès en ce domaine.

— Vous savez, disait-elle, que sous le Régime français, c'est-à-dire de 1608 à 1760, les femmes n'avaient aucun droit ? Elles ne pouvaient pas passer un seul contrat, sinon celui de leur mariage qui servait également de testament. L'argent qu'elles apportaient en dot était la plupart du temps dépensé par le mari qui avait tous les droits. Heureusement que le contrat de mariage protégeait un peu les femmes, car autrement elles auraient tout perdu au moment de la mort de leur époux. Savez-vous que quand son mari mourait, la femme avait droit à la moitié des biens et le reste revenait aux enfants ? C'était un système absurde, parce que dès que l'homme mourait, sa femme devait partager la moitié de la maison et la moitié de la terre où elle habitait avec ses enfants. En somme, elle était à leur merci.

On aurait pu penser que les choses allaient s'arranger avec l'arrivée des Anglais.

— Mais, disait Clémence, nous sommes en 1937 et ce n'est guère mieux qu'en 1608. Quels droits avons-nous, pauvres femmes, mères de famille, éducatrices de nos enfants ? À peu près aucun. Si nous sommes mariées, nous devons obéissance à notre mari et c'est lui qui choisit l'endroit où nous allons vivre. Nous ne pouvons pas nous opposer à sa décision. Nous devons le suivre partout. Vous me direz qu'il a l'obligation de faire vivre sa femme et ses enfants. Eh bien, vous devriez voir dans quelles conditions certaines femmes de Saint-Roch vivent et vous verriez pourquoi je me démène tant pour faire changer la situation. En plus, une femme mariée n'a pas le droit d'aller en cours sans l'autorisation de son mari, à moins d'y être traduite elle-même pour une cause criminelle. Le mari a même le droit de s'opposer à ce qu'elle exerce une profession. Comment voulez-vous que nous puissions faire changer quoi que ce soit ?

Quand elle sentait ainsi le besoin de se vider le cœur sur cette question, nous nous abstenions d'intervenir, sinon pour lui dire qu'elle avait entièrement raison. Ovila était assez bien informé sur le sujet. Il commenta :

— Permets-moi, Clémence, de te dire que tout ce que tu fais pour le droit des femmes va finir par porter fruit. J'ai appris tout récemment que le Code civil doit être changé bientôt sur certains points.

— Bientôt? Dans deux ans? Dans quatre ans? Si ça ne va pas plus vite que le droit de vote, nous allons attendre encore des années.

— Le fameux droit de vote! J'avoue avoir de la misère à comprendre pourquoi les femmes peuvent voter au fédéral et pas au provincial.

— Il n'y a rien de compliqué là-dedans. Tant que les évêques vont s'en mêler, rien ne changera. Le cardinal Villeneuve vient encore de s'y opposer.

— Est-ce qu'il précise pourquoi?

— C'est toujours la même raison fondamentale. Il dit que les femmes doivent demeurer au foyer pour le bien de leurs enfants. La vraie raison n'est pas celle-là. Il a peur que si les femmes se mettent à travailler, elles deviennent l'égal des hommes et s'accaparent de pouvoirs qui ne sont présentement dévolus qu'aux hommes. Vous devriez entendre certaines femmes s'exprimer là-dessus lors de nos rencontres! Vous pouvez être sûrs qu'il y en aurait certaines d'entre elles qui seraient vite excommuniées!

— Rien n'empêche, dis-je, qu'il me semble que depuis quelques années il y a du progrès qui s'est fait sur cette question.

— Tu es bien naïf, Hubert. Si tu étais une femme, tu piafferais d'impatience comme nous, d'autant plus qu'il n'est même pas encore sérieusement question d'obtenir une loi permettant le divorce. Dire que dans certains pays d'Europe, les femmes ont droit de divorcer depuis plus de cent ans... En France, la possibilité de divorcer date de 1792. Ce ne fut pas long qu'un mariage sur trois fut dissous. Ne vous inquiétez pas, l'Église n'avait pas dit son dernier mot, car elle est parvenue à faire abolir le divorce en France, de 1816 à 1884. Si on remonte plus loin, en Angleterre, le roi Henri VIII n'a-t-il pas demandé le divorce de Catherine d'Aragon ? Vous savez en quelle année ça se passait ? En 1529. L'Église catholique a refusé et tout cela a mené à la création de l'Église anglicane. Après ça, qu'on vienne nous dire que nous vivons dans un pays progressiste ! Nous osons à peine prononcer le mot...

Il fallait donner à Clémence ce qui lui revenait. Un, elle ne parlait pas à travers son chapeau, et deux, malgré tous les obstacles, elle n'a jamais cessé d'avoir à cœur le sort des femmes.

Chapitre 64

Le Congrès
de la langue française

Ovila

Parmi les moments forts de ma carrière, un des événements que j'ai le plus aimé couvrir fut le deuxième Congrès de la langue française. Fallait-il s'étonner qu'on mette en place un tel congrès? Absolument pas, car il devenait urgent de défendre notre langue puisque nous étions entourés de millions de personnes s'exprimant en anglais et que nous devions faire quelque chose pour que le français ne se perde pas. Il y avait eu une première édition en 1912 et, à l'occasion de ce deuxième congrès, on célébrait donc le vingt-cinquième anniversaire du premier.

C'est le recteur de l'Université Laval, monseigneur Camille Roy, qui, avec les membres de la Société du parler français, fut chargé de tout mettre en place. Le thème choisi fut: «L'esprit français au Canada, dans notre langue, dans nos lois, dans nos mœurs.»

Il y eut, comme dans tout événement de ce genre, un comité organisateur, ceux qui travaillent, et un comité d'honneur, ceux qui paradent. Faisaient partie de ce comité d'honneur, l'archevêque de Québec, le cardinal Jean-Marie-Rodrigue Villeneuve, patron du Congrès; le lieutenant-gouverneur du Québec Ésioff-Léon Patenaude, qui en était le président d'honneur; le premier ministre du Québec, l'Honorable Maurice Duplessis; le ministre fédéral de la Justice, le non moins Honorable Ernest Lapointe; et le maire de Québec, Joseph-Ernest Grégoire, vice-présidents d'honneur. L'Académie française y avait même un délégué en la personne du romancier et essayiste Louis Bertrand.

Les Canadiens français, les Acadiens et les Franco-Américains pouvaient participer au Congrès. Plus de huit mille personnes s'inscrivirent et le Congrès dura une semaine. Personne ne fut oublié. Il y eut des messes, des activités touristiques, des démonstrations, des déjeuners, des réceptions, des banquets et des concerts, six séances publiques, deux assemblées générales, vingt-trois séances des quatre sections d'études et divers programmes spéciaux pour les enfants, les dames et les jeunes. Nous savons faire les choses en grand.

Le Congrès s'ouvrit de façon grandiose avec une splendeur digne de Sa Majesté la langue française. Sur l'estrade d'honneur, en plus du cardinal Villeneuve, on dénombrait pas moins d'une quinzaine d'archevêques et d'évêques et un bon nombre de représentants de l'autorité civile. Il y eut de vibrants discours qui, tous, louangeaient la langue française dont c'était l'apothéose. Monseigneur Roy répéta: «Une race a beau être bien vivante, il lui faut, de temps à autre, se retremper, surtout lorsque, comme la nôtre, elle est placée dans une situation particulière.»

Les activités en marge du Congrès furent très prisées. Des milliers et des milliers de personnes défilèrent dans la rotonde du Château Frontenac devant l'Exposition du

Livre français. Il y en eut autant qui virent l'Exposition des Souvenirs historiques de l'Hôtel-Dieu de Québec, de même que l'Exposition scolaire de l'Académie Commerciale et le Musée des Souvenirs historiques du Monastère des Ursulines.

Dans ce genre de Congrès, quand on exclut les choses inutiles et qu'on passe aux choses sérieuses, on s'arrête forcément aux séances d'études. Il y en eut beaucoup qui portèrent sur la langue parlée, la langue écrite, les arts, les lois, les mœurs. Les dames purent même apporter des idées puisqu'il y eut des séances pour elles et pour les jeunes. Clémence participa aux séances menées par les femmes.

Si nous mesurons le résultat d'un congrès de ce genre par les vœux qui sont formulés à son terme, nous pouvons dire que ce fut un immense succès, puisque de toutes ces séances d'études ressortirent pas moins de quarante-six vœux. Il faut préciser, hélas, qu'il ne s'agissait que de vœux. Pourquoi n'étaient-ce pas des résolutions ? Sans doute parce que depuis le rejet par Londres des résolutions de nos pères avant les troubles de 1838, on s'en tient à ne formuler que des vœux. La Section de la langue souhaitait donc qu'on améliore la phonétique et l'élocution des élèves par un enseignement méthodique et par un soin particulier porté par les professeurs à la diction. On espérait voir se créer de nombreuses sociétés d'histoire régionale et locale et se multiplier les bibliothèques. Ce qui, soit dit en passant, aurait fait un grand plaisir à mon beau-père, on insistait pour que la langue des annonces publicitaires s'améliore et soit en bon français, mais surtout que l'on fonde un Office de la langue française au Canada qui aurait pour mandat d'examiner et de corriger les enseignes, les affiches et les circulaires des commerces.

Dois-je souligner que si l'on parvenait à réaliser simplement ce dernier vœu, on pourrait dire que ce Congrès fut un succès ? Mais les autres sections elles aussi avaient une longue liste de vœux divers. À la Section des arts, on souhaitait que se développe la culture des lettres et qu'on voie à encourager particulièrement les écrivains de chez nous. Rappelons que déjà monsieur Athanase David avait créé des prix pour récompenser l'œuvre de nos écrivains. À la Section des lois, on n'y allait pas de main morte. On demandait qu'une commission révise toutes les lois du Québec selon l'esprit français, que la traduction des lois fédérales qui sont toutes rédigées en anglais s'améliore et surtout que la langue française soit reconnue dans tout le Canada et que les droits des minorités francophones de conserver leur langue par l'enseignement soient reconnus dans toute l'Amérique du Nord.

Quant à la Section des mœurs, elle formulait pas moins de trente vœux, qui allaient de la qualité de la langue française dans la presse et la radio, à la solidarité entre les groupes francophones, à l'établissement de liens entre le Canada et Haïti, sans compter la lutte contre le communisme et les mariages mixtes. Il n'y avait pas là de grands rapports avec la langue française, mais il faut savoir que dès qu'il est question de mœurs, souvent les esprits s'échauffent et s'égarent dans les pâturages de l'erreur.

Plus modestement, les dames souhaitèrent que le goût de la poésie soit cultivé chez les jeunes, qu'on crée des associations féminines au Canada et aux États-Unis, et qu'on modernise l'éducation des femmes. Derrière ce dernier souhait se dessinait sans aucun doute la silhouette de Clémence. On profita de ce Congrès pour réanimer le Comité permanent des Congrès de la langue française en Amérique, inactif depuis 1920.

Que conclure après un si grandiose hommage rendu à notre langue? Ce Congrès fut, il faut bien l'admettre, un souffle d'air frais bienvenu pour la sauvegarde de notre langue, de nos lois et de nos mœurs. Pour ma part, je fus particulièrement marqué par le discours de l'abbé Lionel Groulx dans lequel il promettait: «Notre État français, nous l'aurons.» Quant à Clémence, dès qu'elle pouvait se libérer de son travail, elle participait aux discussions à la Section d'études pour les dames. Elle nous parla longuement de ces rencontres. La seule chose qu'elle déplorait était de constater qu'on s'empresserait sans doute de déposer ces recommandations ou ces vœux sur des tablettes où ils finiraient par disparaître sous la poussière du temps.

Chapitre 65

Retour sur ma vie

Hubert

Quarante ans à sonner les cloches! Qui aurait pu prédire que je deviendrais un champion sonneur de cloches, celui qui, à Québec et aux environs, détiendrait le record du plus grand nombre d'années passées à faire ce métier? Mais je vieillissais et je sentais qu'il me faudrait bientôt céder ma place à un plus jeune. Vous me direz que sonner des cloches est un métier pas très compliqué. Détrompez-vous, ce métier demande énormément de précision et il s'avère extrêmement exigeant.

Il y avait donc quarante ans que je sonnais les cloches de Saint-Roch, en ne prenant qu'une semaine de vacances par année. Si on ajoute à ça les deux jours de la semaine sainte où les cloches sont au repos et réputées en vacances à Rome, je ne bénéficiais en tout et pour tout que de neuf jours de congé par année.

Le travail du sonneur de cloches consiste d'abord et avant tout à être présent quand on a besoin de lui. Être présent signifiait donc qu'il me fallait tous les jours être à l'église à six heures du matin afin de sonner l'angélus. La même chose se produisait à midi et à six heures du soir.

Je devais également être dans les parages quand nous apprenions la mort d'un paroissien ou d'une paroissienne. Il me fallait être sur place pour sonner les messes du matin, les baptêmes, les mariages, sans compter les messes du dimanche et les vêpres. Je devais faire carillonner les cloches pour d'autres circonstances, comme la fête de saint Roch, l'élection d'un nouveau pape, la nomination d'un nouvel évêque, les fêtes d'obligation, les Rogations, etc. En somme, je devais être disponible pratiquement à toute heure du jour. Inutile de dire que je ne m'éloignais jamais beaucoup de l'église.

Je n'étais libre que la nuit, à moins d'un incendie qui nécessitait la sonnerie du tocsin. Mais ça, au moins, je n'eus pas à le faire longtemps, car les pompiers se dotèrent d'une puissante sirène d'alarme qui remplaça le tocsin. Au cours de ces quarante années, j'eus à sonner le glas pour pas moins de trois papes et quatre archevêques. Pour ces cas particuliers, je terminais mon glas en faisant tinter la cloche au nombre de coups correspondant à l'âge du défunt.

Sonner le glas demande une technique spéciale puisqu'il faut actionner la cloche de telle manière à ce qu'elle ne sonne qu'un coup, laisser passer quelques secondes avant de la remettre en branle pour un deuxième coup et ainsi continuer sept fois de suite pour signaler le décès d'une femme et neuf fois pour celui d'un homme. Je me souviens que les premières fois, j'avais beaucoup de mal à bien immobiliser la cloche et le battant revenait frapper un deuxième coup, ce qui avait de quoi mêler tout le monde...

Les cloches parlaient à ceux qui prenaient le temps de les écouter. L'angélus invitait les gens à s'arrêter pour réciter trois *Ave Maria*. Avant de faire sonner la volée de cloches de l'angélus, il fallait préparer les fidèles à l'entendre, par trois coups du même type que ceux d'un glas. Là encore, je devais bien en maîtriser la technique. L'angélus de midi invitait les gens à réciter des *Ave* pour la paix. L'angélus du soir était anciennement le signal du couvre-feu, mais plus à notre époque. Il rappelait aux pécheurs que nous sommes de nous souvenir de nos fautes en récitant trois *Ave* afin de racheter celles de la journée. Il fallait donc, entre chacune des trois volées, laisser le temps aux gens de réciter un *Ave*.

J'étais bien conscient, en faisant sonner les cloches, de ce que je voulais leur faire dire. Certaines sonneries appelaient à la prière, d'autres soulignaient le deuil et la tristesse alors que certaines chantaient la joie et l'allégresse. Je me souviendrai tout le reste de ma vie de cette sonnerie de détresse que le curé me demanda lorsque, en 1914, il y eut les émeutes à propos de la conscription.

C'était un métier particulier. Il fallait du temps pour bien le maîtriser afin de faire parler les cloches pour chaque moment de nos vies. Voilà ce que j'avais appris à exprimer par les cloches.

Maintenant que j'ai cédé peu à peu ma place, chaque fois que j'entends sonner les cloches, je tente de savoir ce qu'elles veulent me dire. J'avoue que certaines fois, je ne comprends pas leur langage. La faute n'en est pas aux cloches mais au sonneur. Certains sont meilleurs que d'autres, comme celui de la cathédrale. Il y en a qui ne devraient pas exercer ce métier. Par charité chrétienne je tairai leur nom… Il est rare de voir des écrits sur les sonneurs de cloches. Fort heureusement, monsieur Hugo dans *Notre-Dame de Paris* l'a si bien fait que je ne peux m'empêcher de citer ici un passage qui décrit bien, à travers la vie de son personnage Quasimodo, ce que fut le plus clair de la mienne.

On ne saurait se faire une idée de la joie de Quasimodo les jours de grande volée. Il montait la vis du clocher plus vite qu'un autre ne l'eût descendue. [...] Le premier choc du battant et de la paroi d'airain faisait frissonner la charpente sur laquelle il était monté. [...] La cloche, déchaînée et furieuse, présentait alternativement aux deux parois de la tour sa gueule de bronze d'où s'échappait ce souffle de tempête qu'on entend à quatre lieues. [...] Enfin, la grande volée commençait; toute la terre tremblait: charpentes, plombs, pierres de taille, tout grondait à la fois...
(Livre IV, chapitre 3)

Chapitre 66

Menaud, maître-draveur

Ovila

Mon métier de journaliste me semblait être le plus beau du monde. Il me permettait des incursions dans toutes sortes de domaines. J'aimais en particulier les moments où j'étais assigné à couvrir un événement littéraire. Quand Léonard était encore de ce monde, que de bons moments j'avais passés en sa compagnie à m'entretenir avec lui du travail de l'un ou l'autre de nos écrivains ! Il les connaissait si bien ! J'aurais bien aimé qu'il soit encore là quand je fus chargé de couvrir la parution d'un nouveau roman prometteur, celui de l'abbé Félix-Antoine Savard.

Depuis un bon bout de temps, on nous promettait ce roman qui, annonçait-on, serait aussi important que *Maria Chapdelaine*, le chef-d'œuvre de Louis Hémon. Dès que je l'eus en main, je fus impressionné par cette écriture poétique et surtout par cet écho au roman de Hémon dont l'auteur de *Menaud, maître-draveur* embellissait le premier chapitre :

> *Autour de nous des étrangers sont venus, qu'il nous plaît d'appeler des barbares ! Ils ont pris presque tout le pouvoir ; ils ont acquis presque tout l'argent ; mais au pays du Québec...*

Marie, la fille de Menaud qui lit ce texte à son père, se met à hésiter : «Mais au pays du Québec, rien n'a changé.» Menaud se lève, commente et invite sa fille à poursuivre. Elle lit encore et termine sa lecture par : «Ces gens sont d'une race qui ne sait pas mourir!»

Si le comte de Durham revenait chez nous aujourd'hui, il trouverait sans doute que nous ne sommes pas une race si inférieure et que nous n'avons pas besoin de devenir anglais pour faire partie d'une race supérieure. Chose certaine, il ne pourrait pas écrire que nous sommes un peuple sans culture. De plus en plus de nos auteurs créent chez nous une vraie littérature. Elle reflète bien ce qui se passe dans notre milieu, en particulier le retour à la terre. Je songe aux ouvrages de Patrice Lacombe, *La Terre paternelle*, et d'Antoine Gérin-Lajoie, *Jean Rivard*, mais d'autres voix apportent des éléments nouveaux. La fierté d'être ce que nous sommes, Lionel Groulx nous la souligne dans *L'Appel de la race*. Ringuet, pour sa part, nous annonce avec *Trente arpents* que le règne de la terre paternelle tire à sa fin. Léo-Paul Desrosiers marque quant à lui dans *Nord-Sud* l'attachement au pays, et que dire de mon ancien patron, Jean-Charles Harvey, qui avait osé, dans *Les Demi-civilisés*, s'en prendre aux bourgeois et au clergé? Si cela n'était pas le début d'une littérature et d'une plus grande ouverture à ce qui se passait chez nous, qu'est-ce que c'était alors? À mon avis, ce livre marquait le commencement de quelque chose de nouveau et démontrait à quel point les écrits sont puissants. Voilà pourquoi certains s'acharnaient tant à condamner tout ce qui s'écrivait qui ne correspondait pas à ce qu'ils pensaient.

J'étais donc à la librairie Garneau quand on mit sur les tablettes le roman tant attendu de l'abbé Savard. Il parut au moment où se tenait à Québec le Congrès de la langue française. Pour ma part, je le lus tout d'une traite. L'abbé Savard y racontait la vie de Menaud, un draveur sur les dangereuses rivières de Charlevoix, qui défendait farouchement son territoire pour qu'il ne disparaisse pas aux mains des étrangers.

Comme Hubert s'était mis à la lecture ces derniers temps, je m'empressai de lui prêter ce roman. Il en fut enchanté. Il me dit :

— Tu sais quoi ? Je me retrouve dans le personnage de Menaud.

— Comment ça ?

— Il se bat pour conserver les valeurs de ses ancêtres. Ce que j'ai fait dans ma vie ne semble peut-être pas très important, mais ce n'est pas si différent. Pour moi, sonner les cloches a toujours été primordial. Il me semblait que par la voix des cloches j'empêchais les choses de dégénérer. Pour moi, elles dictaient aux gens leur devoir et rappelaient à la fois la vie et la mort. Il y avait des cloches joyeuses, d'autres tristes comme tout ce que chacun de nous vivons, des moments de grand bonheur et d'autres d'immense tristesse.

— Ce que tu dis est très vrai. Quand on dérange trop l'ordre des choses, ça fait naître des conflits.

— Quand je faisais mon métier, tout était toujours pareil et rassurant. Maintenant que je suis à la retraite, j'ai bien de la difficulté à trouver la paix.

— Au fond, nous sommes tous tourmentés comme Menaud qui voudrait que chez nous rien ne change. Pauvre de nous ! Nous savons, sans trop vouloir nous l'avouer, que chez nous comme ailleurs tout change. La vie est faite de changements. Quand nous nous voyons sur des photos d'il y a quarante ans, nous mesurons très bien ce que le temps a fait sur nous. Notre société aussi est en train d'évoluer. Ceux qui s'imaginent pouvoir enrayer le changement s'illusionnent vraiment. Des romans comme *Menaud, maître-draveur* nous amènent à réfléchir à ce qu'est la vie et comment le temps change les choses et les êtres. Ça nous invite à profiter du moment présent. Toi comme moi, nous en sommes à nos derniers milles. Je ne sais pas pour toi, mais pour moi la vie a été bonne et je suis satisfait de ce que j'ai vécu.

— Tout compte fait, malgré mes infirmités, je dois dire que j'ai eu une vie bien remplie. Il me reste à continuer à profiter de chaque instant. Des livres comme celui-là m'aident à apprécier la vie qui passe.

Comme Hubert allait me quitter, je lui demandai :

— Au fait, as-tu lu *Maria Chapdelaine* ?

— Non, pas encore.

— Eh bien, il est grand temps que tu le fasses.

Je lui prêtai l'exemplaire que je possédais.

— Prends-en grand soin, lui dis-je, c'est Firmin qui m'en a fait cadeau.

Chapitre 67

À la retraite

Hubert

Les années avaient passé et j'en étais rendu à trouver difficile de devoir me lever à cinq heures et demie tous les matins afin d'être à l'église pour sonner l'angélus de six heures. Je commençais à me sentir vieux et perclus de rhumatismes, ce qui me jouait des tours quand j'exerçais mon métier et surtout quand je devais mettre en branle la plus grosse cloche. Fort heureusement, depuis quelque temps j'entraînais un jeune homme en vue de me faire remplacer bientôt. L'heure de tirer ma révérence pour de bon avait sonné – c'est le cas de le dire.

Comme si je n'avais pas voulu perdre ce qui avait fait ma vie jusque-là, je me mis à arpenter l'église dans tous ses coins et ses recoins. Je montai au clocher inspecter de près les cloches que je considérais comme mes amies. J'allai voir monsieur le curé pour lui faire part de mon désarroi. Il me conseilla en ces termes :

— Tout le monde finit par arriver au bout de son métier et de sa vie. Tu dois maintenant te préparer pour l'autre vie, celle où tu n'auras plus à te préoccuper de tes infirmités et de tes faiblesses, celle où nous n'avons plus qu'un souci, honorer Dieu avec qui nous vivrons éternellement.

— Mais en attendant, monsieur le curé?

— En attendant que la mort vienne te chercher? Si tu ne sais pas quoi faire, tu n'auras qu'à continuer à fréquenter l'église sans avoir à sonner les cloches. Ça remplira ton temps, puisqu'il semble bien que ce soit cela qui te préoccupe.

— Remplir le temps qu'il me reste, je veux bien, monsieur le curé, mais je ne pourrai pas être toujours assis dans l'église à attendre.

— Dans ce cas, tu visiteras les autres églises, tu verras ce qui s'y passe et tu viendras m'informer si jamais tu y découvres quelque chose que nous n'avons pas ici et qui serait bien dans la nôtre.

Voilà ce que monsieur le curé me conseilla. Ça ne me plaisait guère et je me dis que Firmin aurait sans doute quelque chose de mieux à me proposer dans son hôtel, qu'Ovila saurait bien me trouver quelques commissions à faire et peut-être même que Clémence trouverait à m'occuper à quelque chose. Mais à quoi étais-je encore bon?

Et puis, finalement, le jour de ma retraite arriva comme un voleur qui vous enlève tout ce que vous possédez. Il y eut au presbytère une petite célébration pour me souhaiter bonne chance. Le sacristain, qui allait lui-même prendre bientôt sa retraite, me remercia des bons services que je lui avais rendus et monsieur le curé m'offrit même un petit cadeau, une clochette comme celles dont se servent les enfants de chœur pour l'élévation.

Quand je revins chez moi, il me semblait que je venais de tout perdre ce qui me donnait le goût de vivre. Firmin ne voulut pas que je me morfonde et me demanda d'aider

Onésime qui travaillait à réparer un bout du toit. « Tu lui donneras les planches et ce dont il aura besoin. Ça lui évitera de monter et de descendre », me dit-il. L'après-midi y passa. Mais Onésime n'aurait pas toujours à réparer le toit et Firmin ne saurait pas à quoi m'employer. Voilà ce que je me disais.

Je songeai à mon ami Ambroise à la cuisine, il saurait bien me donner de quoi m'occuper. J'allai le voir. Je me rendis compte tout de suite qu'il ne voulait avoir personne dans les jambes. Il fut poli avec moi, mais je compris rapidement que j'allais être de trop dans sa cuisine, moi un bossu qui traîne la patte…

Je fus comme une âme en peine durant des jours à chercher à quoi m'occuper, puis, comme il faisait beau, je m'achetai une canne à pêche et j'allai creuser derrière l'hôtel autour de l'endroit où on jetait les ordures. J'y découvris des vers en abondance. Je partis le long de la rivière Saint-Charles en quête d'un coin tranquille pour y lancer ma ligne. Depuis, je passe mes journées assis au bord de l'eau à attendre qu'un poisson daigne mordre. L'eau n'y est pas très belle, plus grise que transparente. Je crois bien que les rares poissons qui s'y risquent sont comme moi : ils cherchent à tuer le temps.

Chapitre 68

Marjolaine est épuisée

Ovila

Depuis des années, Marjolaine se dévouait bénévolement auprès des pauvres et des démunis. Elle ne ménageait ni son temps ni ses efforts, pleinement vouée à sa cause. Pourtant, contrairement à ses habitudes, elle qui ne se plaignait jamais, Marjolaine avouait depuis quelque temps qu'elle se sentait fatiguée, ce qui ne l'empêchait pas pour autant de partir chaque matin accomplir son bénévolat comme elle l'avait toujours fait. Pourtant un soir, à mon retour à l'heure du souper, elle n'était pas à la maison. Je me demandais ce qui avait bien pu la retarder, quand Clémence arriva pour m'apprendre que Marjolaine se reposait à son dispensaire, rue Dupont.

— Je sais, m'apprit-elle, pourquoi depuis quelque temps elle se sentait fatiguée.

— De quoi souffre-t-elle ?

— Elle a eu une faiblesse et elle tousse beaucoup. Elle a la tuberculose.

Je fus sidéré. N'en croyant pas mes oreilles, comme pour conjurer le mal, je demandai à Clémence :

— Tu crois vraiment qu'elle souffre de cette maladie, à son âge ?

— Quand on y est exposé, la tuberculose peut nous atteindre à tout âge. Le plus triste est de constater que Marjolaine est victime de son dévouement. Elle a contracté ce mal auprès des défavorisés.

J'étais consterné. J'accompagnai ma belle-sœur jusqu'au dispensaire. Marjolaine, pâle, le visage défait, se reposait dans un triste lit placé en isolation le long d'un mur. C'était désolant de la voir ainsi. Elle me faisait penser à un petit oiseau tombé du nid. En me voyant, elle se mit à pleurer. J'en fus bouleversé. Je m'efforçai de mon mieux de la consoler.

— Allons, tout va s'arranger. Nous allons bien prendre soin de toi.

En route, j'avais demandé à Clémence quels seraient les meilleurs soins qu'on pourrait lui dispenser. Elle me dit qu'un séjour dans un sanatorium lui ferait un bien immense. Nous étions à peine arrivés auprès d'elle que la pauvre eut une terrible quinte de toux. Clémence lui fit ingurgiter un remède à base d'ail, de sa composition. Pour la rassurer, elle commenta :

— Tu vas voir que ce que je viens de te donner va te faire du bien. Autrefois, les gens atteints de tuberculose pensaient qu'ils étaient condamnés. Nous savons aujourd'hui que ta maladie est loin d'être incurable. Grâce au docteur Koch, nous avons appris comment en guérir les personnes atteintes. Tu ne dois pas te décourager, Marjolaine, ta maladie n'en est qu'à ses débuts. Tu es forte, tu vas la vaincre facilement.

Confiante, Marjolaine écoutait attentivement Clémence. Pendant ce temps, je songeais que les signes avant-coureurs de cette maladie s'étaient manifestés chez elle depuis peut-être un mois. Elle avait fait un peu de fièvre et avait eu de temps à autre une petite toux. Je restai auprès d'elle jusqu'à ce qu'elle s'endorme. Il faisait presque nuit quand je quittai le dispensaire. Clémence me prévint que je devais prendre bien soin d'aérer comme il faut la maison pour ne pas risquer d'attraper moi-même la maladie.

Au petit matin, j'étais de nouveau à son chevet. Marjolaine avait meilleure mine. Le remède que Clémence lui avait donné la veille semblait lui avoir fait du bien. Ma belle-sœur avait développé un nombre considérable de médicaments de sa composition. Elle ne jurait que par les plantes. N'ayant pas le temps de cueillir elle-même celles dont elle avait besoin, elle avait confectionné une liste dont elle nous avait remis une copie, au cas où nous pourrions lui en rapporter. Je me faisais un devoir, lorsque mon travail m'amenait à la campagne, de revenir avec certaines de ces plantes. Je payais même une jeune femme de Charlesbourg pour qu'elle en cueille certaines non loin de chez elle. J'était devenu pour ma belle-sœur un bon fournisseur et elle m'en savait gré. Quand je la vis ce matin-là, elle me prit à part.

— Ovila, si tu veux revoir Marjolaine vite sur pied, tu devras la faire admettre dans un sanatorium.

— Je l'y enverrai sans problème.

Clémence me dit qu'elle prendrait les dispositions pour la faire admettre le plus tôt possible à celui de Lac-Édouard, idéal parce que beaucoup plus près que ceux de Sainte-Anne-des-Monts ou de Roberval.

— Ce qu'il lui faut, c'est du grand air, du repos et de la bonne nourriture. Au sanatorium elle aura tout ça.

— Est-ce qu'elle y passera beaucoup de temps?

— Tout va dépendre de la façon dont son organisme va combattre la maladie. Une chose est certaine, elle va y rester au moins cinq ou six mois, sinon plus.

Les paroles de Clémence m'atteignirent comme un coup de poing. Je me demandais comment je parviendrais à vivre si longtemps loin de ma chère épouse. Nous nous habituons à la présence de quelqu'un à nos côtés. Je savais que Marjolaine loin de moi, je me sentirais comme si je l'avais perdue pour toujours. Il y aurait un grand vide dans ma vie. Pourtant, je n'avais pas le choix. Il fallait passer par là. Sa guérison en dépendait.

Clémence ne mit guère de temps à lui trouver une place. Le sanatorium de Lac-Édouard était prêt à la recevoir dès qu'elle pourrait s'y rendre. J'avais heureusement de petites économies. Je savais qu'elles y passeraient jusqu'au dernier sou, mais ça m'importait peu. Tout ce qui comptait, c'était de revoir Marjolaine sur pied, le sourire aux lèvres et les yeux brillants.

Il était facile depuis Québec de se rendre à Lac-Édouard par train. Dès le lendemain, après avoir préparé une valise pour Marjolaine, je l'accompagnai jusqu'au sanatorium. C'était un édifice imposant situé presque en pleine forêt. À n'en pas douter, l'air qu'on y respirait devait être de première qualité. Clémence avait recommandé à Marjolaine de suivre à la lettre les directives du médecin et des infirmières du sanatorium. Elle avait insisté sur le fait qu'elle devait surtout se reposer et bien manger. Marjolaine se désolait pour ses pauvres. Clémence la rassura :

— Je trouverai quelqu'un qui va s'en occuper, ne t'inquiète pas.

— Ils vont me manquer.

— Eh bien justement : si tu tiens à les revoir, tu dois commencer par penser à toi et surtout ne pas te faire de souci pour eux. Ça ne donnerait rien de te ronger les sangs, tu ne peux rien faire pour le moment. La seule tâche que tu as est de guérir.

Courageusement, dès notre arrivée là-bas, elle gagna la chambre qui lui était réservée. Elle avait l'air résolue à y passer le moins de temps possible. Je promis de venir la voir souvent, aux deux semaines si possible. Je lui conseillai :

— Prends ça comme des vacances bien méritées. Je veux te voir souriante quand je reviendrai.

Elle promit de faire de son mieux. Je la quittai sur ces mots. Dans le train me ramenant à Québec, je jonglai à tout ce qui se passait. J'avais peur de la perdre, j'avais peur que ma vie ne soit plus jamais la même. Les paroles de Clémence me revinrent en mémoire : « Notre bonheur est fait de la somme de toutes nos pensées positives. »

Quand je retournai au sanatorium deux semaines plus tard, c'est une Marjolaine souriante qui m'accueillit. Elle se précipita dans mes bras :

— Je vais guérir vite, murmura-t-elle à mon oreille. La vie est trop belle pour que je la quitte ainsi.

Elle avait trouvé le temps de cueillir de l'herbe à dinde, de l'ail sauvage et de la moutarde des champs pour les remèdes de Clémence. Nous passâmes quelques belles heures ensemble. Quand je la quittai, je respirais beaucoup mieux qu'à mon arrivée.

Chapitre 69

La solitude

Hubert

Maintenant que j'étais à la retraite et que j'avais tout mon temps, je ne savais plus trop quoi faire. J'étais si habitué à ma routine quotidienne que je me sentais perdu de ne pas me retrouver à l'église à six heures du matin et à traîner dans les parages jusqu'au soir. Je m'étais lassé assez vite de la pêche à la ligne…

Pour occuper mon temps, je me mis à me promener des heures durant le long de la rivière Saint-Charles et parfois dans le port où je surveillais avec attention le travail des débardeurs. J'avais vraiment l'impression de commencer à vivre, n'étant plus obligé de constamment surveiller l'heure pour être à temps à mes sonneries. D'ailleurs, à force de me préoccuper de l'heure, j'en étais venu à avoir une vraie horloge dans la tête. Instinctivement, je pouvais dire l'heure à quelques minutes près.

Au port, je surveillais les allées et venues des gens qui montaient sur les transatlantiques pour gagner l'Europe. Il fut un temps où je les enviais. Allez savoir pourquoi, maintenant que j'avais le temps – sinon l'argent – pour réaliser au moins un des voyages auxquels j'avais tant rêvé, celui de me rendre en France, à Annecy en Haute-Savoie, visiter la fonderie Paccard où on fabriquait les cloches, ça ne m'intéressait plus. Je me demandai à quoi ça pouvait être dû, et je me rendis compte que ce n'était pas en raison de ma bosse ou de mon âge, mais bien parce que je n'avais pas d'ami pour m'y accompagner.

Je mesurais de la sorte à quel point il est important tout au cours de sa vie de se faire des amis. Mon travail me permettait de voir beaucoup de monde, mais il ne me laissait pas le temps nécessaire pour m'arrêter et passer de bons moments avec l'un ou l'autre de ces hommes que je côtoyais presque tous les jours à l'église. Ainsi, peu à peu, j'avais laissé le travail m'accaparer au point que j'étais maintenant vraiment seul.

J'avais toujours Ambroise, mon ami acadien. Il continuait à satisfaire les clients de l'hôtel de Firmin dont il avait contribué à faire la réputation. Comme il n'était pas encore à la retraite, je ne pouvais guère compter sur lui pour discuter de mes humeurs et parler des questions qui nous viennent à l'esprit dès que nous prenons le temps de nous arrêter un peu.

J'eus ce que je pensais être une idée de génie. Je me mis à faire le tour des églises de Québec afin de faire connaissance avec les sonneurs de cloches. Après tout, ils pratiquaient le même métier que moi. Par contre, comme ils étaient encore accaparés par leur travail, ils ne pouvaient guère se libérer et je devais souvent passer du temps en leur compagnie près de l'église où ils travaillaient. Après avoir parlé métier et raconté un peu tous les malheurs qui nous étaient arrivés à sonner les cloches, nous n'avions plus grand-chose à nous dire. On ne se crée pas des amis juste à placoter comme ça du métier qu'on a exercé…

Je m'informai ici et là si des gens avaient besoin d'un partenaire pour jouer aux cartes. Comme je n'avais jamais joué, j'avais tout à apprendre. J'aurais peut-être pu me joindre à un groupe quelconque, car dans la paroisse il y avait un club de joueurs de cartes. Sauf qu'ils n'auraient pas voulu de quelqu'un qui ne savait pas jouer. Firmin me trouva un de ses clients qui était prêt à m'enseigner à jouer au bridge. Je passai des heures en sa compagnie, mais je n'avais plus l'esprit assez vif pour apprendre à bien jouer. Je trouvais cela tellement compliqué que je laissai rapidement tomber. Je me contentai de jouer solitaire sur solitaire, en tuant de la sorte le temps et en devenant rêveur chaque fois que j'entendais les cloches sonner.

J'étais désespérément seul. C'est la lecture qui me sauva d'une retraite triste et sans intérêt. Clémence, me voyant dépérir, arriva un jour avec un roman intitulé *Un homme et son péché*. Je me souvins tout d'un coup que j'avais aimé lire autrefois le roman de Victor Hugo sur Notre-Dame de Paris. J'étais le Quasimodo de Québec! Ça m'avait vivement intéressé. Comment se faisait-il que je n'avais pas vraiment continué à lire ensuite, à part *Menaud, maître draveur* et *Maria Chapdelaine*? Sans doute par paresse ou manque de motivation. Je pris un grand plaisir à lire le roman de Claude-Henri Grignon. Quand Clémence vit que la lecture me distrayait, elle m'apporta d'autres romans d'auteurs d'ici. J'ai beaucoup aimé *Angéline de Montbrun* de Laure Conan. La lecture me sauva en m'entraînant dans d'autres mondes que mon petit univers fait d'ennui et de misère. Elle me permit en quelque sorte de vaincre la solitude. J'en fus reconnaissant à Clémence et à tous ces auteurs qui, à travers leurs personnages, nous permettaient de rêver.

Chapitre 70

Un homme et son péché

Ovila

Marjolaine était toujours au sanatorium et elle me manquait beaucoup. J'avais même envie de tout lâcher et d'aller m'établir à Lac-Édouard afin d'être plus près d'elle. J'y songeai sérieusement plus d'une fois, mais deux raisons m'empêchèrent de le faire. La première, je n'étais pas assez riche pour penser m'installer là-bas, il me fallait travailler. En second lieu, comment m'en serais-je tiré à me morfondre à ne rien faire ? J'étais habitué à mon rythme de vie et, de plus, j'aimais mon travail qui me donnait l'occasion de rencontrer une foule de personnes. Comment aurais-je survécu, retiré seul à Lac-Édouard où je ne connaissais strictement personne ? Je préférais aller visiter Marjolaine toutes les deux semaines. À un certain moment, on avait cru à une rémission de sa tuberculose, mais en réalité elle ne guérissait pas. Il s'avérait impossible, dans l'immédiat, de la ramener à Québec. Quant à moi, travailler au journal m'évitait de songer constamment à elle et de me ronger inutilement les sangs.

Je décidai donc de me jeter à corps perdu dans le travail. Mon patron m'envoyait couvrir divers événements et j'en redemandais ! Il y avait un phénomène qui se passait depuis quelques semaines. De plus en plus de gens avaient la radio. L'émission la plus suivie était sans contredit *Un homme et son péché*. Il s'agissait du roman de Claude-Henri Grignon publié six ans auparavant.

Je menai mon enquête afin de savoir qui avait eu l'idée de mettre ce roman en ondes. On me présenta alors à un jeune homme dynamique, Guy Mauffette, qui m'expliqua qu'après en avoir longuement discuté avec l'auteur, ce dernier avait accepté de scénariser son roman et de faire passer à la radio un épisode de quinze minutes de ce feuilleton chaque soir de la semaine.

Le roman raconte l'histoire de Séraphin Poudrier, le maire de Sainte-Adèle, une petite municipalité des Laurentides si chères au curé Labelle. Séraphin est l'homme le plus riche du village, mais, avant tout, c'est un avare au cœur de pierre. Il prête de l'argent, mais à des taux usuraires, et se montre sans pitié pour ceux qui ne peuvent le rembourser à la date prévue. Cet homme sans scrupule semble n'aimer qu'une personne : sa femme Donalda, toute timide, douce et résignée.

Depuis que l'émission passait à la radio, les gens se passionnaient pour cette histoire. Il nous suffisait d'entrer dans un restaurant ou encore une taverne quand ce n'était pas tout simplement dans une salle paroissiale pour entendre parler de Séraphin, mais aussi, en plus de la pauvre Donalda, d'Alexis Labranche, son ancien amoureux, du père Ovide, du notaire Lepotiron, du docteur Cyprien, l'adversaire de Séraphin, sans compter Pit Caribou, l'ivrogne du village.

Cette émission démontrait bien comment les gens avaient soif de belles histoires. Quant à moi, je me trouvais privilégié d'enquêter pour le journal sur un tel sujet. Je rencontrai donc plusieurs personnes de différents milieux pour discuter avec elles de Séraphin. L'auteur avait si bien réussi à camper son personnage – ou bien est-ce parce que les gens sont vraiment très crédules – qu'il y en a plusieurs qui m'assurèrent que si jamais ils le rencontraient quelque part, ils lui feraient un mauvais parti ! Cette haine était si présente qu'Hector Charland, celui qui personnifiait Séraphin à la radio, se méfiait quand il se montrait en public. Il craignait d'être identifié par sa voix à son personnage et qu'on s'en prenne à lui. Quant à Donalda, il y avait des femmes qui lui faisaient parvenir de l'argent par l'intermédiaire du curé de Sainte-Adèle...

Je demandai à plusieurs ce qu'ils aimaient tant dans ce feuilleton. La plupart me répondaient que ces gens-là étaient du monde comme eux autres. Je demandai à un vieil homme et à sa femme :

— Avez-vous lu le roman ?

— Non ! On ne le lira pas non plus parce qu'on saurait comment ça finit et on n'aurait plus autant de plaisir à l'écouter. De toute façon, on ne veut pas que ça finisse.

Le vieux enchaîna :

— Ils devraient mettre d'autres histoires de même à la radio. Pour nous autres, c'est un vrai désennui.

Je leur dis qu'il y en avait déjà, comme *La Pension Velder* et *Rue principale*, et que, sans doute parce que nous avons de bons romanciers, d'autres pourraient éventuellement en faire autant que Grignon. Je leur suggérai fortement de s'intéresser à *La Pension Velder* de Robert Choquette. Le vieux me confia qu'il l'écoutait, mais que ce n'était pas bon comme Séraphin. Chose étonnante, moi qui faisais enquête sur ces émissions, je n'en écoutais aucune. Mon patron m'en fit le reproche. Je commençai donc dès ce soir-là à syntoniser *Un homme et son péché* et j'avoue que je me pris au jeu. Dans la mesure du possible, par la suite, je n'en manquai plus un épisode. Il est vrai que si je n'avais pas la chance pour une raison ou une autre de suivre un des quarts d'heure d'émission, je n'avais qu'à demander à Hubert de me raconter le tout en détail.

Pourquoi, vous demandez-vous, est-ce que je raconte tout ça au sujet de ce radio-roman ? C'est qu'une émission comme celle-là a l'immense mérite de nous faire oublier pendant un quart d'heure tous les soirs ce qui se passe dans le monde, car une fois de plus, ce qui s'y déroule est vraiment triste. Il faut savoir que depuis le mois de mars, nous avons un nouveau pape, du nom de Pie XII. Avec raison, il n'approuve pas ce qui se déroule en ce moment pas très loin de Rome, puisqu'une nouvelle guerre est commencée. Les Allemands ont envahi la Pologne. On parle déjà d'envoyer nos jeunes se faire tuer en Europe. Pourquoi faut-il qu'il y ait la guerre ? Sans doute parce qu'il y a trop de Séraphin Poudrier dans le monde.

Chapitre 71

Marjolaine nous revient

Hubert

Depuis que Marjolaine était au sanatorium, elle nous manquait beaucoup. De ne pas la voir autour de la table nous rappelait notre âge et nous faisait prendre conscience que pour chacun de nous la vie tirait à sa fin.

Ovila se rendait à Lac-Édouard toutes les deux semaines et nous ramenait des nouvelles pas très rassurantes. Quelques semaines après son arrivée là-bas, Marjolaine avait pris beaucoup de mieux. La tuberculose, cependant, est une maladie bien imprévisible. Moi, je l'avais attrapée et, comme séquelle, elle m'avait laissé ma bosse. J'étais jeune et j'avais probablement pas mal de ressources pour la combattre. Mais lorsque la tuberculose s'attaquait à une personne plus âgée, les choses tournaient souvent mal.

Je comptais bien avoir la chance de me rendre à Lac-Édouard voir Marjolaine. C'était ma sœur aînée et j'avais toujours eu de l'admiration pour elle. Je pense qu'il n'y avait pas de personne plus compréhensive et conciliante qu'elle. Marjolaine s'était dévouée toute sa vie auprès des pauvres et, malheureusement, en fréquentant ces milieux, elle avait attrapé la maladie qui y couvait. Nous étions bien confiants qu'elle puisse la surmonter et nous revenir guérie. Clémence partageait cet optimisme jusqu'à ce qu'elle ait une chance d'aller la voir. Malheureusement je n'avais pas pu l'accompagner comme je l'aurais voulu parce que j'avais attrapé un malencontreux rhume et je ne voulais pas contaminer ma sœur.

Je rêvais pourtant de ce voyage qui aurait eu l'avantage de me tirer de ma routine, tout en me permettant d'apprécier tout au long du trajet les grands espaces de champs et de forêts traversés par le train. Ovila en avait beaucoup parlé et je l'enviais d'avoir les moyens de s'y rendre régulièrement. Je me dis que mon tour finirait bien par arriver. Malheureusement, il n'arriva pas, puisque Clémence nous ramena une Marjolaine aux traits tirés et très amaigrie. Clémence se chargea de faire accepter Marjolaine à la clinique où elle travaillait et où on lui donna une chambre isolée dans laquelle nous ne pouvions avoir accès que masqués.

Clémence nous assura que Marjolaine pourrait tout aussi bien guérir là qu'à Lac-Édouard, même si l'air y était plus sain en été. Mais comme l'automne débutait et que l'hiver allait bientôt nous tomber dessus, Marjolaine pouvait aussi bien être soignée ici que là-bas. Clémence préférait l'avoir près d'elle et promettait de bien en prendre soin. Elle ne nous défendait pas de la visiter, à la condition que nous prenions toutes les précautions pour ne pas être atteints de sa maladie. Je me fis un devoir de rendre souvent visite à ma grande sœur. Elle toussait de temps à autre et ne pouvait pas soutenir de longues conversations. Elle me raconta comment se passaient ses journée au sanatorium et se déclara heureuse d'en être sortie.

— Ce n'est pas drôle, tu sais, Hubert, que de se faire des amies qu'on voit disparaître une après l'autre, emportées par la maladie. La dernière était une jolie jeune femme de Trois-Rivières, une artiste qui peignait comme pas une et pouvait en quelques coups de crayon faire notre portrait avec beaucoup de ressemblance. La mort est venue la chercher il y a deux semaines.

La pauvre Marjolaine dut se taire. Elle eut une quinte de toux. Je lui offris un peu d'eau pour s'en remettre. Elle finit par pouvoir ajouter :

— La mort de Ghislaine a été la goutte qui a fait déborder le vase. Quand Clémence est venue, je lui ai dit que je n'en pouvais plus d'être enfermée entre ces murs loin de tous les miens sans savoir si j'en avais encore pour des mois et des années comme certains qui sont là depuis plus de cinq ans sans avoir remis les pieds chez eux.

Je lui fis remarquer :

— Nous sommes chanceux d'avoir une sœur médecin.

— À qui le dis-tu !

Marjolaine toussa à nouveau. Je n'insistai pas pour rester plus longtemps. Parler la fatiguait manifestement. Je savais qu'elle aimait beaucoup lire mais je ne savais pas si elle avait eu l'occasion de lire le tout nouveau roman de François Hertel intitulé *Le Beau Risque*. Je ne savais pas si le sujet allait lui plaire, mais c'était le seul livre dont je disposais à ce moment-là. Je le lui laissai non sans penser à ce titre évocateur. Était-ce un beau risque que Clémence avait pris en ramenant Marjolaine avec elle ?

Dès que j'eus l'occasion de parler à Clémence, je lui fis part de mon inquiétude au sujet de Marjolaine.

— Elle ne me semble pas bien du tout.

— Tu as raison, elle est dans une phase critique de sa maladie, mais j'ai bon espoir qu'elle s'en remette. La tuberculose est une maladie où les crises alternent avec les accalmies. J'attends le prochain répit pour administrer à Marjolaine un remède à l'essai en espérant qu'il lui sera bénéfique.

— Quel remède?

— Une espèce de vaccin qui ne guérit pas la maladie, mais qui l'empêche, du moins chez plusieurs patients, de devenir mortelle.

— Comme ça, elle a des chances de s'en tirer?

— Je fais tout pour la sauver.

Je demandai à Ovila ce qu'il pensait de ce nouveau vaccin.

— Je n'en sais rien, murmura-t-il d'une voix pleine d'émotion. Marjolaine est entre bonnes mains. Ta sœur sait ce qu'elle fait, je lui fais entièrement confiance. Une chose est certaine, j'aime mieux voir Marjolaine ici qu'à des milles de nous sous prétexte que le bon air lui fait du bien. C'est moi qui ai demandé à Clémence d'aller là-bas voir ce qui s'y passait vraiment et de ramener Marjolaine parmi nous si elle le jugeait bon. Comme ça, au moins, si jamais les choses tournent mal, nous serons près d'elle le moment venu.

Je sentais qu'Ovila était prêt à supporter le pire, le cas échéant. Marjolaine n'était pas revenue de son séjour au sanatorium en meilleure santé qu'à son départ. Ça semblait même pire. Nous la plaignions, elle si généreuse, d'avoir été frappée par cette terrible maladie. Comme Ovila le disait, il valait mieux qu'elle soit parmi nous pour la surmonter. Au moins, elle se sentirait moins seule. Une fois de plus, l'épreuve subie par ma sœur venait confirmer ce que je découvrais de jour en jour depuis ma retraite. Chacun de nous est seul face à la maladie et à la mort.

Chapitre 72

Un dur coup

Ovila

Firmin avait énormément d'énergie. Il n'arrêtait pas, du matin au soir. En même temps qu'il devait voir à la bonne marche de son hôtel, il devait s'assurer que son théâtre allait pour le mieux. Ce n'était pas de tout repos que de dénicher les troupes ou les chanteurs qui pouvaient attirer beaucoup de monde. En plus, il avait d'autres projets. Depuis quelques semaines, il travaillait à un événement tout à fait unique, un concours de gastronomie entre les chefs des différents restaurants de Québec. Il se démenait comme un diable dans l'eau bénite pour mettre tout cela en place. Il était certain qu'Ambroise remporterait la palme. Il le considérait réellement comme le meilleur chef de Québec.

Le concours eut lieu dans les locaux de l'hôtel. Il fallait voir les plats et les pièces montées présentés par les différents chefs. Nous salivions seulement à les regarder. Ça allait du cochon de lait cuit à la broche au bœuf Stroganoff, un tout nouveau plat en Amérique, en passant par de la dinde farcie, du saumon entier grillé à la muscade, du ragoût d'agneau, du foie de veau sauté aux oignons et au bacon qui fondait dans la bouche, sans oublier le rosbif du chef du

Château Frontenac qui faillit remporter la palme dans la catégorie des viandes.

Quant aux desserts, n'en parlons pas : une vraie orgie, de quoi faire rêver des semaines durant. Les pièces montées, surtout, eurent la faveur des convives, quoique les petits choux à la crème du chef du Clarendon fussent engouffrés en un clin d'œil. Le gagnant fut le chef du Vendôme qui proposa un croquembouche fait de croquignoles et de caramel, si beau à regarder que personne ne voulait l'entamer !

Le festin qui suivit fut une grande réussite, mais fit également scandale. Certains envieux laissèrent entendre qu'un tel concours était une aberration dans le contexte de crise que nous vivions depuis plusieurs années. C'était même, selon eux, une injure pour les pauvres. Ces critiques affectèrent beaucoup Firmin. Je le calmai par ces mots :

— S'il fallait attendre qu'il n'y ait plus de pauvres pour procéder à des festins, il n'y en aurait jamais.

— Rien n'empêche que tout cela va finir par nuire à mon restaurant. Moi qui croyais bien faire en attirant l'attention sur l'Eldorado...

Mais ce qui l'affecta le plus, c'est qu'Ambroise n'avait gagné aucun prix malgré le fait qu'il était inscrit dans plusieurs catégories. Pourtant, il avait présenté de superbes plats, dont son bœuf bourguignon en particulier qui avait fait le bonheur de beaucoup de convives. Les membres du jury étaient tous d'avis que ce plat était délicieux, mais facile à préparer. On lui préféra un dindon pour la qualité de sa farce. En entendant cela, Firmin devint furieux, et Jacinthe et moi eûmes beaucoup de mal à le calmer.

— Oui, répétait-il, un dindon farci qui gagne en raison de sa farce ! C'est le cas de le dire, c'est une vraie farce !

Il était inconsolable, et comme un malheur n'arrive jamais seul, il y eut, dès la semaine suivante, un début d'incendie à la cuisine. Ambroise subit des brûlures qui le mirent au rancart pour quelques semaines. Firmin se démena pour lui trouver un remplaçant et tout remettre en bon état dans les meilleurs délais. Autant était-il efficace quand tout allait comme sur des roulettes, autant il ne l'était pas dans l'adversité. Il était tellement habitué à ce que tout fonctionne comme il le désirait, qu'il se sentait démuni quand les choses ne tournaient pas bien.

Il parvint cependant, dans des délais raisonnables, à faire rouler son restaurant comme il l'entendait, sauf que le nouveau chef n'avait ni l'expérience ni le talent d'Ambroise. Habitués depuis des années à la bonne cuisine d'Ambroise, certains clients – et parmi les meilleurs – se mirent à se plaindre. Firmin faisait patienter les mécontents en leur promettant le retour prochain d'Ambroise. Tout cela, par contre, le rebutait beaucoup et lui faisait faire du mauvais sang.

J'étais au journal quand je reçus un appel de Clémence m'annonçant la mort subite de Firmin. Quel choc ! Quand je repense à tout cela à tête reposée, je ne suis pas étonné que son passage sur terre se soit terminé de cette façon. Ce jour-là, il n'avait rien fait de différent des autres jours. Il avait vu à tout et semblait en bonne forme malgré toutes les épreuves qu'il venait de subir. Il semblait même avoir repris le dessus et se montrait d'assez bonne humeur. Il fut appelé au deuxième étage pour régler un problème mineur et pas du tout urgent. Comme il le faisait toujours quand il se rendait au deuxième, au lieu de prendre l'ascenseur, il monta les marches à la course. Il prétextait que ça lui faisait faire de l'exercice et, selon ses propres paroles, que ça l'empêchait de rouiller.

Arrivé en haut de l'escalier il tomba comme une masse. Une des femmes de chambre le vit s'écrouler. Elle s'approcha et hurla pour demander de l'aide. Le comptable, monsieur Huberdeau, accourut, de même qu'un groom. Ils constatèrent qu'il n'y avait plus rien à faire. Son cœur avait flanché et Firmin venait de nous quitter à toute vitesse, comme il avait toujours vécu sa vie.

Il eut droit à des funérailles mémorables. Il était très connu à Saint-Roch et à Québec. Sa dépouille fut exposée dans le hall de l'hôtel et une foule considérable défila devant son cercueil. Hubert se désolait de ne plus être le sonneur de cloches, car il me disait qu'il les aurait fait entendre longtemps pour celui de ses frères qu'il aimait le plus. Nous avons évoqué ensemble les plus beaux moments de sa vie. Marjolaine avait hérité de ses lettres du Klondike. Nous les avons relues en souvenir de lui. Que de souvenirs nous revenaient comme des rayons de soleil tout au long de nos vies.

Nous ne sommes rien ici-bas, les meilleurs comme les plus misérables finissent tous de la même manière : c'est, je crois, la seule justice qu'il y ait sur terre. La richesse n'arrête pas la mort. Elle nous a donné une bonne leçon et nous a surpris une fois de plus en frappant le meilleur de nous tous.

Chapitre 73

De nouveau la guerre

Hubert

Que peut-il se passer dans la tête d'un homme pour qu'il décide de déclarer la guerre à ses voisins en sachant fort bien que cela entraînera la mort de milliers de personnes ? Il y a longtemps que ça se préparait. Depuis que les Allemands avaient à leur tête le chancelier Hitler, on sentait que cet homme belliqueux finirait par se laisser dominer par ses idées de grandeur et par la haine qu'il vouait aux Juifs. Nous l'avions vu agir lors des Jeux olympiques tenus à Berlin quand il avait refusé de serrer la main de Jesse Owens, le Noir américain gagnant de quatre médailles d'or. Guidés par cet homme, les Allemands déclarèrent la guerre comme une bande d'hypocrites. Sans avertissement, ils envahirent la Pologne et ne se gênèrent pas pour bombarder plusieurs villes polonaises dont Varsovie et Cracovie. La Pologne se défendit du mieux qu'elle le pouvait, mais elle comptait surtout sur la France et la Grande-Bretagne pour lui venir en aide. Nous nous demandions jusqu'où cela allait mener. Était-ce le début d'une deuxième guerre mondiale ? Les journaux le laissaient entendre et titraient : « La guerre est commencée… » « La guerre est inévitable »

Pendant ce temps, en Grande-Bretagne, les bureaux de recrutement militaire furent envahis par tous ceux qui désiraient aller combattre. Les ministres des différents départements de la Défense, de l'Aviation, de la Marine et autres se réunirent aussitôt d'urgence. Le roi convoqua une réunion de son conseil privé. Il semblait bien que la guerre était inévitable. Les Russes, qui disposaient d'une armée de pas moins de trois millions de soldats, signèrent un traité d'alliance avec l'Allemagne.

Voilà ce que nous apprirent les journaux en ce début de septembre 1939. Par la suite, tout empira. Pour motiver ses soldats, Hitler écrivit : « L'armée allemande ira à la bataille pour l'honneur et le droit à la vie du peuple allemand ressuscité, avec une ferme détermination. J'espère que chaque soldat, soucieux des grandes traditions de l'Allemagne militaire éternelle, fera son devoir jusqu'au bout. Souvenez-vous toujours que vous représentez la Grande Allemagne nationale socialiste. Longue vie à notre peuple et à notre Reich. »

La France et l'Angleterre déclarèrent la guerre à l'Allemagne. L'Italie s'allia à l'Allemagne. Les journaux se mirent à décrire les horreurs du conflit. Il n'y avait pas quatre jours que la guerre sévissait que nous lisions dans les journaux que les Polonais accusaient les Allemands de faucher les enfants et les paysans à la mitrailleuse. Les atrocités ne firent que se multiplier et nous eûmes droit tous les jours à des récits d'horreurs. Ainsi, on nous apprit que les Allemands laissaient tomber des ballons remplis de gaz ypérite qui brûlait les enfants qui allaient les ramasser. Ils multipliaient également les ballons de gaz asphyxiants. Comme lors de la Première Guerre mondiale, les sous-marins allemands s'en prenaient encore aux paquebots et aux cargos. Des milliers de passagers qui n'avaient strictement rien à voir dans ce conflit furent tués de la sorte. Nous nous demandions jusqu'où irait la méchanceté humaine...

Chose étonnante, nous qui subissions encore les suites de la crise de 1929, voilà que la guerre, si mauvaise pour ceux qui la vivaient, devint avantageuse pour nous. Elle permit la reprise du travail un peu partout, à commencer par le chantier maritime de Lauzon. On y fit le camouflage de paquebots. L'*Ausonia* de la Cunard Line fut le premier entré en cale sèche pour être repeint de façon à le camoufler. En l'espace d'une seule nuit, des équipes d'ouvriers remplirent ses flancs de bigarrures qui le rendirent méconnaissable. On était confiant qu'il pourrait de la sorte éviter d'être repéré par les navires ennemis. On n'avait pas oublié ce qui était survenu en 1914...

Toujours est-il que la guerre permit à une foule de personnes de gagner décemment leur vie. On comptait au Canada pas moins de quatorze usines d'avions, mais à ces usines il fallait ajouter toutes celles qui ne se mirent à fonctionner pratiquement que pour des fournitures de guerre. Il fallait produire l'habillement des soldats, mais aussi leur armement et leurs munitions. On devait également fournir tout ce dont on avait besoin pour soigner les soldats blessés ou malades. Il fallait penser à la nourriture dont ces milliers d'hommes auraient besoin sur les champs de bataille.

Beaucoup de femmes participaient ainsi à l'effort de guerre en travaillant dans les usines à la production de toutes ces fournitures de guerre. Comme quoi, le malheur des uns fait souvent le bonheur des autres.

Chapitre 74

Marjolaine et moi

Ovila

«Se marier, m'a déjà dit un ami, est un coup de dé. Tu gagnes ou tu perds.» Il faut bien avouer qu'il avait raison, car, dans bien des cas, la chance n'est pas au rendez-vous. Le jour où j'ai rencontré Marjolaine fut un jour béni. J'ai eu ensuite le bonheur de l'épouser et de passer la plus grande partie de ma vie avec cette femme hors du commun, d'une générosité sans borne et toujours attentive au bien-être des autres. La nature n'a pas voulu que nous ayons d'enfants. Mais la vie est bien faite, car Marjolaine a pu consacrer ses heures et ses jours au bonheur de centaines de malheureux. Pendant qu'elle s'occupait ainsi à améliorer le sort des autres, j'ai pu accomplir mon travail de journaliste sans qu'elle me reproche de ne pas m'occuper assez d'elle.

C'est avec cette femme exceptionnelle que j'ai vécu, et rien ne m'attriste plus que de la voir dépérir au moment où je comptais être tout le temps à ses côtés. La mort reste un grand mystère et tant que nous avons la santé, nous ne nous en soucions que fort peu. Mais dès que la maladie nous accable, ce qu'il nous reste de vie nous mène, petit à petit, vers la sortie. Marjolaine sait que ses jours sont comptés.

Ça ne semble pas l'affecter outre mesure. Elle reste ce qu'elle a toujours été et elle est sereine devant sa fin toute proche. «J'ai eu une bonne vie, m'a-t-elle dit l'autre jour. Il ne faudra pas trop te désoler de me voir partir.» Encore là, elle ne se préoccupait pas d'elle-même, mais se montrait plutôt soucieuse de moi, de ce que je deviendrais sans elle.

Récemment, j'ai eu l'occasion de passer beaucoup de temps avec elle, m'interrogeant sans cesse sur son sort et le mien. Elle me disait :

— Au moins, moi je connais la maladie qui va m'emporter dans la tombe. Mais toi, mon pauvre Ovila ?

— Il est préférable de ne pas connaître l'avenir. Comment tes parents auraient-ils pu profiter du meilleur temps de leur vie s'ils avaient su de quelle façon ils allaient mourir ?

— Tu as raison. Il vaut sans doute mieux ne pas savoir.

Elle restait heureuse de ce que la vie lui avait apporté. Elle aimait beaucoup parler de sa jeunesse. C'est ainsi que j'appris une foule de choses à son sujet, et notamment qu'avant moi, elle avait connu un garçon qui l'intéressait beaucoup. Pourquoi ne l'avait-elle pas épousé ? Son père et sa mère l'en avaient dissuadée. Elle en avait souffert sur le coup, mais elle était reconnaissante à ses parents, car le jeune homme en question avait mal tourné.

— Tu vois, Ovila, me confia-t-elle, la vie avait décidé que tu m'étais destiné. Tu as été le meilleur des maris.

— Et toi, ma chérie, la femme rêvée.

Quand je la complimentais de la sorte, ses yeux se remplissaient d'eau. Sa fin approchait, comme sans doute aussi la mienne, puisque l'âge de partir nous avait rejoint tous les deux. Pourtant, elle n'allait pas nous quitter avant que survienne un autre grand malheur dans la famille.

Chapitre 75

L'accident

Hubert

Ironiquement, nous travaillons pour gagner notre vie, mais pendant tout ce temps-là nous ne vivons pas vraiment parce que nous ne prenons pas vraiment le temps de le faire... Pour vivre pleinement, il faut avoir du temps, celui de respirer tranquillement au bord de l'eau en écoutant le chant des oiseaux et en profitant de l'instant présent. Tout cela, nous l'apprenons à notre retraite quand, enfin, nous pouvons profiter du temps qui passe.

Pendant toutes ces années où j'étais le sonneur de cloches, chaque jour de ma vie ressemblait au précédent et à celui du lendemain. J'étais comme une horloge dont on remonte le mécanisme tous les matins pour qu'elle donne l'heure juste toute la journée. J'avais un horaire précis et il me fallait répéter chaque jour les mêmes gestes comme un automate. Rarement y avait-il un petit changement à ma routine. Les années ont passé et me voilà maintenant sur le déclin. J'ai pu réaliser quelques projets que j'avais autrefois. Une chose que je me proposais de faire dès que j'en aurais l'occasion était de voyager.

Voilà enfin que l'occasion se présentait. J'avais si souvent entendu parler de la beauté des paysages de Charlevoix et de la lumière particulière qui attire les peintres comme Clarence Gagnon, Marc-Aurèle Fortin, René Richard... J'allais enfin avoir le bonheur de visiter ces lieux. Joseph Bourdages, un confrère sonneur de cloches, venait de prendre sa retraite. Il se cherchait un compagnon de voyage. Il se dit: je devrais inviter quelqu'un qui a pratiqué le même métier que moi. Il s'informa à gauche et à droite. Quelqu'un lui dit: «Hubert Bédard, l'ancien sonneur de cloches de Saint-Roch, t'accompagnerait peut-être.» C'est ainsi qu'il m'apprit qu'il faisait une tournée d'une semaine dans Charlevoix et qu'il m'offrit de l'y accompagner. J'acceptai avec enthousiasme en lui confiant qu'il me permettrait de la sorte de réaliser un de mes plus beaux rêves. Depuis le temps que je voulais y aller!

———

Ainsi, hélas, se termine le journal de mon beau-frère Hubert. Son rêve est devenu un cauchemar. Il n'aura pas pu admirer les paysages de Charlevoix. Dans la côte de la Miche à Saint-Joachim, un camion en manque de freins a heurté leur voiture. Hubert a été grièvement blessé. Son compagnon de voyage a été tué sur le coup. Les ambulanciers ont transporté Hubert à l'Hôtel-Dieu de Québec. Clémence a aussitôt accouru à son chevet. Ses blessures avaient fait de lui un moribond qui, la plupart du temps, était comateux. Il ne nous reconnaissait pas et il ne reprit jamais réellement conscience après l'accident.

Nous avons demandé à Clémence s'il avait des chances de se remettre de ses blessures. Elle n'était guère optimiste. Il y avait maintenant près d'un mois que l'accident s'était produit et plus le temps passait, moins nous avions de chances, nous assura Clémence, de le revoir en santé.

Je me rendis tous les jours à l'hôpital, tout en passant beaucoup de temps au chevet de Marjolaine dont la santé n'était pas très reluisante non plus. De toute la famille, il ne restait plus que Clémence et moi encore en bonne santé. Ma pauvre Marjolaine vivait enfermée dans sa chambre à la clinique de Clémence. Je voulus qu'elle retourne au sanatorium, mais elle s'y opposa fermement en me disant qu'elle voulait mourir ici. Je n'insistai pas. Elle me demandait cependant tous les jours des nouvelles d'Hubert. Clémence lui en donnait également. Nous lui laissions entendre que c'était une question de temps, qu'il devrait sortir du coma et reprendre conscience, ce qui lui permettrait ensuite de se remettre de ses blessures.

Il n'y a rien de plus navrant que d'assister à l'agonie à petit feu de quelqu'un que l'on aime. Ce pauvre Hubert, s'il avait été conscient, en voyant son état, n'aurait pas demandé mieux que de mourir. Il y avait tout près de deux mois qu'il était hospitalisé quand le miracle que nous attendions se produisit. Il reprit conscience. Cet après-midi-là, il nous réclama, Clémence et moi. J'ignore ce qu'il dit à Clémence, qui le vit d'abord, mais elle revint de son entretien toute bouleversée.

Je me rendis à mon tour auprès de lui. Il était parfaitement conscient. Il murmura: «Ovila, je m'en vais. Prends bien soin de Marjolaine et n'oublie pas de bien arroser les plantes du jardin.» Il était tellement perdu qu'il attendait la visite de Firmin. Il m'assura: «Je ne partirai pas avant de l'avoir vu.» Vers sept heures, Clémence me fit appeler. Hubert avait les yeux fermés. Clémence me dit: «C'est la fin.» Il y avait une quinzaine de minutes que nous étions auprès de lui quand, dans un dernier effort, il entrouvrit les yeux et murmura: «Faites vite, je vais manquer le coucher de soleil.» Sa tête retomba sur l'oreiller. Il venait d'expirer. Clémence éclata en sanglots.

Deux infirmières entrèrent dans la chambre. Reprenant courage, Clémence les pria: «Faites le nécessaire...» Elle m'accompagna ensuite jusqu'à la sortie de l'hôpital. Elle soupira: «Il est délivré. C'était le mieux que nous pouvions espérer pour lui.»

Comme j'arrivais chez moi, le soleil incendiait le ciel. Pauvre Hubert, il manquait un des plus beaux spectacles que nous ayons eu au cours de cet été. Je me demandais qui sonnerait les cloches pour souligner son départ.

Chapitre 76

Quand tout s'écroule

Ovila

Je pense qu'il n'y a rien de pire en vieillissant que de voir partir autour de nous ceux et celles que nous aimons. La mort d'Hubert fut pour moi l'occasion de remonter dans le passé et de repenser aux plus beaux moments de ma vie. C'est grâce à lui que j'ai connu les Bédard. Je me rappelle l'époque où je vis Marjolaine pour la première fois et le subterfuge que j'avais employé pour revenir chez elle faire plus ample connaissance. Que d'heureux jours ce stratagème me valut-il !

Après l'inhumation d'Hubert au cimetière Saint-Charles, il y eut lecture de son testament. Clémence ne put assister à cette lecture, non plus que Marjolaine. Je leur en fis un résumé en quelques mots. Hubert avait très peu de biens. Il les donnait aux pauvres en laissant la tâche à Clémence de les distribuer.

Il me léguait son journal. J'eus l'occasion de le lire et, tout au long de ma lecture, j'eus l'impression, page après page, d'ouvrir les portes de pièces où se déroulaient un après l'autre des événements que j'avais complètement oubliés, mais qui me remontaient à la mémoire comme autant de cadeaux de la vie. Je mesurai à quel point les écrits sont précieux en nous permettant de faire revivre le passé. Je rappelai plusieurs anecdotes à Marjolaine qui me demanda :

— Comment se fait-il que tu te souviennes de tout ça ?

— C'est le journal d'Hubert qui me permet de les faire ressurgir.

— Hubert écrivait un journal ?

— Mais oui, et joliment tourné, en plus.

— J'aimerais bien le lire.

— Tu sais que tu ne dois pas te fatiguer.

— Je t'en prie !

— Je te l'apporterai ou, mieux, comme je crains que tu t'épuises à cette lecture et que tu te fasses gronder par Clémence, je t'en lirai des passages.

C'est ce que je fis pour son plus grand plaisir. Je la voyais se détendre et souvent un sourire se dessinait sur ses lèvres au souvenir d'événements qu'Hubert rapportait.

Je me fis un devoir d'aller ainsi tous les jours lui lire quelques pages du journal d'Hubert. Tout cela lui faisait sans doute du bien, mais minée par sa maladie, elle ne prenait pas beaucoup de mieux. Elle avait terriblement maigri et gardait presque tout le temps le lit. Clémence me prévint qu'il fallait que je m'attende au pire :

— Les personnes atteintes de tuberculose dépérissent rapidement vers la fin et nous quittent sans trop d'avertissements.

Je m'attendais donc à la voir partir à tout moment et je me fis un devoir d'être constamment à son chevet. Elle dormait beaucoup. Je lui parlais doucement à travers le masque que, dans sa chambre, je devais porter en permanence pour ne pas attraper sa maladie. Comme je le lui avais promis, je lui lisais quelques passages du journal d'Hubert en choisissant ceux qui lui rappelleraient de bons souvenirs. Souvent, elle s'endormait paisiblement après quelques quintes de toux qui la secouaient violemment. D'autres fois, au souvenir de ce que je lui lisais, je voyais des larmes rouler sur ses joues et je me faisais des reproches en me disant que ce n'était sans doute pas une bonne chose de lui faire revivre ainsi le passé. Mais, dans ses moments de lucidité, elle me suppliait de lui faire la lecture. Et puis les jours filèrent et je me rendis compte un matin qu'elle n'était plus vraiment avec nous.

Clémence me prévint:

— Elle n'en a plus pour longtemps. Son heure approche.

— Crois-tu qu'elle nous entend encore?

— Je ne saurais pas te l'affirmer, mais j'en doute. Elle ne réagit plus quand je lui parle.

À la fin d'une belle journée au ciel sans nuage, elle s'éteignit doucement, juste au moment où le soleil fondait derrière l'horizon. Je garderai toujours ce moment en mémoire. Au moment où l'astre du jour disparaissait, le soleil de ma vie s'éteignait. Ma Marjolaine me quittait, laissant derrière elle un grand vide que je ne parviendrais jamais à combler.

Épilogue

Quand Hubert est parti, Ovila hérita de son journal. Je ne sais pas si c'est par pudeur ou pour une autre raison, mais Ovila ne m'avait jamais dit que, tout comme Hubert, il écrivait un journal. Je voyais bien, lorsqu'il était au chevet de Marjolaine, qu'il lui lisait des passages d'un livre relié d'une couverture noire, mais je pensais qu'il s'agissait du journal d'Hubert dont je connaissais l'existence. Il lui arrivait de se taire dès que j'entrais dans la chambre, mais je n'ai jamais deviné qu'il s'agissait de ses propres écrits. Je n'aurais donc jamais su qu'Ovila avait écrit sur notre famille si, avant de mourir, Marjolaine ne m'avait pas révélé son secret.

Maintenant qu'Ovila est parti à son tour d'une mort paisible durant son sommeil, et que je suis la dernière survivante de la famille, je me suis assurée de mettre la main sur leurs journaux intimes. Je les ai lus, et à travers eux j'ai vu se dessiner une bonne partie de l'histoire de notre famille, mais aussi de notre ville. Il s'agissait à la fois d'une chronique familiale et d'une chronique de la vie quotidienne à Québec. Que de faits me sont remontés à la mémoire en lisant leurs écrits ! J'ai décidé de les conserver et de regrouper le tout en donnant alternativement la parole à Hubert et à Ovila. Ensuite, j'ai cherché un titre qui irait bien à ce qu'ils racontaient. J'ai pensé que ce pourrait être *Il était une fois chez les Bédard.* Cependant, comme tous les deux parlent aussi beaucoup de Québec, j'ai préféré *Il était une fois à Québec.*

J'ai entrepris des démarches pour faire publier mon livre – ou plutôt : leur livre – et voilà que le tout s'est concrétisé. J'espère, chers lecteurs, que vous aurez eu du plaisir à lire ces pages et que notre famille restera encore quelque temps dans vos têtes et vos cœurs.

Clémence Bédard

Table des matières

DEUXIÈME PARTIE
LE TEMPS DE VIVRE
1925-1929

TROISIÈME PARTIE
AINSI VA LA VIE
1930-1935

QUATRIÈME PARTIE
LA FIN
1936-1940

Suivez-nous

Achevé d'imprimer en octobre 2016
sur les presses de Marquis-Gagné
Louiseville, Québec